古野まほろ
Logica Drammatica
Furuno Mahoro
ロジカ・ドラマチカ
光文社

ロジカ・ドラマチカ

装幀　坂野公一（welle design）
装画　爽々

春の章

Ⅰ

とある土曜日。

東京都・吉祥寺《きちじょうじ》区。

吉祥寺駅一階、南北自由通路。

駅南口にある、二階へのエスカレータの真裏あるいは真下。

直近には、駅に直結した駅ビルが備える、上層階へのエレベータもある便利な場所。

――うららかな春の日。

この街を特徴づける、井《い》の頭《かしら》公園の桜が瞳《め》に浮かぶ様《よう》だ。

実際、花見客だろうか、人出は少なくない。

僕は三《み》つ揃《ぞろ》いのベストから懐中時計を出し蓋《ふた》を開いた。

(現時刻、〇九四八《マルキュウヨンハチ》)

ちょうどよい時刻だ。だが、状況はちょっと微妙だ。

(朝の一〇時前だというのに、これほどの雑踏《ざっとう》とは。まるでターミナル駅の通勤時間帯だ。だがこの好天にこの日取り。人出はこれから、ますます鰻登《うなぎのぼ》りになるんだろうな……)

……僕はいささかならぬ背徳感とともに、現在地から、駅一階の自由通路を見渡した。

現在地は、いわばエスカレータが作る屋根の下・庇《ひさし》の下だ。だからちょっと、エスカレータの裏側に圧迫され、天井が斜めになっている。だからちょっと、人のメイン動線からは外れている。ましてここ吉祥寺駅南口には、実はエスカレータが一箇所しかない――

これらを要するに、現在地は、待ち合わせに極めて好都合なエアポケットなのだ。

(とはいえ、人の動線がこれだけ膨張《ぼうちょう》してくると、じきエアポケットではなくなるがな)

雑踏は人の壁となり、既に視認性《しにんせい》を大きく下げつつある。

明らかに井の頭公園の桜を目指す群衆は、一定方向への波として圧《アツ》を強めつつある。

すなわち、待ち人の顔を見出《みいだ》すのも、待ち人と合流するのも、ちと厄介《やっかい》になりつつある。

(といって、先方は地元人だ。〝駅南口のエスカレータ裏〟だけで必要十分な情報だ。

地元人なら、まさかこれを誤解することはない)

——僕自身は、地元人でない。半年前、この街に赴任してきた渡り鳥だ。だがしかし、この街は、『住みたい街ランキング』の上位常連の割りに極めてコンパクト。十日もあれば、生活に必要な主要ポイントの実態把握は難しくない。特に駅周《えきまわ》りは難しくない。

この待ち合わせ場所も難しくないが、他の主要ポイントとしては例えば——

駅南口徒歩一分未満にある、公営喫煙所。同じく徒歩一分未満にある、紙巻き煙草《たばこ》OKの喫茶店。徒歩五分程度にある、駅チカ喫煙所。徒歩三〇秒程度にある、吉祥寺駅北口交番。徒歩一分程度にある、銀行ATM複数にメガバンク店舗。徒歩五分圏内にある、基幹店《きかんてん》を含む郵便局複数。エレベータ待ち時間三分程度でアクセスできる、駅ビル一〇階の、駅構内や駅近傍《きんぼう》に幾つもあるどれよりも清潔感・ひろさ・人の少なさが理想的なトイレ。あと複合商業施設、家電量販店、百貨店、各種ブティック、スーパーマーケット、書店、映画館、劇場、携帯ショップ。飲食店エリアに飲み屋街、もし望むなら風俗街・性風俗街……

まさかここから一五分歩くことなく、都市機能のほとんどを享受《きょうじゅ》できてしまう。

だから主要ポイントの実態把握は、まこと難しくない。

ちなみにだが、僕はこの上ない愛煙家ゆえ、喫煙可能なスポットの実態把握は、綺麗《きれい》なトイレ同様の最優先課題である。

（さて、そろそろだが……）僕は再び懐中時計を開いた。（……〇九五二《マルキユウゴーフタ》か。時間には恐ろしいほど几帳面《きちようめん》で、五分前行動主義者だから、もう現れてもよい頃だけど）

僕はいよいよ、一定方向へ流れてゆく群衆から待ち人を見出そうと、わらわら、わらわらした雑踏《ざつとう》へ瞳《め》をむける――

するとそのとき。

視線の端々《はしばし》に、何か緊張感のあるものを見出した。

動きが雑踏・群衆とは明らかに違うものを。うららかな春を喜ぶ人々の波・壁を縫《ぬ》って、焦燥《しようそう》したように俊敏《しゆんびん》に蠢《うごめ》く何かを。それも、複数。

僕は思わず視線を鋭くし、駅自由通路へ俄《にわか》に出現したその何かを視認《しにん》した。

（制服の、警察官……）僕は首を傾《かし》げた。（……それも、五名はいる）

何か事件事故でもあったのか。制服警察官を一気に五名動かすというのは、油断できた事態ではない。ましてそれらの制服警察官五名は、緊張感と焦燥感《しようそうかん》を隠しもせず、不思議なテンポで駅自由通路を侵攻してくる。観察するに、どうやら目的地は決まっている様《よう》だが、まるで何かの目撃者や証拠品を捜すかの如《ごと》く、そう不思議なテンポで立ち止まったり反転したり急カーブを描いたりしている。

雑踏の波を、不可解なリズムで泳いでいる。

（事件事故に急行・直行する素振《そぶ》りでもないが……）僕は更に首を傾げた。（……しかし花見客の雑踏警備、という感じでもない。はたまたこの土曜日、例えば、上原《うえはら》総理や紅露寺《こうろじ》官房長官のような人気代議士なり皇族なりが吉祥寺入りするなんて話も聴いていない。あるいは例えば、極左・極右の大規模デモがあるなんて話も聴いてはいない。そんな報道は無かったし、交通規制等があればすぐ分かる。ここは極めてコンパクトな街だからな）

俄《にわか》な喫煙衝動に駆られつつ、それら制服警察官らを観察していると――

やはり目的地はある様《よう》で、不思議なテンポと不思議なリズムは維持しつつも、三々五々《さんさんごご》、駅ビル上階へのエレベータに乗ってゆく。よって取り敢《とあ》えず、僕の視界からは消える。

……警察官の、しかも少なからぬ制服警察官の圧《アツ》に、群衆も違和感を感じたのだろう。わいわいがやがやした賑《にぎ》わしいお喋《しゃべ》りが、息を呑《の》むような感じでトーンダウンしている。静寂だとは言えないにしろ、雑踏の規模からは信じられない様《よう》な水準まで、ひっそりと。

とはいえ。

ここは駅の自由通路だ。まして今現在、群衆の流れは一方的だ。そう、駅から公園へと。

だから、歩きゆく人々はたちまちの内に入れ換わる。

だから、既に警察官を目撃していない人々が流入している。

だから、またもや賑《にぎ》わしい喧騒《けんそう》がもどってくる——当然、次第に音量を上げながら。

……その音量が、ちょうど絶妙なタイミングだったのだろう。

僕はその刹那《せつな》、とある男性の声を聴いた。

もう少し群衆の喧騒が音量を回復していたなら、恐らくは聴き取れなかったに違いない。

そう、その声は決して大声ではなかった。

ただ、今現在、盗み聴きするまでもなくハッキリと耳に残った。

その声がハッキリ耳に残ったのは……

それがとても切実で、緊迫した声調《せいちょう》だったからでもある。

聴き取れた内容が、僕にとっては微妙に興味深かったからでもある。

——けれど、より大きな理由は、それがスマホを使った通話だったからだろう。

要は、歩きながらの電話だ。人声が歩きながらの『会話』なのか、それとも歩きながらの『通話』なのかは、会話のテンポ・リズム・声量の独特さからすぐ分かる。そもそも、会話のキャッチボールなどまるで聴き取れない。

　僕は急いで声の主を捜すように、思わず頭を左右にしつつ、その切実かつ緊迫した声の出所に目を遣《や》った。

　しかしながら。

　声の主はもう僕の視野を通過してしまっていた。そして当然、雑踏《ざっとう》の流れに消える。

（只今《ただいま》の声調・口調からして）僕はいよいよ煙草を吸いたくなった。（若い男だな。ただそれ以上のことは分からない。若い勤《つと》め人《にん》、大学生、いや高校生でも面妖《おか》しくないか。要は二十歳代でも十歳代でも不思議はない。少なくとも、僕の如《ごと》き四十歳代ではない）

　とまれ、微妙に興味深かった、その通話内容。正確には、台詞《セリフ》というか文章の断片。

　僕が思わず、その文章の断片を、ひとり脳内で解析していると――

「おはようございます。お待たせしました司馬《しば》さん。私、遅刻ですね」

「うんおはよう、結子《ゆいこ》ちゃん」僕は懐中時計を開いた。「いや、現時刻ちょうど一〇〇〇《ヒトマルマルマル》ジャストだ。全然遅刻じゃないさ」

「でも残り一〇秒弱で一〇時〇一分ですから。今日は私が奢《おご》ります」

「あっは、君にそんなことをさせたら、僕は今日只今《こんにちただいま》にでも馘《クビ》だよ。だけど、結子ちゃんが五分前に姿を見せないなんて、今日は雹《ひょう》がふるかもね」

「今《いま》し方《がた》、思わぬ野暮用《やぼよう》ができてしまって」

「えっ、何か急ぎの用事があるなら今日は延期しようか？」

「いえお気遣いだけ頂戴します。野暮用は瞬時に片付きましたから」彼女は令和の女子高生らしい、大きなリュックを背負い直す。「いつものお店でお願いしてもいいですか？」

「もちろん。さてその、普段より微妙に重そうなリュック、預かろうか？」

「ちょっとだけですし、今の時点では大丈夫です。必要になったら頼みます」

「了解」

Ⅱ

重ねて、吉祥寺はコンパクトな街だ。

吉祥寺駅から一〇分強も歩けば、ベクトルにもよるが、まあ中心市街地からは外れる。

彼女と僕は、もうふたりで歩き慣れた道をたどり、目指す喫茶『リラ』に入った。

昭和の香りがする――いやひょっとしたら大正の香りがする――断じてカフェではない古典的な店。いにしえの、食堂車の如《ごと》き茶と紅《べに》と白そして洋燈《らんぷ》に見知らぬ懐《なつ》かしさがある。

花見の界隈《かいわい》からは離れているので、街の賑《にぎ》わいもここまでは到《とど》かない。

というか立地からして隠《かく》れ家《が》的で、普段から、時が止まったような静寂《しじま》の内にある。

――気取らないアンティークの品々を横目に、僕らは定位置の、いちばん奥のボックス席に座った。

そう、彼女と僕がここを使うのは初めてじゃない。僕が彼女の祖父に頼まれて、彼女の家庭教師を務め始めてからもう三箇月。ただそれは、定期的な、カッチリとした約束事じゃない。だから、おしなべて月に二、三度は会うくらいか。よって僕の授業は、今日で七度目か、八度目のはずだ。

そして彼女はいつもどおりダージリンを、僕もいつもどおりアッサムを頼む――

「そういえば司馬さん、いえ司馬先生」

「いや何度も言うけど先生は勘弁。実態としては、僕の方こそ教えられることが多いから」

「なら司馬さん。前回教わった分ですが、ここの――」彼女はボロボロになるまで使い込まれたテキストを出す。「――conduire の活用が接続法《せつぞくほう》になるのは何故ですか?」

「ええと……Je cherche un chemin qui conduise à la vérité かあ。なら逆に訊《き》くけど、これを直説法《ちょくせつほう》にして、Je cherche un chemin qui conduit à la vérité とするならどう訳せる？」

「〝私は真実へ導いてくれる道を探している〟」

「あれ？　じゃあ接続法だと？」

「〝私は真実へ導いてくれる道を探している〟……あら、一緒だわ」

「これ、日本語に直すと違いが出しにくいんだけど――実は conduire 一語の活用で、まるで言いたいことの異なる文章になるよ。すなわち」

――聴いてのとおり、僕が彼女に教えているのはフランス語だ。

彼女は、モノトーンのセーラー服姿にロングロングストレートが実に可憐《かれん》な女子高生だが――正確には十七歳の高校二年生だが――いわゆる名家《めいか》の子女だけあって（実は政治家の孫だ）、英語はネイティブ並みにこなせる。受験英語など、彼女にしてみれば最早《もはや》退屈の極みだ。また将来、海外留学も予定されているとあって、既に第二外国語の準備を開始している……というかほぼ準備を終えている。というのも、フランス語の接続法《シュブジョンクティフ》など、この言語最後の山場であり、フランス語を学び終えた大学生でも使い間違えておかしくない難所だからだ。

ちなみに彼女の祖父が僕に白羽《しらは》の矢を立てたのは、僕がフランスの駐在員を経験していたからでもあれば、僕がここ、吉祥寺に赴任してきたことで生まれた地縁・職縁の故《ゆえ》でもある。彼女のお世話をすることは、我が社にとって決して不利益ではない。まさかだ。ただ……フランス経験は僕にとって決してよろこびではなかった。詳論は避けるが、妻子を喪《うしな》った地とだけ言えば充分だろう……

「あっそうか」彼女はちょっと大胆に紅茶で唇を湿らせて。「真実へ導いてくれる道が、ほんとうにあるのかどうか。それを確信しているのかどうか。その違いですね？」

「まさしくそのとおり!!」彼女の賢さは、いつも僕を嬉《うれ》しく刺激する。「すなわち接続法だと、そもそもそんな道は無いかも知れない——という不安や躊躇《ちゅうちょ》のニュアンスが出る。他方で直説法なら、そんな道があるのはもう大前提だ。

といって、この『わずか一語』のニュアンスを日本語に訳すのは難しいね。そりゃ直訳すれば〝私は真実へ導いてくれる道を探しているけどそれは無いかも知れない〟なんて感じになるけれど、いささか強引で美しくないなあ」

「〝私は真実へ導いてくれるかも知れない道を探している〟なら?」

「そう逃げざるを得ないね。ただ真実への道そのものの有無を疑問視している文だから、疑念・疑惑の在り方が、うーん、微妙に違う気もする」

「conduise か conduit か。神は細部に宿る《デュウスカッシュダンレデタイユ》……いえ神は一語に宿るわけですね?」

「まさしくだね。この場合は、コンデュイーズ/コンデュイの、わずか一音にだ。

さて、と。今日は接続法複合過去を終わらせて、現在分詞とジェロンディフに入ろうか」

「——あっ司馬さん。神は細部に宿る、と言えば」

「ん?」

「私、実は先刻《さっき》、微妙に興味深いフレーズを聴いたんです、吉祥寺駅で」

「……というと?」

「細部に意味が充ち満ちている様《よう》な。真実への道を、突き詰めてみたくなる様《よう》な」

「結子ちゃんほどの才媛《さいえん》にそこまで評価されるなんて、しあわせなフレーズだね。

で、それはどんな言葉だったの?」

「私が聴解した限りにおいて、ですが——

〝今かけ直そうか届けようか

でも残りは小銭だけだから、もう郵便局に駆け込むしかないのか〟

という言葉です、確か」

僕はいよいよ吃驚《びっくり》した。

それは先刻、僕自身も聴き、また僕自身も微妙に興味深いと思ってしまった文章だから。

……僕は彼女の、ぱっつん前髪の下の大きな瞳《ひとみ》を見遣《みや》った。とても濃い、瑠璃紺《るりこん》の瞳を。

(今のこの瞳)この三箇月で幾度も目撃したこの瞳。この輝き。(彼女が真剣を抜いた瞳だ。こうなると彼女は、最後まで理解しあるいは勝利するまで戦いをやめない、絶対に)

怜悧《れいり》すぎる彼女にとって、自分の脳に負荷を掛ける謎や問いは貴重な獲物《えもの》である。

いや彼女は、自分の脳に負荷を掛けてくれる、そんな謎や問いを始終《しじゅう》探し求めている。

――無論、それを徹底的に解明してみせる、という傲慢《ごうまん》とともに。

その純粋さ、執拗《しつよう》さ、残酷さは、十七歳という季節ならではのものなのかも知れない。自分に挑んでくる不遜《ふそん》を許さない、という意味において。自分が敗北する屈辱を許さない、という意味において。

(そしてその若い傲慢は、彼女の美しい容姿顔貌《ようしがんぼう》にまして、ほんとうに美しい……

四十歳を過ぎた僕には、到底持ち得ず到底許されない真剣さだから)

僕は自分の十歳代、二十歳代をほんのわずか思い起こしながら、フランス語のテキストをぱたりと閉じた。そして言った。

「結子ちゃん。

それは吉祥寺駅の南北自由通路で、若い男が喋っていたフレーズだね?」

「私が目撃したのは、その自由通路から駅施設外に出ようとする瞬間でしたが――

はい、若い男が喋っていたフレーズには違いありません」

「僕の記憶が正しければ、それは午前九時五二分あたりのことだが」

「ほぼ確実だと思います。私も待ち合わせ時間が気になって、時折《ときおり》時間を確認したので」

「当該《とうがい》若い男。誰か同伴者に対して喋っていた？」

「いえ同伴者はいませんでした——すなわちスマホ通話での発言。というか独言《どくげん》です」

「ちなみに当該《とうがい》若い男。人相着衣《にんそうちゃくい》に特色は？」

「ボストンタイプの大きなスポーツバッグを持っていました。人相はどこにでもいる平凡なもので、特異事項はありませんが、敢えて言えばたくましい方《ほう》。ただ年齢というなら、私とさほど変わらないでしょう。着衣のタイプからそれは断言できます」

「そうか……僕は当該《とうがい》若い男、目撃することまではできなかったなあ」

「というと」彼女の瞳がまた鋭く光る。「司馬さんもあのフレーズをお聴きになった」

「うんまさしく。

雑踏《ざっとう》が鰻登《うなぎのぼ》りだったから、可聴域《かちょういき》ギリギリだったけど——

第一に、とても切実で緊迫した声調だった。第二に、スマホ通話ゆえ周りの喧騒《けんそう》から幾許《いくばく》か声が浮いていた。だから、必ずしも大声ではなかったけれど、不思議と耳に残ったよ。実は結子ちゃんと合流する直前まで、その意味を頭の中で捏《こ》ねくり回してもいた」

「なら、司馬さんが聴解なさったそのフレーズも、やはり」

「そう、僕の脳がそう解釈した限りにおいて、だけど——

〝今かけ直そうか届けようか
でも残りは小銭だけだから、もう郵便局に駆け込むしかないのか〟

という言葉だ、確か」

「いみじくも」彼女がちろりと舌を出した、気がした。「私達ふたりの耳と脳は、同じ判断を下したわけですね……そして恐らく司馬さんは戦慄《せんりつ》した、私同様に」

「おっと御免《ごめん》、結子ちゃん。本日最初の一服だ。脳が紫煙《しえん》を求めて已《や》まない。何故ならば」

未成年者の前で申し訳ない、と詫《わ》びつつ、僕は細身の紙巻きに着火した。

ワンテンポ置いて、嘆息《ためいき》の如《ごと》くに、反社会的な煙を紡《つむ》ぐ……

「何故ならば、そう、定冠詞ひとつの使い方で四時間以上の論理的死闘を繰り展《ひろ》げた、いつかのあの日のような予感がするのでね……

おっと、煙草ついでに数瞬待ってくれないか。急ぎのメールを一本打つの、忘れてた」

僕は手持ち無沙汰《ぶさた》になった彼女の眼前で、申し訳なくも仕事のメールを一本打った。

「——ああ御免《ごめん》、待たせたね。それでは雑事《ざつじ》も終わり、覚悟も決まったところで。

まずは基盤となるテクストが正しいかどうか、念《ねん》の為《ため》確認した上で。

この極めて平凡に思えるテクストが、君にとってどのように『微妙に興味深い』のか、そして何故『細部に意味が充ち満ちている』『真実への道を突き詰めてみたくなる』のか。当該《とうがい》フレーズに戦慄したなる僕にも、解るように教えてくれないか？」

Ⅲ

奇《く》しくも、彼女と僕が紅茶を飲むタイミングが一致した。それは紅い口火だった。

「では司馬さん、まずはテクストの確認を。

この、健全な社会常識からして3のフレーズに分解できるテクスト。以下このテクストをT_xと置き、それぞれのフレーズをT_1・T_2・T_3と置くこととしましょう。

T_xを全てひらがなにすれば、句読点を併《あわ》せ五二字。

そして司馬さんと私の聴解結果はまるで一緒ですから、T_xを構成するひらがなに誤りはない。すなわちT_xの発音も表音文字も一義的に定まる——御同意いただけますか？」

「うん同意する。

僕はこの場合自分を信頼しているし、それ以上に君を信頼しているからね」

「あら嬉しい。

ただどう考えてもT_xは日本語のテクストですから、健全な社会常識からして、確定的に漢字に置換《ちかん》できる単語もあります。すなわちそれらは、

T_1……直そう、届けよう
T_2……残り、小銭
T_3……郵便局、駆け込む

のそれぞれ二単語——これには御同意いただけますか？」

「うん同意する。文脈と用い方からして、疑いようも無く漢字に置換できるから。例えばT_1の〈なおす〉だけだったら同音異義語があるが、〈やりなおす〉なる文脈と用い方からして漢字は一義的に定まる。

そして実はこの〈直す〉だけが最大の難所。

結子ちゃんが提示した他の単語は、遥《はる》かにたやすく一義的に定まる——

〈届ける〉なる動詞に同音異義語は無いし、〈残り〉なる名詞にも同音異義語は無い。

〈郵便局〉なる名詞なんてこの場合、極めて固有名詞に近い。確定的だ。

そして〈郵便局〉が確定するとき、〈小銭〉〈駆け込む〉も連鎖的に確定する。それらは例えばコゼニさんなる固有名詞でもなければ、鍵を掛け込むなる動詞でもなくなるから」

「そうすると結局、私達が聴解したテクストT_xは
今かけ直そうか届けようか（T_1）

でも残りは小銭だけだから（T_2）
もう郵便局に駆け込むしかないのか（T_3）
で確定する――御同意いただけますか？」

「うん同意する。形式的な問題が一点、実質的な問題が一点指摘できるけど同意する」

「これすなわち？」

「〈しかない〉を〈しか無い〉と置いてもこの場合同値《どうち》だから、これは無視できる問題。他方で――T_1の〈かける〉にあっては、まさか無視できない問題を胎《はら》んでいる」

「同音異義語ですね。架ける、掛ける、賭ける、駆ける、翔《かけ》る……」

「まさしく。そしてこの段階で僕が思うに、この〈かける〉問題を突破するとき。このひらがなにして五二字ないし四九字、漢字にして四三字ないし四〇字のテクストT_xの解釈は――あるいは僕らの論理的対局《たいきょく》は、劇的な進展と変貌《へんぼう》を見せる予感がするよ。何と言っても、結子ちゃんの解析結果によれば、僕はT_xに戦慄するらしいからね？」

「まだ二桁《ふたけた》回もデートしていませんが……」彼女はバラから雫《しずく》が落ちるように嘆息《ためいき》を吐《つ》いた。「……飄々《ひょうひょう》としたおとぼけが、可愛《かわい》らしくもあり嫌味でもありますね、司馬さん？」

「坊やだからかな。精神年齢からすれば、僕は君の半分未満だと痛感しているのでね」

重ねて、僕は四十歳を過ぎた勤《つと》め人《にん》。彼女は十七歳の高校生だ。ただしかし、これだけ月光の如《ごと》くに儚《はかな》く美しい外貌《がいぼう》をしていながら、これだけ哲学的なテロリストの如《ごと》き性格形成をしている高校生も、まあ滅多《めった》にいるまい……褒《ほ》め言葉だが、彼女は確実に異常者である。その祖父が僕に家庭教師を依頼した理由も、今ではよく解る。

「なら、論理的対局で司馬さんに投了《とうりょう》してもらう為《ため》、私、頑晴《がんば》らなくてはいけませんね」

「今日は現在分詞とジェロンディフをやりたいから、お手柔らかに願うよ、あっは」

「とまれ、かくて$T_x = T_1 + T_2 + T_3$が、〈かける〉の表記を除き確定しました。では引き続き、各フレーズが何を意味しているのか、純粋に言語のみから解析してゆきましょう」

「待った。専ら純粋に言語のみから――としたい。というのも、T_xの発話者の特徴・行為・置かれた状況等、僕らふたりが五官で感受し確認し終えた情報は、『議論の大前提』として解析の根拠にしたいから」

「合理的です、了解しました。それら議論の大前提は用いてよい。ではまずT_1から――司馬さんの先手《せんて》でお願いできますか？」

「合点承知《がってんしょうち》」彼女が試験官で、僕が受験者だ。「君の口頭試問《こうとうしもん》は、上司より恐《こわ》いけどね」

Ⅳ

T_1――〝今かけ直そうか届けようか〟

「司馬さん。この一二文字から解析できることは？」

「そうだねえ。まず、発話の主体をHと置こうか」

「……発話《はつわ》のHですか？　あるいは男《オンム》のH？」

「さあどうかな。とにかく**Hは困っているね、少なくとも迷っている**」

「認めます。T_1のみからすれば確かに迷っている――それも〈今〉迷っている。**Hのその迷い・悩みは緊急性と切迫感・焦燥感《しょうそうかん》のあるもの。**

――いささか議論を先取りすれば、T_2のニュアンスからもT_3のニュアンスからも、とても困っていることは明確ですが、T_1のみからすれば、ふたつの行為・ふたつの選択肢を前にして迷っている。認めます」

「すると早速ここで、無視できないインパクトを有する〈かける〉問題に直面する」

「そうですね。文字レベルで一義的に確定できていないのは〈かける〉だけですから」

「ただいみじくも結子ちゃんが列挙してくれたとおり、そしてスマホで漢字変換をしてみれば解るとおり、〈かける〉の候補は5――架ける、掛ける、賭ける、駆ける、翔《かけ》るの五語だ。

　実はあと懸けるが候補に挙がってくるが、これは文脈と用い方からして否定できる。①懸けるは目的語を欠いては日常用語として意味を成さないし――命を懸ける、優勝を懸ける、人生を懸ける等々――②何より〈届けようか〉なる並列の選択肢とまるで質感が異なる。〈届ける〉は明らかに日常用語で日常行為。それと並列の選択肢として、かけがえのないものを懸けるということはあり得ない。それが決め付けに過ぎるというのなら、③テクストは〈かけ直そうか〉なるリトライのかたちを取っているのだから、この連語のニュアンスからして、かけがえのないものを〈懸け直す〉ということはあり得ない。あとトリビアルなことだが、④スマホの漢字変換でも〈懸け直す〉は出てこない」

「すなわち〈かける〉問題において」彼女はいった。「〈懸ける〉は脱落する」

「そうなる。

　そして次に〈翔る〉が脱落する。これも深刻な検討を要しない。Hはどう考えてもヒト。飛翔すること・天翔《あまかけ》ることはできない。念《ねん》の為《ため》に深刻な検討をするにしろ、①〈届けようか〉なる並列の選択肢とまるで質感が異なるし、②〈翔《かけ》直す〉なるリトライの日本語は存在しない」

「認めます。すると〈かける〉問題における用語候補の残りは四語」

「架ける／掛ける／賭ける／駆けるだね」

「けれど、これ以上の締《しぼ》り込みはできますか？」

「うん、できると思うよ」

「あら、どうやって？」

「〈届けようか〉なる並列の選択肢の存在によって。

――この言葉は実に有難《ありがた》い。ほんとうに有難い。実に日常的で具体的だから。もしT_xが〈届けようか〉を欠いたなら、僕は君の挑戦に為《な》す術《すべ》もなかったろう。

そう、着目すべきは〈届ける〉なる行為の具体性だ。

換言《かんげん》すれば、着目すべきはそれが、**①目的物を前提としていることと、②相手方を前提としていることだ。物を誰かに移動させ委《ゆだ》ねる**から〈届ける〉なんだもの。

この①②の特性に鑑《かんが》みれば、目的物を前提としない自動詞の〈駆ける〉が脱落する。物をどうこう操作することのない〈駆ける〉は脱落する」

「でも司馬さん」彼女はとても美しく唇を舐《な》めた。「残りの架ける／掛ける／賭けるの三語は全て他動詞ですね。すなわち全て目的語を要し、目的物を前提とします」

「けれど結子ちゃん、〈届ける〉目的物は誰の物なんだろう？　H君自身の物かな？」

「それは」彼女は嫌な手を指された顔をして。「一概《いちがい》には言いかねます」

「じゃあ質問を変えよう。それはH自身が自由に処理・処分できる物？」

「……違います」

「だよね。〈届ける〉からには、目的物を相手方《あいてかた》に移動させて委ねてしまうんだものね。

この〈届ける〉べき目的物は、H自身の決断で勝手に処分できない物だ。

すると、目的物を自分の物として処理・処分してしまう〈賭ける〉が脱落する。人様《ひとさま》に〈届ける〉べきものを、勝手気儘《かってきまま》な賭けの対象にすることはできない」

「でも例えば、横領してしまったものを素直に返還するか、それとも勝手気儘なギャンブルの種銭《たねせん》にするかを迷っている――といった想定も可能ですよね？」

「一〇〇％の論理的な否定はできないけれど、健全な社会常識からはまず否定される」

「何故？」

「テクストは〈かけ直そうか〉だからさ。またもやリトライの論点だ。

これすなわち、Hは既に〈かけて〉しまっている。少なくとも一度〈かけて〉しまっている。結子ちゃんの提示したようなスキャンダラスな行為を前提とすれば、Hは既に〈賭けて〉しまったんだ。そしてT_1の議論の出発点として、Hは迷っている……ならギャンブルには負けたんだろうね。そのときは〈届ける〉ことができなくなる。まして〈届ける〉ためにもう一度ギャンブルをするなんて、沙汰《さた》の限《かぎ》りだ」

「けれど議論を先取りすれば」彼女の頬《ほお》が、嬉しそうに紅潮し始めた。「T_2〝でも残りは小銭だけだから〟の素直な解釈として、『金銭トラブル』や『ギャンブル』が容易に想定できませんか？」

「同じく議論を先取りすれば、残りが小銭だけなら〈賭け直す〉ことそのものが無理だよ」

「だからこそT_3〝もう郵便局に駆け込むしかないのか〟なのでは？」

「その場合、目的語・目的物は確定的に〈金銭〉だよね。小銭なる用語からしても、郵便局で切手・ハガキ・印紙等を大量に買うよりは素直に金銭を下ろした方が便利で無難《ぶなん》だという意味においても。けれど。

目的語・目的物を〈金銭〉と仮定すると、〈届ける〉行為との矛盾が出てくる」

「……御免《ごめん》なさい、今ちょっと議論をロストしました」

「いや御免《ごめん》、僕が舌足らずだったよ。

言いたかったのは、T_1における〈かけ直す〉ことと〈届ける〉ことは並列の選択肢だってこと――内容的にも、そして時間的にもね。換言《かんげん》すればHは、T_xをスマホの通話相手に喋ったその時点において、〈かけ直す〉ことも〈届ける〉こともできたんだ。すると」

「あ、成程《なるほど》……」

「そう、結子ちゃんのギャンブル説＝目的物金銭説を前提とすると、Hは郵便局に駆け込むしかないほどの金欠《きんけつ》ではあり得ない。賭け直さずに届けることが、当然の、並列の選択肢として採用されているんだからね。

　なら前提が誤りなんだ。**〈かける〉〈届ける〉目的物は、金銭ではない**」

「認めます。既にして、ちょっとかなり興味深いですね。まとめれば――」彼女の瞳が、長い睫《まつげ》によって夢見るように閉ざされる。すなわち御満悦《ごまんえつ》だ。「――**①並列関係から、〈かける〉〈届ける〉の目的物は一緒である。**②相手方《あいてかた》に移動させて委ねてしまうべき目的物を〈賭ける〉ことはできない。③目的物を金銭とすれば、郵便局に駆け込むなる金欠《きんけつ》の選択肢と矛盾が生じるから、目的物は金銭ではない。④〈かけ直す〉というリトライの文意から、〈かける〉の行為がギャンブルとは、一般論として想定し難《がた》い」

「まさしくそのとおり。なら①②③④を総合すれば？」

「T_1における〈かける〉は、〈賭ける〉ではない」

「そうなるね。するとT_1における〈かける〉候補として残ったのは？」

「あら不思議」よく言うよ、という失言を僕は懸命に自制した……「たったの二語。〈架ける〉〈掛ける〉のたった二語」

「まさしく。ならいよいよT_1に代入して、さて〈架け直す〉なのか〈掛け直す〉なのか」

「橋を架けるわけでもケーブルを架けるわけでも電線を架けるわけでもなさそうですから、ここは〈掛け直す〉と決め打ちしたくなりますね？」

「……いや試験官が厳しいから、ちゃんとギリギリ詰めておこうか。

　ここで、〈届ける〉という用語からして、その**目的物はモノ、有体物《ゆうたいぶつ》だ。**既に議論したとおり、金銭ではないけどね。

そして確かに結子ちゃんの指摘するとおり――また今《いま》大急ぎでスマホ君に検索してもらったとおり――〈架ける〉というのは辞書的には『AとBの間にモノを架け渡すこと』を意味する、らしい。すると、そんな用語を日常の言葉遣いで用いるかなあ、という疑問が生じる。成程《なるほど》、君の言うとおり決め打ちをしたくもなるね。ただ厄介《やっかい》なのは、並列関係からして、〈架ける〉の目的物もまさにモノ、有体物だということだ。だから一〇〇%の論理的確信を持って、T_1の〈かける〉が〈架ける〉でないと断定することは無理だ。

だけど」

「だけど？」

「これもスマホ先生の出前迅速《でまえじんそく》な御指導によれば、〈掛ける〉というのは辞書的には、こと有体物に関して言えば『物をぶら下げる・被《かぶ》せること』を意味する、らしい。すると実は、我らが〈架ける〉と〈掛ける〉には、とても大きな公約数があることになる」

「要は**『物をひっかける』『物を物理的にかけわたす』**ことですね？」

「まさしくだ。そうすると、実は〈かける〉問題において最後に残ったこの二語の、いずれが真かを今《いま》確定する必要は無いのではないか――とも思える。**日常行為としての『ひっかける』『かけわたす』なるイメージ**を持っておけば足りるのではないか――とも思える。だから今の段階においては、T_1の**〈かける〉は〈掛ける〉である蓋然性《がいぜんせい》が高い**、とだけ指摘しておけば充分だと思える。

……これは蓋然性の問題だから確たる論拠は無いが、①日本語の日常会話においては〈掛ける〉の用例の方が〈架ける〉よりも圧倒的に多いということ、②我が国の日常生活において私人《しじん》が物を〈架ける〉行為は極めて少ないということ――橋・ケーブル・電線は言うに及ばず、洗濯物を干すロープや運動会の万国旗じゃあるまいしね――③Hは議論の大前提として若い男なのだから、脳内変換で〈架ける〉を使う確率はかなり低いということ、このあたりを支柱にしておこうか。無論、再度強調しておけば、ここで重要なのは『物をひっかける』『物を物理的にかけわたす』という意味内容であって、意味が解った以上、表意文字に執拗《こだわ》るのは議論が逆立ちするということだね」

「綺麗にはぐらかされた感も否《いな》めませんが……確かに意味が解った以上、意味を知るための文字を検討するというのは本末転倒です。よって結論は認めます。一点の懸念《けねん》を除いて」

「これすなわち？」

「法学や法律実務の世界では、〈架電《かでん》〉なる言葉をナチュラルに用いるはずです」

「うっ成程《なるほど》」そりゃそうだ。彼女としては当然の一手だ。「電話を架ける、かあ」

「するとT_1の〈かけ直そうか〉は、電話を架け直そうかの意味とも解釈できます。ましてそれはとても自然です。架け直します／架け直しましょう／架け直していただけますか……日本語の日常会話において圧倒的にありふれていますから。でしょう？」

「――いやそれでも架電はないね。電話を架けるはない」

「また何故？」

「①やはり〈かけ直す〉と〈届ける〉の並列関係から。この二語は内容的にも時間的にも並列の選択肢。これはもう証明済み。換言すればそれら二語の目的物はモノ、有体物《ゆうたいぶつ》だ。そして無論、ＳＦなら別論、電話の手段で有体物を遣《や》り取《と》りすることはできない。
②またリトライの文意から。もしこれが真に〈架け直そうか〉ならば、Hは既に少なくとも一度、相手方《あいてかた》に電話を架けている。しかし議論の大前提として、Hは迷っている。〈届ける〉ことすら迷っている。相手方にアクセスすること自体を迷っている。〈今〉なる現在進行形でね。そんなHが既に、相手方《あいてかた》と電話でコミュニケーションをしたとは考え難《にく》い」
「躊躇《ちゅうちょ》の余り、発信ボタンは押したけどすぐ切った。はたまた、二言《ふたこと》三言《みこと》喋ってガチャ切りした――議論の大前提としてHは迷っているのだから、それらも実に自然な行為では？」

「おっと、それほどまでに動揺して躊躇しているHの論理的な選択肢として、それらの行為以上に恐ろしい〈届ける〉行為＝直接接触行為がすぐ浮上しているのは説得力を欠くね」

「直接接触を避け、これから玄関先やポストに置いておくのも〈届ける〉では？」

「えっHはこれから郵便局にこそ駆け込もうとしているんだよね、T_3？」

「……意地悪」

「えっ何か？」

「いつもの此方《こちら》の話です。

なら〈架ける〉が架電ではない論拠って、他にもありますか？」

「微妙に卑怯《ひきょう》なものが二つある。連番を続ければ――
③T_3における〈郵便局に駆け込む〉なる選択肢。これも議論の先取りになるから卑怯だけど、この〈駆け込む〉－〈かけ直す〉－〈届ける〉もまた、T_xにおいて並列関係にある、内容的にも時間的にも並列の選択肢だ。ならその全てが**肉体的・身体的・物理的な負荷のある行為であり動作であり作業**だ。とりわけ〈駆け込む〉〈届ける〉は**場所的移動を含む概念**だ。ならそのとき、〈かけ直す〉だけが肉体的・身体的・物理的な負荷《ふか》ゼロの、場所的移動を含まない概念ということは想定し難《がた》いよ」
「例えば〈届ける〉が一定の届出をすることだと考えれば、それはネットの手段によっても可能です。ましてそれは好都合なことに、むしろ架電《かでん》＝電話行為との親和性すらある。

なら〈届ける〉が物理的な負荷のある、場所的移動を含む概念だなんて断言できません」

「でもそれなら素直に〝届け出ようか〟と発話したろうね、Hは。

口調としても語呂《ごろ》からも、文意からもまるで無理がないものね」

「それこそ蓋然性《がいぜんせい》の問題では？」

「まさかあ。そもそも〈届ける〉目的物はモノ、有体物だし。

有体物をネットを介して送信する情報通信技術は、寡聞《かぶん》にして知らないなあ……」

「小学生かよ」

「えっ何か？」

「可聴域《かちょういき》ギリギリで言ったつもりですが、此方《こちら》の話ということにしておきます」

「あっは。

あと最後に、④Hはスマホでまさに誰かと架電中だったという事実。

これも議論の大前提で論理的操作じゃないから、微妙に卑怯だけどね。とまれ、Hは甚《はなは》だ迷っている。ただもしその悩みの本質が『電話を架け直そうか、やめようか……』なるものだとしたら。そこは郵便局に『駆け込む』ほどの切迫感・焦燥感《しょうそうかん》を有しているHのこと。相手が誰だか分かりゃしないけどまさにスマホで人生相談なんかをするよりは――重ねてその切迫感・焦燥感からして――スマホを操作したり機体をいじったり、とにかく『電話を架け直そうか、やめようか……』にふさわしい挙動《きょどう》を見せるんじゃないかなあ。

――このうららかな春の朝、しかも土曜、お役所あるいは金融機関に『駆け込む』とまで言うからには、事態には一刻の猶予《ゆうよ》も無いわけで。まして既に検討した様《よう》に、そのことはHの〈今〉なる最初の単語からも立証できるわけで。そのとき強いられたオプションに『電話を架ける』ことがあるのなら……僕がHだったら、誰かとスマホで人生相談なんてできないね。甚《はなは》だ迷って甚だ躊躇《ちゅうちょ》するようなトラブルがあるのなら、そしてHが電話のリトライすら検討するほど真摯《しんし》なら、相手方のほうから着信がある可能性だって充二分にあるし。なら自分の回線を塞《ふさ》いでおきたくはないし」

「……特に④は、またまた綺麗にはぐらかされた感も否《いな》めませんが、すなわち結論として」

「〈かける〉は架電＝電話を架けるを意味しない。

そして僕が思うに、T_1〝かけ直そうか届けようか〟の議論はほぼ、尽きた」

「認めます。それじゃあ、T_1の議論によって導かれた結論をまとめて下さい司馬さん」

結論1-1　Hは迷っており、その迷いには緊急性と切迫感・焦燥感がある
結論1-2　Hは〈届ける〉目的物と〈届ける〉相手方《あいてかた》を持つ
結論1-3　Hは物を誰かに移動させ委ねることを検討している
結論1-4　Hが持つ目的物は、H自身の決断で勝手に処分できない物である
結論1-5　Hが持つ目的物は、金銭ではない
結論1-6　〈かけ直す〉目的物と〈届ける〉目的物は同じである
結論1-7　Hが持つ目的物はモノ、有体物《ゆうたいぶつ》である
結論1-8　〈かけ直す〉の〈かける〉は、物をひっかける、物を物理的にかけわたすことを意味する
結論1-9　〈かけ直す〉の〈かける〉は、〈掛ける〉である蓋然性《がいぜんせい》が高い
結論1-10　Hが迷っている行為は、肉体的・身体的・物理的な負荷のある行為である
結論1-11　Hが迷っている行為は、場所的移動を含む行為である

「うん、こんなところだ。ああ恐い試験官だった」
「認めません。それでは先手《せんて》・司馬さんのターンを終えて」
「ああ、今度は後手《ごて》・結子ちゃんが答案を出す番だ――T_2の攻略を開始しよう」

V

T_2――〃でも残りは小銭だけだから〃

ふたりは紅茶のお代わりを頼んだ。

中盤戦ではいつも、喉湿《のどしめ》しならぬ舌湿《したしめ》し・唇湿《くちびるしめ》しとしてアイスティーになる。

そしてふたりとも、ガムシロップを惜しまない。脳が糖分を求めて已《や》まないからだ――

「さて、結子ちゃん」

僕は新たに入店してきた、この雰囲気あるレトロな喫茶店には不似合いな中年男三人組を見遣《みや》りつつ、いよいよ口頭試問《こうとうしもん》を開始した。

「わずか三文節の、このT_2。エッジの効いた単語も無い。

すなわち量的にも質的にも、著しく情報が乏しいように思えるけれど？」

「認めません」彼女はしれっと言った。「それを言うなら、T_1もたった三文節でした。ましてこのT_2には、私思うに、テクストT_x全体でもトップクラスの重要語が存在します」

「えっ、どれ？」

「それはメインディッシュとして、私のターンの最後に。

故にまず〈残り〉という単語を採り上げます」

「了解。するとだ。それって何の〈残り〉なんだろう？」

「金銭です。早速ですが次の〈小銭〉と組み合わせれば自明ですから。この〈小銭〉なる単語は確定的に、少額金銭・小額貨幣なる意味しか持ちません。そして〝残りは小銭だけ〟――すなわち〈残り〉＝〈小銭〉の等式と、〈小銭〉＝〈金銭〉の等式が疑いなく成立する以上、シンプルな論理的操作で**〈残り〉＝〈金銭〉**となる。御同意いただけますか？」

「同意する。論理的操作に誤りは無いし、そもそも健全な社会常識がそれを肯定するから」

「ありがとうございます。

更にこの〈残り〉＝〈金銭〉は、**Hの発話当時の所持金**である。御同意いただけますか？」

「念《ねん》の為《ため》だけど、それは何故？」

「質問に質問で返すのは無礼ですが、〈小銭〉は何処《どこ》に入れますか？」

「それは小銭入れだ、少なくとも財布だ」

「財布の現実の残量をどうやって確定的に確認しますか？」

「無論、実際に財布を現認《げんにん》して確認するだろうね」

「ならHはT_Xの発話当時、①現に財布を所持していた。②現にその残量を確認できた。③だから残量が〝小銭だけだから〟と確定的に認識できた——よってT_2の〈小銭〉は、Hが発話当時、現に所持していた金銭となる。御同意いただけますか？」

「うん同意する。健全な社会常識に反しないから」

「更にこの〈小銭〉の実際の金額というか、**現実の所持金は極めて少額で乏しい**」

「——人によっては、九〇〇円あるいは九、〇〇〇円を〈小銭〉と考えるかも知れないよ。無粋《ぶすい》な揚《あ》げ足《あし》とりだが、小銭小銭といったところで、必ずしも硬貨のみを意味しないから」

「一部認めます。懐《ふところ》事情《じじょう》の評価は自己の主観そのものですから。

ただし、①T_2の小銭〈だけ〉なる単語と、②先取りになりますがT_3の郵便局に〈駆け込む〉〈しかない〉なる単語からして、Hの主観としては、Hの現実の所持金は極めて少額で乏しい。加えて、③司馬さんがその声を聴いた結果としても、私がその人相着衣を目撃した結果としても、Hは若い男ですよね？」

「そういえば、君とさほど年齢が変わらないであろう若い男だ、って言っていたねえ」

「ならHの主観に加え、客観的にもHの〈小銭〉、Hの現実の所持金は極めて少額で乏しい。あられもなく言い換えてしまえば、**Hは金欠《きんけつ》の状態にある。**御同意いただけますか？」

「あれ？　でも先刻《さっき》のT_1の検討において、Hは金欠ではあり得ない——って結論が出ていなかったっけ？」

「いつもながら混ぜっ返すのがお好きですね。

けれどそれは、T_1の〈かける〉を〈賭ける〉だと仮定したときの結論。Hの〈賭ける〉目的物が金銭であると仮定したときの結論でした。しかしそれは、先に纏《まと》めた結論1-5・結論1-8によって完全に否定されています。それらの仮定は誤りなんです。なら誤りの仮定から導かれた『Hは金欠ではない』という命題も誤りです」

「同意する。すなわちHは現実に、確かに金欠の状態にある」

「ありがとうございます。これでT_2〝でも残りは小銭だけだから〟のうち、〈残り〉〈小銭〉〈だけ〉の検討が終わりましたので、残余は〈でも〉〈だから〉の二語となります。そして説明の便宜《べんぎ》のため、〈だから〉の方から処理しましょう。

ここで、〝でも残りは小銭だけだから〟の〈だから〉が理由を意味することは自明です。ではHは金欠を理由として何をするのか？　金欠だから何をするのか？」

「先取りになるが、T_3からしてそれもまた自明だね」

「〝もう郵便局に駆け込むしかないのか〟ですからね。すなわち健全な社会常識によって判断すれば、**Hは郵便局において金銭を補充することを意図している。**もちろん現実的・物理的に考えても矛盾は出ない。司馬さんももう御存知《ごぞんじ》のとおり、吉祥寺の駅周《えきまわ》り徒歩五分圏内には、基幹店《きかんてん》を含む郵便局複数がありますから。そしてネットで検索するまでもなく、基幹店であれば土曜日も平然と営業をしているでしょう。いえ時として日曜日すら」

「ふむ。成程《なるほど》今日は土曜日だが、銀行と違って郵便局なら、まして基幹店なら、有人であるばかりかATMを確実に利用できるわけだ」

「いずれにしろ更に言い換えれば、HはT_3における**〈郵便局〉を、金融機関として利用することを意図している。**また更に言い換えれば、**Hは郵便局に場所的移動をすることを意図している。**これらにも御同意いただけますか？」

「うん同意する。いずれも今《いま》し方《がた》の、金銭を補充する云々《うんぬん》を言い換えたに過ぎないから」

「ありがとうございます。

そしてこれでやっと、T_2におけるいえT_xにおけるメインディッシュにして実は最大の論点、〈でも〉の検討に入れます。換言すれば、T_xの戦慄すべき真の意味に肉薄《にくはく》できます」

「――ちょっと議論の趣旨が見えないんだが。〃でも残りは小銭だけだから〃の〈でも〉。このありふれた接続詞にどんな重要性があるんだい？　結子ちゃんによれば、それはT_xの議論においてトップクラスの重要語だって話だけど……でもとっしょりの錆《さ》び付いた脳じゃあ、まるで意味が解らないなあ」

「飄々《ひょうひょう》としたおとぼけが、いよいよ嫌味か嫌がらせの成分を濃くしてきましたね。

なら逆に質問しますが、何故ここで〈でも〉なんでしょう？　何故ここで、〈でも〉なる逆接の接続詞なんですか？」

「逆接の接続詞だと何か不具合でも？」

「著しく理解に苦しむという意味では絶大な不具合があります。

というのも。

〃かけ直そうか届けようか＋でも残りは小銭だけだから〃なんですよね？

一般化すればこれは、〃AをしようかBをしようか＋でもCだから〃ですよね？

そうすると。

逆接の接続詞なんですから、この〈でも〉は明らかに、選択肢Aと選択肢Bを妨害する事情Cを導きます。言い換えれば、〈でも〉が導く事情Cによって、選択肢Aと選択肢Bの実現は脅かされているんです。

――これは例えば、『不倫しようかパパ活をしようか、でも僕は警察官だから……』といった具体例を提示してみればすぐ解ります。不倫するという選択肢Aとパパ活をするという選択肢Bが、自分は警察官であるという事情Cによって妨害され、脅かされている。言い換えれば、Cを優先するのなら、ABの選択肢は採用できない。こうなります」

「あっは、先刻の君の御批判を、そのままお返ししたくなったが……

成程《なるほど》、具体例にしてみれば解りやすい。そして理解できた内容を僕の言葉で言い直せば、この場合、選択肢ABと事情Cは相容《あいい》れない、両立しがたい、相互に排他的なものと言えるだろう。事情Cを優先するというのなら、選択肢ABは採用できないだろう」

「まさしくです司馬さん。

なら具体例から離れ、T_2に即して選択肢ABと事情Cとを整理すれば――」

「――選択肢Aは〈かけ直す〉、選択肢Bは〈届ける〉、そして事情Cは〈残りは小銭だけ〉となるね」

「それもまさしく。そしていよいよこの時点で、T_2におけるあるいはT_xにおける、接続詞〈でも〉の異様さとそして危険性を指摘せざるを得ません。私はそれに戦慄《せんりつ》します」

「また何故？」

……彼女はここで、十七歳らしく顎《あご》をそして頭を上げ左耳を掻《か》き出した。それは若さの鎌首《かまくび》だった。恐れるものの無いロングロングストレートの黒髪が刹那《せつな》の内に翻《ひるが》えり、まるで果実と月光とが不思議な同盟を組んだかの如《ごと》き蠱惑的《こわくてき》な香りが、僕の鼻梁《びりょう》を襲う。

「何故も何も。

健全な社会常識からして、〈残りは小銭だけ〉なる事情が、〈かけ直す〉〈届ける〉なる選択肢を妨害するとは考えられないからです。〈残りは小銭だけ〉なる事情が、〈かけ直す〉〈届ける〉なる選択肢と相容《あいい》れず、両立しがたく、相互に排他的であるとは考えられないからです。言い換えれば、〈残りは小銭だけ〉なる事情が、〈かけ直す〉〈届ける〉ことを妨害し断念させるとは考えられないからです。

　ここで。

　先刻の結論1-8から、〈かける〉は物をひっかける／物を物理的にかけわたすことでした。また先刻の結論1-3から、〈届ける〉は物を誰かに移動させ委ねることでした。これらは既に立証されています。

　そうした、物をひっかけるという行為／物を誰かに移動させるという行為が、金欠《きんけつ》状態なる事情によって妨害され、あるいは金欠状態なる事情と両立しがたいとは到底思えません。裏から言えば、金欠状態なる事情があるからそれらの行為が妨害される――とは到底思えません。

　これもまた、『不倫行為／パパ活行為』×『警察官であること』なる具体例から検討してみればたちまち理解できます。『物を引っかける行為／物を移動させる行為』×『金欠状態』という奇妙な図式は、双方が正面衝突・正面対峙《たいじ》していないという意味において、不可解であることを超え、およそ成立しないと言っても過言ではありません――御同意いただけますか？」

「うん否だ、不同意だ」

「……またどうして？」

「何故と言って、結論1-11から、〈かける〉〈届ける〉はHの場所的移動を含むから。なら交通費の問題を想定するのはむしろ自然だ。目的地がそれなりに遠隔地だという想定すらできる。すると『かける行為』『届ける行為』×『交通費の金欠《きんけつ》』という図式は、成立することを超えておよそ自然だ。金欠が前二者を妨害するからね。そうじゃないかい？」

「はあ……」彼女はあからさまに、故意《わざ》と、アイスティー一杯分ほどの嘆息《ためいき》を零《こぼ》した。同時に、ストローの長さほど肩を竦《すく》めてみせる。「……ほんとうに意地悪ですね司馬さん。だって、まさか結論1－1を忘れたわけではないでしょう？」

「えっすなわち？」

「……Hは〈かける〉〈届ける〉ことを迷っている。そしてその迷いには緊急性と切迫感・焦燥感《しょうそうかん》がある。これはもう立証されたこと。その論拠は何でしたか？」

「それは〈今〉だ」はぐらかしきれるとは思っていなかったが。しかし、彼女の頭脳の可愛げない回転速度ときたら……「すなわちT_1〝今かけ直そうか届けようか〟の冒頭、今」

「なら〈かける〉選択肢も〈届ける〉選択肢も〈今〉実現可能なんですよね。だったら、結論1－11の場所的移動を前提としても、その場所的移動に交通費の問題は生じません。**目的地は遠隔地どころか、〈今〉アクセスできる至近距離にある**と想定するのが自然です。それが決め打ちに過ぎると仰有《おっしゃ》るのなら、傍証《ぼうしょう》を提示しましょう。

T_xにおいて〈かける〉〈届ける〉〈駆け込む〉なる動詞は並列関係にあります。実現可能な選択肢として列挙されていますから。そして〈駆け込む〉のは郵便局ですから、議論の大前提からして吉祥寺駅周《まわ》り徒歩五分圏内。ならそれと並列関係にある**〈かける〉〈届ける〉ための移動先も、吉祥寺駅周りを大きく逸脱《いつだつ》する場所ではない**。念《ねん》の為《ため》の再論ですが、この結論は〈今〉なる単語が補強してくれます」

「成程《なるほど》、成程……」僕のグラスはもう空になっている。「……でもちょっと議論の趣旨が見え難《にく》くなっているな。結子ちゃんが強調したいのはそもそも、T_2における〈でも〉の異様さと危険性――なるものだったよね。そして話を聴くに、『かける行為』『届ける行為』×『金欠状態《きんけつ》』なる図式が成立しない、それが異様で危険だ、ということらしいが……とっしょりにも解るかたちで、君が何の証明を目指すのか教えてくれないか？」

「それは無論、①今まさに司馬さんが仰有《おっしゃ》ったとおり、〈かける〉〈届ける〉と〈小銭だけ〉は普通、妨害関係にないこと——故に〈でも〉で結ばれるのは異様だということです。

しかし当然、そう当然、それは次の重要な疑問に直結します。それはすなわち——
②にもかかわらず、〈かける〉〈届ける〉と〈小銭だけ〉は妨害関係にあるということなんです」
「——えっ御免《ごめん》、ちょっとかなり解らない。妨害関係にないのに妨害関係にある？」

「違います。

日本語の客観的な解釈では妨害関係が成立しないはずなのに、Hの主観・確信においては、妨害関係は確実に成立しているんです。端的《たんてき》には、普通の日本語なら〈でも〉を遣《つか》うはずのない箇所で、Hだけは〈でも〉を意図的に遣っているんです。更に端的には、

普通の日本語
〈かける〉〈届ける〉↔〈小銭だけ〉は対立せず、両立

H君の日本語
〈かける〉〈届ける〉↔〈小銭だけ〉は対立し、両立せず

という図式になります。またこれをHの主観に即して言い換えれば、

通常人の主観
〈小銭だけ〉の事情があっても、〈かける〉〈届ける〉は可能

Hのみの主観
〈小銭だけ〉の事情があるから、〈かける〉〈届ける〉は無理

という結論になります。

このことを意識すれば、〃今かけ直そうか届けようか、でも残りは小銭だけだから〃の〈でも〉の異様さは解ります。重ねて、交通費の問題など否定されますから、残りが小銭だろうと金欠《きんけつ》状態だろ

うと、かけ直すこと／届けることに何の支障もありません。それらはアッサリ両立する。金欠がそれらを妨害することは想定できません」

「ははあ……そうすると君が言いたいのはシンプルには、僕らの知る限りにおいてだが、

　この世でH氏だけにとって、〈かける〉と〈小銭だけ〉は両立し難《がた》い
　この世でH氏だけにとって、〈届ける〉と〈小銭だけ〉は両立し難い

ということだね？」

「まさしくです。そしてここでT_2の、〈だから〉の検討と結論を思い出してください――

　小銭だけ、〈だから〉、郵便局。

すなわち再論すれば、Hは〈郵便局〉を金融機関として利用することを意図している。

これを言い換えれば、Hは郵便局に場所的移動をすることを意図している。

すると当然、〈小銭だけ〉＝〈金欠《きんけつ》〉＝〈郵便局に駆け込む〉となりますから、今《いま》し方《がた》司馬さんが纏《まと》めてくれた命題は、私達の知る限りにおいてですが、それぞれ

　この世でHだけにとって、〈かける〉と〈郵便局に駆け込む〉は相互に妨害する
　この世でHだけにとって、〈届ける〉と〈郵便局に駆け込む〉は相互に妨害する

ということになり、更に置換《ちかん》すれば、

　この世でHだけにとって、〈郵便局に駆け込む〉ならば〈かける〉は無理
　この世でHだけにとって、〈郵便局に駆け込む〉ならば〈届ける〉は無理

ということになります。

なお、この『無理』すなわち『不可能』であることは、議論の先取りですが、T_3〝もう郵便局に駆け込むしかないのか〟の〈もう〉〈しかない〉〈のか〉なる言葉遣いからも補強されます。これらの言葉遣いは、T_xにおける三つの選択肢――①かけ直す／②届ける／③駆け込むの中でも、**できることな**

ら〈かける〉〈届ける〉を優先したいが、事情により、渋々、嫌々、とても躊躇《ちゅうちょ》されるが、郵便局に〈駆け込む〉を採用するしかない……というHの内心をストレートに暴露するものですから。健全な社会常識からして、T_xを読んだとき、およそ全ての読み手が『Hは郵便局になど行きたがってはいない』『Hには〈かける／届ける〉ことのできない切実な特殊事情がある』と判断するでしょう。〈もう〉〈しかない〉〈のか〉は、そうした決め打ちを許す言葉遣いです」

「以上を、できるだけシンプルに纏《まと》めれば。T_2における〈でも〉の一語だけで、Hが——

Ⅰ　**通常一般人には存在しない、極めて退《の》っ引《ぴ》きならない事情により**

Ⅱ　〈かけ直す〉ことも〈届ける〉こともできず

Ⅲ　甚《はなは》だ不本意ながらそれらを諦め

Ⅳ　〈郵便局〉へイザ行こうとしている

ということが理解できてしまうと。これらが、〈でも〉の一語から君が導いた結論だね？」

「はい司馬さん。御同意いただけますか？」

「解った、同意する。

そして成程《なるほど》、事《こと》ここに至れば、T_2における〈でも〉は、T_x全体でもトップクラスの重要語でメインディッシュだ。わずか二字ながら、今日の検討を通じて最も難解で最も情報量が多い。けれど結子ちゃん、君は確か、T_2における〈でも〉の異様さと危険性を指摘していたね。まして君は、そうした特性に戦慄するとまで言った。だが僕が思うに、難解さと情報量は認めるとして……未《いま》だどこにも異様さや危険性は無いように感じられるけど？　まして僕は鈍感だから、未だ何の戦慄も感じることができてはいないけど？」

「あっは、認めません。まさかです。寝言は職場で言ってください」

「また断言するねえ。なら何処《どこ》が異様で危険なんだい？　僕は何に戦慄すべきなんだ？」

「……今は私のターンですから、そのトボけまくった質問にも回答する義務がありますね。ただ、回答は既に整理した諸《しょ》結論から自明です。特に、①Hにとって〈かけ直す／届ける〉と〈郵便局に駆け込む〉は両立し難《がた》いこと、②Hが〈郵便局に駆け込む〉のなら〈かけ直す／届ける〉のは不可能であること、あと、③Hが甚《はなは》だ不本意にして甚だ躊躇《ちゅうちょ》しながら〈郵便局に駆け込む〉選択肢を採用しようとしていること。この三点のみからして既に回答は自明です。そうでしょう？

——では、中盤戦の最後に。

『なら、何故Hはそこまで郵便局に駆け込むのを躊躇しているのか？』という致命的な疑問を提示して、この私のターン、T_2の検討を終えることとしましょう。T_2の全ての単語、全ての文節は検討し終えましたから。よって、T_2の議論により導かれた結論を以下にまとめます。といって、〈でも〉がとても難解なので、重複・繰り返しも許してください」

結論2-1　**HはT_xの発話当時、金銭を所持していた**

結論2-2　**Hの現実の所持金は極めて少額で乏しく、金欠《きんけつ》の状態にある**

結論2-3　**Hは郵便局で金銭を補充しようとしている**

結論2-4　**Hは郵便局を金融機関として利用しようとしている**

結論2-5　**Hは郵便局まで場所的に移動しようとしている**

結論2-6　**〈かけ直す〉〈届ける〉〈駆け込む〉ための場所的な移動先は、吉祥寺駅周りを大きく離れない（今アクセスできる至近距離にある）**

結論2-7　**Hにとって、〈かけ直す／届ける〉と〈駆け込む〉は両立しない**

結論2-8　**Hにとって、〈かけ直す／届ける〉は〈駆け込む〉を妨害する**

結論2-9　**Hが〈郵便局に駆け込む〉とき、〈かけ直す／届ける〉のは不可能**

結論２‐10　Ｈが〈かけ直す／届ける〉とき、〈郵便局に駆け込む〉のは不可能
結論２‐11　Ｈは三つの選択肢のうち、〈かけ直す〉〈届ける〉を優先したい心境にある
結論２‐12　Ｈは特殊事情により、渋々、嫌々、〈郵便局に駆け込む〉を選択するしかない
結論２‐13　Ｈの特殊事情は、通常一般人には存在しない事情である

「――幾許《いくばく》かの言い換えをしましたが、内容が誤りになってしまったものはありますか？」

「いや、同義置換《どうぎちかん》の範囲内だ。言葉遣いが変わっても、内容が誤りになったものは無いね」

「ありがとうございます。それでは後手《ごて》・私のターンを終えて」

「今度は先手《せんて》・僕の手番《てばん》だが……」

ただ僕が思うに、次なるT_3の攻略は、今や実質的に終わっている。というのも、〈もう〉〈郵便局〉〈しかない〉〈のか〉は既に解析済みだから。なら残余は、〈駆け込む〉の一語のみ。

ましてこの一語、〈駆け込む〉の響きからすれば。

君があれだけ執拗《しつよう》に解明してくれた〈でも〉――そうあの〈でも〉の異様さと危険性は、この〈駆け込む〉の解析を有終《ゆうしゅう》の美《び》としつつ、君の口から解き明かされるべきだろう。

よって最終ターンは、乱取《らんど》りだ。互いが思うまま、一手一手自由に指《さ》し合おう。そして、僕らのどっちが『T_xの真実』『Ｈ氏の真実』を論理で立証し王手詰めにするか、フリースタイルの応酬《おうしゅう》で競い合おう――要は先手も後手もない、殴《なぐ》り合いだ!!」

「ぶっちゃけ、独りでプレゼンしたくないほど脳がダレてきましたね？」

「ぶっちゃけ、僕は君の父親であっても面妖《おか》しくないお歳頃《としごろ》なのでね、あっは」

――言いながら僕は喫茶『リラ』名物、大阪風ミックスジュースを二人分頼んだ。

それも終盤戦《しゅうばんせん》のならわしだ。

Ⅵ

T_3——〝もう郵便局に駆け込むしかないのか〟

僕の会社では、全国異動がナチュラルにある。だから僕自身、全国を渡り歩いている。

大阪風の、牛乳を入れるミックスジュースを知ったのは関西勤務の折《おり》だ。

初体験が、会社に差し入れされた缶ジュースだったというのは御愛嬌《ごあいきょう》だが……

「うん、糖分が脳に染《し》み渡る!!」僕はくはあと息を零《こぼ》した。「ともに吸う紫煙《しえん》も堪《たま》らない!!」

「いよいよ詫《わ》びもしませんでしたね煙草《たばこ》」そういう彼女も糖分が嬉しそうだ。純血種の東京っ子、純血種の吉祥寺《きちじょうじ》っ子だから、最初は味にもとろみにも吃驚《びっくり》していたが。「それに対局中は、1ターン一本までって約束でしたよね?」

「——おっと。でも僕が勝ったときは更に一本、って約束も忘れないでくれよ?」

「認めません。いいかいいか仮定が誤りなので」

「あっは、おもしろくなってきた」もうこのターン、煙は焚《た》けませんよ?」

一気に糖分消費を試み、いよいよ思考を深化・加速させる。それは彼女も同様だろう。

今かけ直そうか届けようか、でも残りは小銭だけだから、もう郵便局に駆け込むしかないのか

この、漢字にして四三字ないし四〇字のテクスト。その一語一語に神を宿らせ、真実への道を突き詰める戦いを制するのは彼女か僕か。そうだ。いい歳をして僕は、この御嬢様然《ぜん》とした好敵手少女のかいまみせる、超然的で突飛な言動そして論理的牙《きば》に、人生で最大級の知的愉悦《ゆえつ》を感じている。ひょっとしたら、違う世界線では持ちえたかも知れない『実の娘』に対するそんなまなざしも、だ。とい

って、恐ろしく可愛げが無いことは事実だが。

「おもしろくなってきたところで、僕から一手指《さ》そう。

結論２－７ないし結論２－10の四命題から、〈かけ直す／届ける〉×〈郵便局に駆け込む〉は両立せず、相互に妨害し、相互に排他的である。彼方《あちら》を立てれば此方《こちら》が立たず。よってＨは前者か後者か、そのいずれかを選択するしかない。

だが結子ちゃんが既に指摘したとおり、日本語の客観的・一般的な解釈として、そんなことは想定し難《がた》い。通常一般人がそんな事情に陥《おちい》ることはない。それは結論２－12及び結論２－13として立証済み。すなわち、そんな事情は僕らの知る限り、この世でＨのみが陥った特殊事情だ。

ここで。

ならば何故、Ｈのみにとって〈かけ直す／届ける〉と〈郵便局に駆け込む〉は両立しないのか？何故普通なら容易《たやす》く両立することが、ことＨにとっては両立しないのか？　このＨの特殊事情とは一体何だ？　それをテクストのみにより突き詰めることは可能か？」

「当然に可能です」

「これすなわち？」

「結論２－11及び結論２－12から、Ｈは渋々・嫌々というかたちで激しく躊躇《ちゅうちょ》しています。それは再論すればＴ３の〈もう〉〈しかない〉〈のか〉からも自明。また結論１－１のとおり、Ｈが緊急性・切迫感・焦燥感《しょうそうかん》のあるかたちで迷っていることも自明。

とすると。

Ｈの摩訶《まか》不思議な特殊事情を突き詰める為《ため》には、この異様で危険な『躊躇』と『迷い』の正体を解明すればよい。そうなる。

ここで。

結論1‐8及び結論1‐3から、Hが迷い躊躇している選択肢の実態は、

〈かける〉＝物をひっかける、物を物理的にかけわたす

〈届ける〉＝物を誰かに移動させ委ねる

ことで、更に結論2‐4及び結論2‐5から、

〈郵便局に駆け込む〉＝郵便局を金融機関として利用するためそこに移動する

ことでした。これらは既に立証されています。

ちなみに司馬さん。私が今『物』と言ったとおり、また結論1‐2から明らかなとおり、Hは『物』を所持しています。T_1のとおり〈今〉所持しています。ならその『物』の特徴とは何でしょう?」

「それは結論1‐7から、日常用語でいうモノ／法令用語でいう有体物《ゆうたいぶつ》だ。加えて結論1‐4から、H自身の決断では勝手に処分できない物だ」

「ですよね。そして**勝手に処分できない**——**なる属性を有するからこそ、Hは迷い躊躇している**と言い換えてもよいでしょう。勝手に処分できないなる悩みと、Hの緊急性・切迫感・焦燥感《しょうそうかん》との間には、極めて明白な親和性があります。御同意いただけますか?」

「もちろん同意する。基盤となった諸《しょ》結論に誤りは無いし、それらの字面《じづら》と健全な社会常識からして当然の推論だから」

「ありがとうございます。

では更に具体的に、その『**所持している物を勝手に処分できないから焦っている**』旨《むね》の新たな結論が、どのようにHの特殊事情を説明してくれるのか検討しましょう。ここでは便宜的《べんぎてき》に、〈かける〉〈かけ直す〉なる具体的な選択肢を突破口にします」

「それは再論すれば、物をひっかける／物を物理的にかけわたすこと、だったね?」

「まさしく。ならば更にそれは『**物を手放す**』ことをも意味する。御同意いただけますか？」

「ちょっと一足飛《いっそくと》びだが、補完しながら同意しよう。というのもHの選択肢には〈届ける〉があるから。これも再論すれば、物を誰かに移動させ委ねることだったね。すると当然、Hが所持している有体物、『物』はHの手を離れる。なら期間の長短は別として、Hはそれを手放すことになる。そしてT_xあるいはT_1から自明だが、〈届ける〉と〈かけ直す〉は並列関係にある。ならば〈届ける〉の持つ属性は〈かけ直す〉にも妥当する――

　うん、同意しよう。〈かけ直す〉＝物をひっかける＝物を手放すの等式が成立するから」

「ところが、ここで問題が生じます……Hはそれを勝手に処分できないはずですよね？」

「そうだったねえ」

「そんなHが何故、物を自分の手から離し、物を勝手に手放せるんでしょう？」

「おっと待った。それは確定的な行為でも確定的な決意でもないよ。Hの脳内で想定されている選択肢に過ぎない。まして結論1‐1、結論2‐11、結論2‐12からすれば、Hは散々《さんざん》迷った挙《あ》げ句《く》、本来は採用したかった〈かけ直す／届ける〉の選択肢を捨て、〈郵便局に駆け込む〉方の選択肢を採用しようとしているんだもの」

「そうなんです」彼女はしてやったり、という蠱惑的《こわくてき》な笑顔を見せる。「これすなわち。司馬さんが今仰有《おっしゃ》った事実を言い換えれば――『**Hは当該《とうがい》物を自分で勝手に処分できない、から、かけ直す／届けることを諦めようとしている**』。御同意いただけますか？」

「……同意する。

　勝手に処分できない＝迷いと躊躇＝断念なる展開は、T_xにおいて自然性があるから」

「では更に一手《いって》進めて。

〈かける〉＝物をひっかける。また当然、〈かけ直す〉＝**再び物をひっかける**。

加うるに、先の等式。

〈かける〉＝物を手放す、なので、〈かける〉＝**物をひっかけて放置する**、となる。

よってこれらを総合すれば。

〈かけ直す〉＝**再び物をひっかけて放置する**、となる。御同意いただけますか？」

「同意する。展開に誤りは無いし、同義《どうぎ》置換《ちかん》の範囲内だから。」

——さて、そうするとだ。

①当該《とうがい》『再び』なる用語と、②〈届ける〉＝物を誰かに移動させ委ねる行為、とを併《あわ》せ考えれば。

そう、①'わざわざ『再びひっかける』ということは、**『初期状態において既にひっかかっていた』**ことを意味するし、②'わざわざ『届ける』ということは、**『物を委ねられる相手方《あいてかた》が当該《とうがい》物に何らかの権利・利害関係を有する』**ことを意味するから……

事《こと》ここに至れば。

僕らはどうやら、Hが〈今〉所持している物、有体物《ゆうたいぶつ》が何なのか理解できたことになるね」

「認めます。ただ正確には、当該《とうがい》所持している物の性質あるいはカテゴリが理解できた、と言うべきでしょうが——さてそのHが所持している物とは？」

「いわゆる落とし物だね。法令にいう遺失物《いしつぶつ》だ」

「認めます。

①'②'の展開に誤りありませんし、結論1-4（勝手な処分不可）に合致しますから」

「言い換えれば、Hは落とし物を拾った。遺失物を拾得《しゅうとく》した」

「認めます。同義《どうぎ》置換《ちかん》の範囲内ですから。むろん正確には、テクストからして**『既に引っかかっていた物を発見し手にした』**ですが、日常用語としては『落とし物を拾った』でも問題ありません。

そして盤面《ばんめん》がこうなれば、結論1-9は発展的に書き換えられます。

すなわちT_1における〈かけ直す〉は、確定的に〈掛け直す〉となります」

「おおっ、ようやくにしてT_xにおける全ての漢字が確定したね!!」

「私も嬉しいです。わくわく。

さてそうすると……Hはどこで落とし物を拾ったんでしょう?」

「T_1の〈今〉及びT_3の〈郵便局〉からして、また議論の大前提――僕らの目撃場所ないし聴解場所からして、吉祥寺駅界隈《かいわい》・吉祥寺駅至近《しきん》であることは疑い無い」

「でもHは『初期状態において既に引っ掛かっていた物を発見して手にした』んですよね。そう、この『落とし物』は、吉祥寺駅近くのどこかに引っ掛かっていたんです。

ただしかし、Hがそこまで深刻に迷い、躊躇《ちゅうちょ》し、著しい困難を感じるような『落とし物』が、このうららかな春の朝、既に花見客の群れで雑踏《ざっとう》ができているような公共の場所に、ただぽつんと『引っ掛かって』いるものでしょうか?」

「常識的には否定されるね。そしてその否定には、心理的・法律的な傍証《ぼうしょう》も用意できる」

「すなわち?」

「①群衆が幾らでも存在する公共の場所に何が放置されていようと、Hにはそれを拾得すべき法律的な義務などないし、②まして他に幾らでも親切な人を期待できるのだから、Hにはそれを拾得すべきプレッシャーなど掛からない。要はガン無視できる――それが公共の場所というのならね。

にもかかわらず、Hはわざわざ当該《とうがい》物を拾得し、ましてその行為によって深刻に迷い、躊躇し、著しい困難を感じる様《よう》な、退《の》っ引《ぴ》きならない特殊事情に陥ったんだ。加えて結論2-13から自明だが、その特殊事情は僕らの知る限り、この世でたった独り、Hだけに生じているもの……**他の群衆なり公衆なり雑踏《ざっとう》なりとはまるで無関係**なもの。これすなわち」

「**Hは当該《とうがい》物を独りで拾った**。かつ、Hは当該《とうがい》物を公共の場所でないどこかで拾った」

「前者には同意する。Hはそこまで苦悩しているのに、まして〈郵便局〉にまで物理的移動ができるのに、他の誰にも助けを求めていないから。後者については一部言い換える。**Hは当該物《とうがい》を、公衆の目の届かない場所で拾った**――だからこそ自分独りで煩悶《はんもん》している」

「なら公衆の目の届かない、何処《どこ》ですか？」

「逆問《ぎゃくもん》して悪いけど結子ちゃん、鉄道駅の周辺で――駅構内でも駅ビルでも駅チカでも近くの商業施設その他でもよいが――公衆の目の届かない場所って、何処《どこ》だろうね？　Hが自分独りで悩み悶《もだ》えられる様《よう》な、落とし物が引っ掛けられている様《よう》な、他の群衆・雑踏がHと同時に立ち入らない**個別性・独立性・不可視性**のあるそんな場所って、いったい何処《どこ》だろう？　店員・管理者・警備員その他の目がまるで届かないそんな場所とは？」

言い換えれば、一般論として、人は私物を鉄道駅周辺のどこに引っ掛けて放置する？

「成程《なるほど》――」彼女は胸元で少女的に手を拍《う》って、しかし即物的に言った。「――トイレ」

「だよね、**個室トイレのフック**だ」

「でもちょっと決め打ちかしら？」

「まさか。

じゃあ逆に考えて、君がその重そうなリュックなり冬場のコートなり買い物袋なりを誰にも見られないかたちで、誰にも文句を言われず、かつ、誰の事後的チェックも受けないかたちで、安心して『駅周りの何処《どこ》かで引っ掛けられる』場所って他にあるかい？

例えば店舗の更衣室だって、公共のベンチだって、喫煙所だってホテルのロビーだって電車・バスの中だって無理だね。誰かの視線があるか、盗難のリスクがあるか、関係者の接客なり事後的チェックなりを受けるから。

……実はこの『トイレ』『トイレのフック』なる断言については、切り札となる証拠があるんだが、僕の側の戦術的理由から、それは君の投了《とうりょう》直前にでも開示するよ」

「勿体《もったい》ぶりますね。ただそこまで挑発的な自信をお示しになるのなら、司馬さんが泣きの涙で私のローファーを舐めて投了するまでは、『トイレ』『トイレのフック』論を受け容れることにします……微妙に興味深いし、どうやら勝負の分水嶺《ぶんすいれい》とも思えるので」

「君のその予感は正しいと思うね。

さて再論しつつ整理すると、だ。Hは吉祥寺駅周りのどこかのトイレで、誰かが個室フックに引っ掛けてそのままにした落とし物を発見した。ならHはテクストT_xを発話した時点で——吉祥寺駅南北自由通路にいた時点で——Hは当該《とうがい》落とし物を所持していた？　それとも所持していなかった？」

「もちろん所持していました。

結論2-11からして手放したかったのは山々ですが、問題の〈でも〉、そうあの難所《なんしょ》だった〈でも〉からして、結局は手放さなかったのですから。言い換えれば、〈掛け直す〉ことも〈届ける〉ことも、あの〈でも〉が否定しているのですから。

駄目押しで。HはT_xを発話した時点で未だ迷っています、困っています。既に悩みのタネを手放していたのなら、Hが迷うことも困ることもありません。更に駄目押しで、T_1は〝今掛け直そうか〟〝届けようか〟なのですから、現実に掛け直してもいなければ届けてもいないことは字面《じづら》から明白です」

「同意する。すなわちHは個室フックに引っ掛けてあった落とし物を〈掛け直す〉ことも〈届ける〉こともせず、それを回収してトイレを離れた。そして吉祥寺駅南北自由通路に至ってなお、苦悩の内にあった。これすなわち、T_xを発話した時点で、Hは未だ当該《とうがい》落とし物を所持していた……するところで、先刻《さっき》君の提示した、致命的な疑問を採り上げない訳にはゆかないね。

そう。『なら、何故Hはそこまで郵便局に駆け込むのを躊躇《ちゅうちょ》しているのか？』だ。

T_3の〈もう〉〈しかない〉〈のか〉が雄弁に自白する、その躊躇の理由は何なのか？」

「じゃあHの内心と行為から、いよいよ王手を掛けてゆきましょう。

T_xの〈掛け直す〉〈届ける〉〈郵便局に駆け込む〉の選択肢は並列関係にありますから、〈掛け直す〉〈届ける〉が当該《とうがい》落とし物に関係する行為である以上、〈郵便局に駆け込む〉のも当該《とうがい》落とし物に関係する行為です。御同意いただけますか？」

「同意する。それは問題の〈でも〉なる接続詞からも導けるから」

「でも健全な社会常識からして、落とし物に関係するのは郵便局でなく交番ですよね？」

「でもHの選択肢に交番は入っていない。結論1-11から、Hは場所的移動をしようとしているしその移動の自由は――心理的な制約・強制は別論――妨害されていないのにね」

「移動の自由は妨害されてはいませんが、そして、結論2-5からして移動先として想定されているのがまさに郵便局だという事実は揺らぎませんが……御指摘のその心理的な制約・強制は極めて強固なものですよね。〈もう〉〈しかない〉〈のか〉。渋々で、嫌々で、困難で、できることなら回避したい。〈郵便局に駆け込む〉のは、そんな致命的な決断」

「……何故Hにとっては、〈郵便局に駆け込む〉のがそんなに致命的なんだろう？」

「なら重ねて強調します。**〈郵便局に駆け込む〉のはHが拾った落とし物に関係する行為である**。これは先刻《さっき》立証したばかり。更に言い換えれば、**〈郵便局に駆け込む〉のはHが拾って未だ所持している落とし物に関係する行為**です。御同意いただけますか？」

「同意する。既に立証された事実の組合せに過ぎないから」

「そしてそれこそが、結論2-12及び結論2-13にいうHの特殊事情である。これは？」

「同意する。僕らの知る限り、この世でH独りにだけ生じた特殊事情は他に無いもの。

といってそんな堅苦しいことを言わずとも、T_xの苦悩の主題は今や明白なんだけどね」

「そのT_xの苦悩の主題は、こうも言い換えられます――拾った落とし物を所持したままだと、〈もう〉郵便局に駆け込む〈しか〉〈ないのか〉とまで嘆くような、そんな緊急性・切迫感・焦燥感《しょうそうかん》で進退窮《しんたいきわ》まった気持ちになるほど、極めて困難な問題が生じる。シンプルに言えば、**ある物を所持していると郵便局に駆け込むのが極めて困難になる**。御同意いただけますか？」

「同意する。Hができることなら郵便局になど行きたくないのは、既に幾度も立証されているから。また郵便局と落とし物とが関係しているのは、今《いま》し方《がた》立証されているから――するとだ。

その落とし物を所持していると、郵便局に入り難《がた》い。こうなる。

けれど健全な社会常識からして、そんな特殊事情が発生するだろうか？

――結子ちゃん。君は僕と違って、実際にHの姿を目撃している。ならそのときHは、何か落とし物と思《おぼ》しきものを手に持っていたかい？　要は、君はその落とし物そのものを目撃できたかい？　無論それは、トイレのフックに引っ掛ける様《よう》なサイズ感ある物だが」

「いいえ」彼女は軽く瞳を閉じた。「敢えて言えば、既述《きじゅつ》ですが、Hはボストンタイプの大きなスポーツバッグを持っていましたが、どう考えてもそれはH本人のものだと思います。またそれ以外に、Hが公衆に見えるかたちで携帯していた荷・品はありませんでした」

「だから、何が本件における落とし物なのかは分からない」

「そうなります」

「なら、郵便局員にも郵便局の客にも分からないだろうね？」

「認めます」

「だったら郵便局に入り難《がた》いも何も無い。その落とし物を目撃されるリスクは皆無《かいむ》だし、まさか郵便局へ入るのに身体検査がある訳でなし。

なら、僕らが認定したHの特殊事情そのものが誤りだという虞《おそれ》すら生じてくる……」

「認めません」

「――何故？」

「只今《ただいま》の議論からして、Hはいわば当該《とうがい》落とし物を隠していますよね？

健全な社会常識とサイズ感からして、ボストンタイプの大きなスポーツバッグの中に」

「Hの主観は立証できないが、客観的に公衆の目から隠されているというならそのとおり」

「Hは郵便局に〈駆け込む〉わけですから、当該《とうがい》落とし物を隠し続けたまま店舗入りする」

「一〇〇％の断言は無理だが、〈駆け込む〉なる用語の語感と、郵便局はまさか交番ではないという
健全な社会常識からして、Hがわざわざ当該《とうがい》落とし物を採り出す蓋然性《がいぜんせい》は低い」

「そして司馬さんが指摘したとおり、郵便局においては身体検査などない。

だから、Hが隠している当該《とうがい》落とし物が他人によって採り出される蓋然性《がいぜんせい》も低い」

「同意する」

「なら、H自身によってもH以外のあらゆる者によっても、問題の落とし物がスポーツバッグから採り出される蓋然性《がいぜんせい》は低い。単純な言い換えでそうなります。また単純な言い換えで、Hは郵便局において、問題の落とし物を隠し続けることができる――

にもかかわらず。

Hは嫌なんです。できれば郵便局は避けたいんです。そしてその理由は先に御同意いただけたとおり、問題の落とし物にいえその『所持』に、確実に関係しています。

とすれば。

所持しているだけで、隠し続けられるにもかかわらず、郵便局に入り難《がた》い。

本件における致命的な落とし物とは、斯《か》くの如《ごと》くに、極めて特異な物件なんです。

ましてや。

T_1からして、Hには、当該《とうがい》トイレのフックに掛けられていた落とし物を〈掛け直す〉選択肢もあったんです。要は、ガン無視してトイレ内に放置しておくこともできたんです。個室トイレに目撃者はいません。誰も咎《とが》める者はいない。そもそも誰も落とし物を認識してはいない。なら〈掛け直す〉だけでいいんです。それでHは窮地《きゅうち》を逃れられるんです。

けれどHはそうしなかった……

Hは掛け直す選択肢を採用せず、落とし物を回収して所持することとした。甚《はなは》だ不本意で、甚だ躊躇《ちゅうちょ》したにもかかわらず、です。そんなに渋々でそんなに嫌々なのに、**当該《とうがい》落とし物を放置しておくことが無理だった**。心理的に無理だった。心理的な強制があった。

本件における致命的な落とし物とは、斯《か》くの如《ごと》くに、**発見者が放置するのを許さない**そんな物件なんです。

加うるに。

Hは掛け直す選択肢を採用しませんでしたが、違う選択肢を念頭に置いており、かつ、むしろそれをこそ採用したいと考えていました。すなわち、結論2-11を展開して——**Hはできることならそれを届けたかった**。届けることを優先したかった。そして落とし物ですから、届け先は交番でしょう。なら**Hは交番に行くことを優先したかった**。ましてその『交番に行くこと』も心理的強制です。何故と言ってT_1には〈今〉がありますから。でも司馬さんのようなお勤《つと》め人《にん》なら御存知《ごぞんじ》ですよね、落とし物は法律上、七日以内に届ければよい。すなわちHには時間的余裕があるはずなんです。にもかかわらずHは〈今〉届けることを考えている。Hはそれだけの心理的強制を受け、それだけ余裕を欠いている——

本件における致命的な落とし物とは、斯《か》くの如《ごと》くに、**発見者を直ちに交番へ急がせる**様《よう》なそんな物件なんです」

「無粋《ぶすい》な注釈をすれば、それが駅構内、駅ビル、駅チカ、駅周辺店舗等のトイレだとしたら、いわゆる施設内拾得《しせつないしゅうとく》になるから、時間的余裕は法律上、七日から二四時間にまで縮減するんだが——しかし君の結論に影響はない。二四時間だって立派な時間的余裕だから。

だのにHが〈今〉に執拗《こだわ》るということは、成程《なるほど》そこに心理的強制があり、それは当該《とうがい》落とし物自体が発する強いプレッシャーなのだろう。同意する」

「では本件落とし物の特徴の、最後に。

Hは個室トイレのフックに、その物が掛けてあったのを現認《げんにん》したんです。なら司馬さん。司馬さんが個室トイレのフックに物を掛けるとしたら、何を掛けますか？」

「ええと、僕個人の経験と、健全な社会常識からして……コート、上着、ジャケットの類《たぐい》、バッグ、ウエストバッグ、ポーチ、買い物袋の類《たぐい》、あとマフラー、帽子、傘、杖《つえ》といった所か。改めて考えてみれば、そんなに種類は無いな」

「全裸になる施設ではないですもんね。

ならそれらの公約数は何ですか？　換言すれば、それらの『物』の属性をまとめると？」

「①個室トイレ本来の機能を利用するに際し、②必要な動作の邪魔になる物であって、③フックに接する輪又は円弧の部分を備えているか、④それ自体が輪又は円弧となる物、だ」

「……また見事なまでに小難《こむずか》しく言ったものですね？　職業病ですか？」

「いや女性の前だから。僕セクハラで懲戒《ちょうかい》処分は嫌だから」

「要はトイレで大小の用を足すとき手足や躯《からだ》の動きを邪魔する服、袋物《ふくろもの》、装身具ですね？」

「あと『汚したくない』という動機もあることを念《ねん》の為《ため》指摘すれば、まさしくそのとおり」

「フックに掛けるのだから、①フックに接する輪っか部分があるか、②U字部分があるか、③それともその物件自体が輪っかやU字になるか、ですね？」

「それもまさしくそのとおり」

「なら本件における致命的な落とし物とは、斯《か》くの如《ごと》くに、いわば**ヒトの装備品であって輪っか・U字を特徴とする**物件なんです。

——そしてこれで、私が当該《とうがい》落とし物の特徴として立証したいことは終わりました」

「失礼」僕は紙巻きを出す。「ルール違反ながら、一本だけ許してくれ。煮詰まってきた」

「議論がですか？　頭がですか？　それとも出処進退《しゅっしょしんたい》がですか？」

「それはパワハラかい？」

「教え子としての愛です」

——彼女はここまでで、Hが回収し所持している落とし物について、四点の特徴を提示した。それを改めて整理すれば、次のようになる。

Ⅰ　隠し続けられるのに、ただ所持しているだけで、郵便局に入り難《がた》い
Ⅱ　発見者が放置するのを許さない、心理的な強制力を有する
Ⅲ　発見者を直ちに交番へ急がせる、心理的な強制力を有する
Ⅳ　人の装備品であって、輪っか又はU字を特徴として有する

……僕は嘆息《ためいき》のように紫煙《しえん》を紡《つむ》いだ。

いよいよ解ったからだ。

無論、当該《とうがい》落とし物が何か、いよいよ解ったからではない。

無論、彼女がこれから僕に掛けてくる王手がまざまざと解ったからだ。

「司馬さん。Hをかくも苦悩させた、あるいはかくも苦悩させているその落とし物とは？」

「拳銃だ。

正確には、相当程度の蓋然性《がいぜんせい》で、拳銃付きのベルト――帯革《タイカク》だ」

「あらお見事」

「よく言うよ」

「ちなみに根拠は？」

「発見者が放置するのを許さない。発見者を直ちに交番へ急がせる。人の装備品。単純所持だけで危険――それはそうだ。物理的に危険であるばかりか法律的に危険だ。拳銃には所持罪があるから。すなわち所持していることそのものが犯罪だから。それだけで既に充分だろう？

――だが君が不満顔なので焦燥《あわ》てて付言《ふげん》すれば。

議論の大前提として、吉祥寺駅には北口交番がある。僕らが本日待ち合わせた南口からなら、徒歩三〇秒程度の場所にある。同じく議論の大前提として、吉祥寺駅ビル一〇階には、清潔感・ひろさ・人の少なさが理想的なトイレがある。僕らが本日待ち合わせた南口からなら、エレベータ待ち時間三分程度の場所にある。ここで。銃規制大国の我が国において拳銃が存在するというのなら、その出所は実際上、警察施設しかない。まして執拗《しつこ》く繰り返した『僕らが本日待ち合わせた南口』というのはつまり、僕がHの発言を聴いたその場所だ。これらを要するに、
警察施設－フル装備の制服警察官－便利なトイレ－若い男H
という組合せあるいは連鎖が何の無理もなく成立してしまうのがこのエリアなんだ。そしてフル装備の警察官は、健全な社会常識から解るとおり、武器・装備品を採り出さない限り手ぶらだ、傘すら用いない。すなわち、鞄《かばん》だの杖だのマフラーだの袋物《ふくろもの》だのは持たないし持てない。それはそうだ。緊急時の職務執行に支障が出るからだ。なら制服警察官がトイレのフックを使うとして何を掛けるのか。あの帽子？　違うね。Hは帽子なんて隠し続けられる。ボストンタイプの大きなスポーツバッグに。

郵便局に入ろうがどんな支障も発生しない。じゃああの上着？　違うね。理由は右に同じ。そしていみじくも君は言ってくれた。トイレでは全裸になどならないと。なら上着以外のあらゆる着衣も否定される。靴にあっては論外だ。とすれば。そもそも警察官は手ぶらなんだから、残るは腰に巻いたあの剛毅《ごうき》なベルト、帯革《タイカク》しかないよ。健全な社会常識と観察から解るとおり、拳銃＋警棒＋手錠を吊《つ》るあのベルトだ。すると成程《なるほど》、輪っか又はU字が特徴となっている。ベルトだもの。曲げられるもの。なおここで、議論の大前提としてHは若い男性だ。入るのは当然男子トイレだ。なら戦慄《せんりつ》すべき忘れ物をした警察官も男性だ。すると蛇足《だそく》だが、相当程度の蓋然性《がいぜんせい》で、トイレに入ったのはまあ、座る方の用事のためだ。というのも男にあっては、まあ便利な身体構造をしているから、立つ方のスタイルを採用するのなら、何も腰回りのベルトを外す必要など無いのでね——無論このことは、当該《とうがい》警察官が吉祥寺駅ビル一〇階の『清潔感・ひろさ・人の少なさが理想的な』トイレを選択したことの傍証《ぼうしょう》になってくれる。何故と言って、それが座る方の用事だと言うのなら、また、距離と安全性と秘匿性《ひとくせい》の問題を考えたとき、そりゃキレイで広くて目撃者の少ないトイレの方がよいに決まってるもの。最近は、制服警察官が自販機で缶コーヒーを買っているだけで、撮影されネットに晒《さら》され炎上させられる御時世《ごじせい》だからねえ……

立証の最後に、〈落とし物＝拳銃〉論の駄目押しをしておこう。

結論２－３及び結論２－４から、Hは郵便局を金融機関として利用し、金銭を補充しようとしている。これは既に証明済み。そう、今日この日、Hにとっての郵便局は金融機関なんだ。そして金融機関に持ち込むことが甚《はなは》だ躊躇《ためら》われる物件、万一露見《ろけん》すれば絶大なリスクを負う物件とくれば……それは例えば覚醒剤でも児童ポルノでも一定年齢であることを使用の条件とする特定玩具でもなく、銃器・刃物の類《たぐい》だろう。要はHの主観や弁解にかかわらず、暴行脅迫のため隠し持った凶器として、直ちに通報され直ちに現行犯逮捕されても全く面妖《おか》しくないそんな物件だ。しかしここで一般論として、刃物はトイレのフックに掛けられない。袋物に入れて掛けようとするシーンも想定し難《がた》い。ベルトに吊っていた筈《はず》もない、単純所持でどうぞ検挙してくださいと言っている様《よう》なもの。また、刃物がその拾得者に強烈な心理的強制力を有するとは考え難《がた》い。なら残るは銃器だ。その銃器とは拳銃だ。それはそうだ。確率論として我が国で最も数が多い銃器は拳銃だし、ライフル、ショットガン、サブマシンガンの類《たぐい》ではそもそもフックに掛ける云々《うんぬん》が成立しないし、またそもそもHが唯一持っていたボストンタイプのスポーツバッグが幾ら大きかったとして、まさか其処《そこ》に隠し入れられるとは思えない――

以上。**本件落とし物は拳銃である。**答案として充分かい？」

「すごい……」

（いやすごくはない全然。少なくともインチキあるいはカンニングがある）

……というのも、僕は結子ちゃんと合流する前、『何かの目撃者や証拠品を捜すかの如《ごと》く』立ち止まったり反転したり急カーブを描いたりしている、緊張感と焦燥感《しょうそうかん》にあふれた制服警察官五名を現認《げんにん》しているからだ。まして当該《とうがい》警察官五名は、最終的には駅ビル上階へのエレベータに乗って、僕の視界から消えた。そうエレベータに乗って。上階へ。これが〈落とし物＝拳銃〉論の大きな支えになったことは言うまでもないだろう。

ただこのチートを正直に告白する義理はない。微塵《みじん》もない。何故と言って――

（僕は知っているからだ。結子ちゃんもまた確実に、インチキあるいはカンニングをしていることを。しかもそれはある意味、僕より遥《はる》かに狡猾《こうかつ》で詐術《さじゅつ》に満ちたものだ）

だから僕は、ミックスジュースをずるずる吸い上げつつ、淡々と次の一手《いって》を打った。

「お褒《ほ》めに与《あずか》り嬉しいね。そして僕の懐中時計によれば、現時刻・既に一一四五《ヒトヒトヨンゴー》――

ギムレットには早過ぎるが、喫茶『リラ』名物にして僕らの恒例、タラコスパゲティと洒落込《しゃれこ》もうじゃないか。脳が炭水化物を求めてやまない。そうだろう？」

……彼女はミックスジュースの前できゅっと肩を竦《すく》め、長い睫《まつげ》が可憐な伏《ふ》し瞳《め》になると、顎《あご》にそっと指を当てつつ、美しい吐息とともにちょこんと頷《うなず》いた。この可愛らしい仕草は無論、いよいよ彼女が牙《きば》を剝《む》き仕掛けてくる前兆である。僕が彼女の家庭教師になってもう三箇月。当初は幾度、この魔女的十七歳の悪謀《あくぼう》に引っ掛かり騙《だま》され続けたことか。

そして実際。

彼女はとうとう強烈な一手を指してきた――

恐らく彼女が、今日T_xを聴きHと会ったその刹那《せつな》、たちどころに思い描けた悪辣《あくらつ》な投了図《とうりょうず》のために。僕を王手詰めにするその為《ため》に。

「――でもどうしてそんなに落ち着いているんですか？」

「えっ、というと」

「ほんとうに解らないんですか!?」

「えっ、というと」

「だからT_3です。〝もう郵便局に駆け込むしかないのか〟です。

おまけにT_2です。〝でも残りは小銭だけだから〟です」

「拳銃が若い人の手許《てもと》にあるのは、成程《なるほど》、一《いち》市民として考えて物騒だとは思うが……」

「そういうことじゃありません!!

今や本件落とし物は拳銃だと解明されたのですから、また、結論2-2から**Hの所持金は極めて乏しくHは金欠状態にある**のですから……既に立証されている結論2-11、結論2-9、結論2-5、結論2-3をそれぞれ同義置換《どうぎちかん》あるいは展開すれば、

結論3-1　Hは拳銃を所持しつつ、渋々、嫌々、郵便局に駆け込むしかない

結論3‐2　Hは拳銃を放置し又は交番に届ければ、郵便局には駆け込めない
結論3‐3　Hは拳銃を所持しつつ、現に郵便局まで移動しようとしている
結論3‐4　Hは拳銃を所持しつつ、郵便局で金銭を補充しようとしている

となり、加えて議論の大前提と健全な社会常識からすれば、

結論3‐5　Hは吉祥寺駅南口から徒歩五分圏内にある郵便局を目指している
結論3‐6　HがT_xを発話したのは、午前九時五二分あたりのことである
結論3‐7　土曜日に営業している郵便局が、午前九時五二分直近に閉店となることはない

のですから、いよいよ結論3‐5、結論3‐6、結論3‐7を総合して、

結論3‐8　Hは距離・時刻からして、郵便局に〈駆け込む〉必要などない
結論3‐9　Hが郵便局に駆け込むのは、心理的な切迫感・焦燥感からである

となり、またいよいよ結論3‐2、結論3‐4を総合して、

結論3‐10　Hが郵便局に駆け込むには、拳銃の所持が必要不可欠である
結論3‐11　Hは拳銃を所持することにより、金銭を補充しようとしている

となってしまう……」
「ほう、これすなわち？」
「最終定理、Hは銀行強盗を企図していた。C.Q.F.D.《セーキューエフデー》
当然御同意いただけますよね？」
C.Q.F.D.――Ce qu'il fallait démontrer. 証明終わり《スクイルファレデモントレ》、だ。だがしかし。
「当然、とは？」

「だって司馬さんが本件若い男を〈H〉と置いたのは、それが〈犯人〉のHだから。

つまり司馬さんはこの対局が開始されるその時点で、既にT_xの解析を終えていたから。

……でも解りません。最初から全て見切っていて、何故そうも落ち着いていられるんですか？　私の腕時計によれば、現時刻既に午前一一時四九分。T_xの発話から既に二時間弱が経過している。けれどHは午前一〇時弱、〈今〉〈駆け込む〉ところだった。なら相当程度の蓋然性《がいぜんせい》で、私達がミックスジュースを堪能《たんのう》している内にHの犯行は終わっている。責任ある実社会人で立派なお勤《つと》め人《にん》である司馬さんは、未遂《みすい》の内に強盗を予防できましたよね？　一一〇番通報をする。警察署に連絡する。交番にそれこそ駆け込む。ドラマのような緊急配備を求める……司馬さんにできることは幾らでもあった。いえむしろそれは司馬さんにとって必然であり義務だった。だのに、たちまちT_xの戦慄《せんりつ》すべき真実を解明しておきながら、春風駘蕩《しゅんぷうたいとう》と言わんばかりに私とのデートを満喫《まんきつ》している。まるで、普段どおりに仏語の家庭教師をするが如《ごと》く、私との論理的遊技に勤《いそ》しんでいる。

……私には解りません。

司馬さんが何故為《な》すべきことを為《な》さないのか、そのわけが」

「失礼」僕は紙巻きを出した。「一本いいかな？」

「いえもう認めません。煙草は1ターン一本まで」

「いやこれは狼煙《のろし》だよ」

「狼煙……？」

「そう、これは記念すべき逆王手《ぎゃくおうて》の狼煙だ。正確には、逆王手詰めの狼煙だ」

「――王手詰め？　トチ狂いましたか？　最終定理はもう出ましたよ？

王手詰めにして勝利したのは私です。司馬さんにできるのは、もう投了《とうりょう》のみ」

「そこまでのお惚恍《とぼ》けで白《しら》を切るかい。ああ、まだタラコスパゲティには早過ぎたか……

ならこれが僕の最後の一手だ。すなわち。

――結子ちゃんが為《な》すべきことを為《な》してくれ。

その、令和の女子高生らしい大きなリュック。其処《そこ》から出してくれないか?」

「何を」

「君が吉祥寺駅南口付近で、旧知のHから回収した、拳銃付き帯革《タイカク》さ。

拳銃が若い人の手許《てもと》にあるのは、職業人として考えて物騒なのでね」

Ⅶ

Tx改——〝ここに拳銃を掛け直そうか、交番に届けようか。でも所持金の残りが小銭だけだから、急いで郵便局に駆け込んで、現金を補充しなくちゃいけないってのに〟

「……認めます」彼女はいさぎよく投了《とうりょう》した。「でも、意地悪なひと」

「いや君ほどじゃないが……」

そして今。

ボックス席のソファに置いたリュックの中から、まさに制服警察官が腰に回す、拳銃+警棒+手錠付きのあの剛毅《ごうき》な帯革《タイカク》が採り出される。店舗いちばん奥のボックス席でなかったら、それこそ物騒な騒動に発展するところだったろう。何せ、女子高生と実弾入り拳銃である。まして僕は、それと知りつつそれを二時間も為《な》すがままにさせておいたのだ……

とまれ、二時間の論理的死闘の果て、終《つい》に物証が出た。

「C.Q.F.F.《セーキユーエフエフ》——Ce qu'il fallait faire. 状況終了《スクイルファレフエール》。任務完了だね結子ちゃん?

逆王手で、王手詰めだよ。

Hは銀行強盗など企図してはいなかった。拳銃は今や安全なかたちで確保されている。

そして君が酔狂《すいきょう》にも、急ぎの用があって困惑していたHから拳銃を譲《ゆず》り受けたのは、Hが発話したT_xを奇貨《きか》として、ぶっちゃけ僕を騙《だま》すためだ。論理的遊技に勤《いそ》しみつつ、銀行強盗なる突飛《とっぴ》で剣呑《けんのん》な結論を導き、ぶっちゃけ僕を焦燥《あわ》てふためかせるその為《ため》だ」

「全て私が知って仕掛けた、十七歳のおんなのこらしく可憐で可愛げのある悪戯《いたずら》だったと。ただそれは、司馬さんがT_xを現に聴いていてくれていなかったら、そもそも成立しませんよね？」

「そこは賭博《とばく》だが、しかし九割方《がた》勝てる賭博だ。

何故と言って今朝《けさ》方《がた》〇九五二《マルキュウゴーフタ》あたり、僕はT_xなる刺激に反応してたちまち、そう思わず頭を左右にしつつ、Hの行方《ゆくえ》を目で追う挙動《きょどう》を示したはずだからね。そして議論の大前提として、君はT_xを現に聴けている。ならこれを展開して、君もまたT_xの至近にいた。更にこれを展開して、〈君-僕-H〉の組合せは物理的に極めて近接していた——よってT_xを聴けHも現認《げんにん》できた君は、僕のキョロキョロ挙動《きょどう》もまた現認できたことになる。そのキョロキョロ挙動《きょどう》から、『僕もまたT_xを現に聴き、興味を持ったのだ』と推察することは児戯《じぎ》だ。

億を譲《ゆず》って、結果として僕がT_xなど聴いていなかったとしても、例えば旧知のHにT_xをメールで送信させるなどすれば。あるいは、そういう想定で君自身が下書きメール等でT_xを打っておけば。僕の証言がなくともT_xは客観的に確定する。だから相当程度の蓋然性《がいぜんせい》で、君のスマホにはT_xのテクストが保存されているはずだ——しかもメーラーでね。

これすなわち。君が十七歳の女の子らしく悪辣《あくらつ》でふてぶてしい悪戯《いたずら》をするのに何の支障もない——そうだろう？」

「私のこと、其処《そこ》まで邪悪で陰険だと思っていらっしゃるんですね？」

「でもスマホ内にはT_xがあるんだよね？」

「はいもちろん」

「…………」

「そして成程《なるほど》残念ながら、負けました。今日の対局は私の負け。

——でも司馬さん、私にはまだ解りません。

何故、私の最終定理がデタラメだと確信できたんですか？　その具体的な論拠は？」

「なら感想戦《かんそうせん》も兼ねて、僕の脳内の指《さ》し筋《すじ》を、一緒に顧《ふりかえ》ってみようか。

僕が君の最終定理をデタラメだと確信できたのは、だから僕には僕の最終定理があってしかもそれこそが真実であると確信できたのは、主として三つの理由からだ。うちシンプルなものから見てゆこう。

　理由の第一。君の失言。この対局の冒頭において、僕がＨの人相着衣を訊いたとき君はこう答えた——『ただ年齢というなら、私とさほど変わらないでしょう』『着衣のタイプからそれは断言できます』とね」

「あ」

「今現在もそうなんだが、結子ちゃんは高校のセーラー服姿だ。その結子ちゃんとＨ君の年齢はさほど変わらないとか。まして君はそれを断言しているね。でも人の年齢を断言するのは容易じゃないよ。しかもその断言の根拠はと言えば〈着衣のタイプ〉なんだ。

『タイプってどういう意味なんだ……？』とその言葉遣いに引っ掛かるものを感じたとき、僕はそれが制服であることを確信し、それと年齢発言とを併《あわ》せ考えて、若い男Ｈ君は制服姿の高校生であるとも確信した」

「あらら。序盤戦いえ対局開始早々《そうそう》の、いきなりの悪手《あくしゅ》でしたね、悔やまれます……

あっそうか。だから司馬さんは彼を〈Ｈ〉と置いたんですね。高校《ハイスクール》のＨ」

「まさしくだ。

では理由の第二。またもや失言。この対局が開始される前、僕らが吉祥寺駅南口で合流した際。僕が『さてその、普段より微妙に重そうなリュック、預かろうか?』と言ったとき君は『ちょっとだけですし、今の時点では大丈夫です。必要になったら頼みます』と答えた。でもこれから喫茶『リラ』でフランス語の授業を受けるというのに、だから定位置であるボックス席のソファに長時間座り続けようとしているのに、何故『今の時点では大丈夫』なんだろう? 喫茶『リラ』まで移動する今の時点を措《お》いて、僕が君のリュックを持つべきタイミングはしばらく無いんじゃないか? すると『大丈夫』というのは例えば、『重くないから大丈夫』『重いけど大丈夫』『気を遣ってくれなくても大丈夫』といった運搬関係の意味ではない。すると『必要になったら頼みます』というのもまた運搬関係の意味ではない。ならそれらは何を意味するか? 換言すれば『必要になったら頼みます』の必要とは何だ? そして何を頼むのか? リュックを運搬してもらうという意味以外、どんな意味が考えられる? ここで、リュックの本質は物の運搬にある。①物の、②運搬だ。そして②の意味が否定されているのだから、残るは①、君にとって『今の時点では大丈夫です』『必要になったら頼みます』とはリュック内の物についての言葉となる。すると同義置換《どうぎちかん》で、君は僕に『今の時点ではリュック内の物を預けない』『必要になったらリュックから出して委ねる』と自白してしまったことになる——もっともこの絵図《えず》が描けたのは、もちろん対局が開始されてからのこと。特に、結論1-2でHが〈届ける〉目的物を持つことが証明されてからだけどね」

「こどものおんなの片言隻句《へんげんせきく》いえ言葉尻《ことばじり》を、日々そんなに記憶していて疲れませんか?」

「あれだけの論理的死闘を好み、一字一句に神を宿らせる君に言われる筋合いはないねえ。

さて引き続き、君の最終定理がデタラメだと確信できた理由の第三。

それは今日の待ち合わせに限って、君が五分前行動主義に背《そむ》いたことだ。

議論の大前提だが、君は時間に恐ろしいほど几帳面《きちょうめん》な五分前行動主義者だよね。そして同じく議論の大前提だが、①今日の待ち合わせ時刻は一〇〇〇《ヒトマルマルマル》ジャスト。②H君がT_xを発話したのが〇九五《マルキュウゴー》二《フタ》あたり。③結子ちゃんが待ち合わせ場所に出現したのは、僕の記憶が正しければ一〇〇〇《ヒトマルマルマル》の一〇秒前あたり――

――不可解だ。

君が五分前行動主義を放棄するなど、僕自身が言ったとおり、雹《ひょう》がふるほど不可解だ。

そして不可解なことには全て理由がある。

その理由とは、結子ちゃんの弁解によれば『今し方、思わぬ野暮用《やぼよう》ができてしまった』ことだ。ただその『野暮用は瞬時に片付いた』とのこと。なら当該《とうがい》野暮用とは何だろう？　既に立証されているとおり、〈君－僕－H君〉の組合せは物理的に極めて近接していた。また既に立証されているとおり、君はH君がT_xを発話するのを現に聴いた。だから君が自分の大原則たる行動原理を放棄してまで急遽《きゅうきょ》『片付けたかった』野暮用とは、〇九五二《マルキュウゴーフタ》から一〇〇〇《ヒトマルマルマル》ジャスト弱までの八分弱において、だから無論、吉祥寺駅南口至近において片付けたかった野暮用だ。まして議論の大前提として、君のリュックは普段より微妙に重そうだった。僕自身がそれを現認《げんにん》してすぐ言葉にしたし、まして君はそれを全く否定せず、『ちょっとだけですし、今の時点では大丈夫です』とまで答えてくれた。ここで、僕らのフランス語の授業は既に恒例行事だから、それに必要な荷は変動しない。なら君のリュックが普段より微妙に重そうなのは、それだけでまた不可解となる。①ならば何故、今日に限って、君の行動原理と君の荷に不可解な変動があるのか？　②ひょっとしたら、この二要素の変動は関連・連鎖しているのではないか？　③そして本件物語においては、『待ち合わせに遅刻してまで野暮用を瞬時に片付ける』とか、『切迫し焦燥《しょうそう》しながら何処《どこ》かへ駆け込もうとする』とか、何やら急いでいる登場人物が多いのではないか？　④加うるに、これは既述《きじゅつ》で証明済みだが、H君が君同様、高校の制服姿であることに疑いは無い上、君はH君の年齢まで断言している……

事《こと》ここに至れば、結子ちゃんとH君が旧知の仲、少なくとも知己《ちき》であることは解る。

ならば、結子ちゃんとH君が当該《とうがい》ミッシング八分弱において、接触したことも解る。

とすれば、君のリュックが普段より微妙に重そうなのは、当該《とうがい》接触のゆえとも解るよ。

何故と言って、フランス語の授業に必要な荷は今日も変わらないのだから、結子ちゃんは今朝方《けさがた》家を出るときも、待ち合わせ場所に向かうときも、いつもと同様の荷しか持っていなかったはずだから。

そしてそのまま恒例のフランス語の授業を受けるはずだったから。そんな結子ちゃんの荷が俄《にわか》に変動したというのなら、その変動を生んだ特殊事情とは、君に五分前行動主義を放棄させた緊急の野暮用――H君との接触以外にあり得ない。

　これらを要するに。

場所／時間／服装／年齢／心理／何らかの物／緊急性／異変……

そうした結子ちゃんとH君の、健全な社会常識からして不可思議なほど多い公約数。

それを前提とすれば、結子ちゃんとH君のいわば共謀《きょうぼう》に思い至らない方が面妖《おかし》いよ。

――以上、失言1、失言2そして共謀行為から、君の最終定理はデタラメだ」

「認めます。

そもそも、①〈拳銃〉なる物証を出し、②〈T_xの保存されたメール〉なる物証の存在を認めた時点で投了《とうりょう》、私の最終定理がデタラメなのは確定していますし……だから、物証に頼らず最後まで論理で反駁《はんばく》して下さったことは、司馬さんの純然たる好意ですし。

――ただこの感想戦の最後に、どうしてもこれだけは指摘しておかなければなりません」

「すなわち？」

「私の最終定理を否定すると、大きな矛盾が生じてしまうことです。

具体的に言うと、まず、私達が証明し終えた結論のうち

結論2‐9　Hが〈郵便局に駆け込む〉とき、〈かけ直す／届ける〉は不可能

結論３－１　Ｈは拳銃を所持しつつ、渋々、嫌々、郵便局に駆け込むしかない
結論３－２　Ｈは拳銃を放置し又は交番に届ければ、郵便局には駆け込めない
結論３－３　Ｈは拳銃を所持しつつ、現に郵便局まで移動しようとしている
結論３－４　Ｈは拳銃を所持しつつ、郵便局で金銭を補充しようとしている

は真です。というのも、Ｈ君がT_xを発話したのは確定的に、私と出会う前だからです。

そう、偶然にも私という物好きと合流できたから、私の最終定理はデタラメになりました。飽《あ》くまでも結果として、Ｈ君は拳銃を手放せました。けれど重ねて、Ｈ君がT_xを発話したのは私と合流する前のこと。ならT_xが意味するＨ君の心理・内心・心情・動機は真。より具体的には、特に右の五命題は真です。私と出会わなければ、確実にそうしていたという意味において。そしてそれは、テクストの純粋な論理的操作のみによって立証されているという意味において——

とすると。

端的《たんてき》には、Ｈ君は何故、拳銃を素直に交番へ届けようとしなかったんですか？

Ｈ君は何故、強盗として検挙されかねないという超絶的なリスクを覚悟してまで、拳銃を持ったまま郵便局に入ろうとしたんでしょう？　Ｈ君が交番に赴《おもむ》くわずかな時間・手数すら惜《お》しみ、いつでもよいような現金の引出しなんかを最優先にしたのは何故ですか？」

「——これ念《ねん》の為《ため》の確認だけど、もちろん君はその理由・その解答を知っている、よね？」

「認めます。否定しようもありません。私がＨ君といわば共謀したのは証明済みですから」

「ならそれは、未処理の大きな矛盾を解消できるのか、という最後の口頭試問《こうとうしもん》になるねえ」

「いえ飽くまでもただの感想戦です。御同意いただけますか？」

「あっは、同意しよう。既に有難《ありがた》くも勝利は頂戴しているが、君の挑発に乗らなければ悲願のタラコスパゲティが遠ざかるばかりだから、一〇〇点満点を目指して頑晴るよ。

さて、と。

議論の大前提として、また、真であることが立証されている結論からして、次の五点が指摘できる。

Ⅰ　H君は、午前九時五二分あたりに鉄道駅の南口至近にいた

Ⅱ　H君はそれ以前に、エレベータ待ち時間三分程度でアクセスできる、駅ビル一〇階の個室トイレを利用した

Ⅲ　H君の所持金は極めて少額で乏しく、金欠《きんけつ》の状態にあった

Ⅳ　H君は、郵便局で現金を引き出そうとしていた

Ⅴ　H君は心理的な切迫感・焦燥感《しょうそうかん》から、何を措いても郵便局に駆け込もうとしていた

どうだい？　実は既にこの五点を以《もっ》てして、H君に纏《まつ》わる物語は明々白々じゃないか？」

「……まだ認めません。どこが明々白々なんですか？」

「なら逆問《ぎゃくもん》するけど、僕らが今日午前九時五二分あたりに吉祥寺駅南口至近にいたのは何の為《ため》？」

「待ち合わせの為《ため》です」

「ならH君だってそうだよ」

「何故断言できるんですか？」

「〈駅の出口〉なる場所の性格＋〈午前九時五二分あたり〉なる時刻の性格、あと〈井の頭公園の桜が美しいうららかな春〉＋〈H君はスマホ通話の相手方を持つ〉なる議論の大前提からして自明だと思うが……それが決め打ちに過ぎると言うなら駄目押しをしよう。

H君は何故、①わざわざエレベータを使ってまで、②理想的にキレイなトイレの、③しかも個室を使ったんだろうか？　議論の大前提として、また生粋《きっすい》の吉祥寺《きちじょうじ》っ子である君もきっと熟知しているとおり、駅内あるいは駅近傍《きんぼう》にはトイレが幾つもあるのにね。

ましてH君は自分が金欠であることを認識するや、何を措《お》いても——そう拳銃だなんて物騒極まる

物件を持ち続けてまで――金融機関で現金を引き出す覚悟をした。ならば何故、H君は午前九時五二分あたりにおいて、今すぐ・直ちに・何を犠牲にしても現金を補充しておきたかったのか？　裏から言えば、もしH君が自分独りの裁量と判断と自由とでどうとでも時間を遣えたとするならば、

①それほどまでに悩み苦しみ悶《もだ》え躊躇《ちゅうちょ》しながらも
②拳銃を交番に提出するという善良な市民の義務を諦めて
③強盗に仕立て上げられるリスクまで冒して
④金融機関が閉まるまでにはまだ時間的余裕があるのに
⑤ひたすらにカネカネカネカネ……とばかりに金融機関へ駆け込む

なんて、そんな莫迦《ばか》な行為・莫迦な選択をするだろうか？

いや、まさかだね。まさかそんな選択はしない。健全な社会常識からしてあり得ない。何かの緊急の用事がなければ、だから時間を独りで自由に遣えたなら、誰がどう考えても交番にゆくよ。議論の大前提からして、所要時間は徒歩三〇秒程度なんだもの。もちろん交番では必要な手続や事情聴取が行われるだろうけど、この場合悪いのは警察の方《ほう》なんだから、甚《はなは》だ感謝されつつ、できるだけ短時間となるよう配慮してもらえるだろう。ましてこの場合の金融機関というのは『土曜日に開いている郵便局』なのだから、一般論としては、『閉店は夕方か、最悪でも正午だな』と想定できる。

ならやはり、ひたすらに現金の引出しを急ぐ理由が想定できなくなるよ」

「……それらを要するに？」

「これらを要するに、

結論４‐１　H君は、独りで時間を自由に遣える状況になかった
結論４‐２　H君には、短時間とて交番で時間をとられたくない事情があった

結論４‐３　Ｈ君は、誰かとともに時間を遣うべき状況にあった
結論４‐４　Ｈ君は、最も理想的な個室トイレで、少なくとも身嗜《みだしな》みを整えた
結論４‐５　Ｈ君にとって、自分が金欠であるという事実は、絶対に露見してはならない恥
　　であった

となり、よって駄目押しが終わるから、

結論４‐６　Ｈ君は今朝方、誰かと、吉祥寺駅南口で待ち合わせをしていた

ことが確定する」

「……Ｈ君にはスマホ通話の相手方《あいてかた》がいますよね。しかも相手方にT_xを告白している。要は自分の置かれた窮状《きゅうじょう》を話題にしている。ならその相手方が待ち人《まびと》であれ誰であれ、『拳銃を拾った』なんて物騒極まる話を聴けば、健全な社会常識からして、すぐに交番へ行くようＨ君を説得するのでは？」

「いやそれはないね。僕らがT_xを傍受《ぼうじゅ》できた様《よう》に、Ｈ君の告白は雑踏《ざっとう》を成す誰にでも傍受できてしまう。そして事が事、物が物だ。一般論としてＨ君が〈拳銃〉なんて単語を口にできるとは考え難《がた》いし、具体論としてもＨ君は既に『拳銃を隠し持ちしつつ金融機関に立ち入る』のを前提としていたんだから、〈拳銃〉なんて単語は死んでも口にすまいと決意したはずだ。要は、Ｈ君のスマホ通話の相手方が誰であれ――そしてすぐ後述する理由から、それが待ち合わせの待ち人であったのなら尚更《なおさら》――〈拳銃〉を所持していることだけは口にできない。だから相手方からの説得なるイベントは発生しない」

「……待ち合わせの待ち人と合流してから事情を説明して、待ち人と一緒に交番へ行けばよかったのでは？　その後で一緒に郵便局に行くこととすれば？」

「それも合理的だね。①だがしかしＨ君としてはこの場合、ほんとうに一分一秒が惜《お》しかったんだよ。②そしてＨ君としてはこの場合、何があっても、今の自分の財布の中身が小銭だけだなんて事実を解

消してほきたかったんだよ。一刻も早くね。その気持ち解るなあ」
「私にとっては著しく非合理的な心理的強制にして強迫《きょうはく》観念ですが……それは何故？」
「最終定理、H君は午前一〇時から女性とデートをする予定だった。C.Q.F.D.《セーキューエフデー》
そしてそれは相当程度の蓋然性《がいぜんせい》で、井の頭公園界隈《かいわい》でのお花見＋ランチデートだよね」

Ⅷ

「……認めます」

「あとは蛇足《だそく》だが、だからこそ。

待ち合わせ時刻までかなりの時間的余裕を持って、①待ち合わせ場所至近にある理想的な個室に赴き、②まるで緊張する大事な試験前の如《ごと》くにキチンと大小出すもの出……じゃなかった体調を整え、③服装・靴・髪の身嗜《みだしな》みをベストの状態にし、④街頭や雑踏の中では採り出しにくい財布・小銭入れを詳細にチェックし、⑤スマホに遅刻、変更、中止、事故その他の連絡が入っていないか最終確認し、⑥デートプランのおさらいとして地図・飲食店・催し物・関係施設設備・関係交通手段等を再検索する。その気持ち解るなあ。

結果としては、それどころか、拳銃なるものの出現で大変なことになってしまった訳だが……とまれ、この蛇足が答案最後の一行だ。というのも君に約束したからね。『トイレ』『フック』なる決め打ちには確たる論拠があり、それを最後に開示すると。これでいいかい？」

「認めます。

そして改めて投了《とうりょう》します。負けました」

「ふう、疲れた疲れた。いつものことだが、結子ちゃんを投了させるのは至難《しなん》の業《わざ》だから。

それじゃあ死闘後の恒例として、喫茶『リラ』絶品、タラコスパゲティを頼もうか!!」

「――いいんですか?」

「まさか嫌なのかい?」

「いえ拳銃の拾得者は今は私ですから、これから警察官に拾得物を提出しようと思って。はいどうぞ、司馬署長。吉祥寺警察署は今きっと大騒ぎですよ? 警察不祥事だもの」

「全然大丈夫さ。副署長には本日最初の一服の時点で、拳銃確保の第一報を入れてある」

「あっ、あのときの……急ぎのメール云々《うんぬん》!!」

「加うるに、だ。君の席からは見難《にく》い席に座っている――この雰囲気あるレトロな喫茶店には不似合いな――あちらの中年男三人組。T_2の検討を開始したとき入店してきた三人組。彼らは無論、剣呑《けんのん》な拾得物を回収しにきた当署の警察官なのでね。

すなわち僕がこの二時間にわたって実施していたのは、成程《なるほど》君との論理的死闘ではあるが、同時に事情聴取でもあったんだ。そしてそちらも実《じつ》が挙《あ》がった。この警察不祥事における登場人物とその行動・心情が、当事者自身の供述により余《あま》す所《ところ》なく理解できたから。これで監察《かんさつ》に出す反省文……もとい、検証報告書もすぐ書ける」

「でも今スマホで検索したところ、過失により拳銃を紛失した警察官は減給《げんきゅう》処分を受けるそうですね? 防止措置が不十分だったなら、署長も減給か戒告《かいこく》の処分を受けるとか」

「いやそこは。何せ僕には親愛なる教え子、内閣官房長官のお孫さんがついているからね。

では紅露寺《こうろじ》結子さま。

本件警察不祥事への対応でありますが――まだ四十歳を過ぎた程度の小職《しょうしょく》と、そのささやかな職業的未来予想図のため。そして無論、小職の可愛い部下警察官のため。ひとつ御嬢様《おじょうさま》のおちからで、穏便《おんびん》にして寛大な御処置《ごしょち》をお願いしたいのでありますが……」

「あっ、わるいひと発見!!」

「えっ、君がそれを言う？　そもそも虚構の犯罪を通報することは御立派《ごりっぱ》な軽犯罪法違反だし、悪質なら偽計《ぎけい》業務妨害罪にも問われるんだけどな？　逮捕しちゃおっかな？」

「しからば痛み分けにして進ぜよう、吉祥寺警察署長・司馬警視正。

——現在分詞とジェロンディフを、次のレッスンに延期することで手を打ちます。あと食後にクリームソーダ。あの緑々《みどりみどり》した昭和な感じの奴。一度飲んでみたかったの」

「なんでだよ。仏語こそ今日の真打ちだろ。僕が官房長官に締め上げられるだろ……」

勝負後の下らない冗談を言い合っていると、いよいよタラコスパゲティが搬《はこ》ばれてくる。

わあ、いただきます——

ちょこんと手を合わせ満面の笑みを浮かべた彼女は、今はすっかり普通の十七歳である。

四〇文字の細部に神を宿らせた、必然と証明の論理的魔女とはとても思えなかった。

(……最終定理、紅露寺結子はやはり高校生である。C.Q.F.D.)

——終幕

夏の章

I

とある土曜日。

東京都・吉祥寺《きちじょうじ》区。

吉祥寺駅から徒歩一〇分強の距離にある喫茶『リラ』。

昭和の香りがする——いやひょっとしたら大正の香りがする——断じてカフェではない古典的な店。いにしえの、食堂車の如《ごと》き茶と紅《べに》と白そして洋燈《らんぷ》に見知らぬ懐《なつ》かしさがある。

意外にコンパクトな街である吉祥寺の、中心市街地からは程《ほど》よく離れているので、駅界隈《かいわい》の賑《にぎ》わいもここまでは到《とど》かない。立地もどこか隠《かく》れ家《が》的で、普段から、時が止まったような静寂《しじま》の内にある。まして、今日はそぼふる雨。それどころか朝方は驟《しゅう》雨《う》だった。店舗内のお客さんは、僕らふたりを入れても片手に満たない。

「司馬《しば》さん、ここの冠詞の使い方がよく解らないんですが」

「ああ結子《ゆいこ》ちゃん、冠詞はフランス語の鬼門《きもん》のひとつだからね、どれどれ——」

店舗いちばん奥の、気取らないアンティークの品々に埋もれるようなボックス席。そこが紅露寺《こうろじ》結子と僕の、もうすっかり定着した定位置だ。

僕が彼女の祖父に頼まれ、この高校生の娘《こ》の家庭教師を務め始めてから既に半歳《はんとし》近く。おしなべて月に二、三度は授業をしているので——時折どっちが先生だか解らなくなるのだが——僕らがここ喫茶『リラ』で顔を合わせるのは、もう一五度目くらいになろう。

大抵は午前一〇時あたりから開始し、脳が程《ほど》よく痺《しび》れたお昼時に、昼御飯とともに終了するのが慣《なら》わし。実際、古風な茶の卓上に置いた銀の懐中時計を見遣《みや》れば、現時刻一一二〇《ヒトヒトフタマル》。

僕は彼女が差し出した、ボロボロになるまで使い込まれたフランス語のテキストを受け取ると――彼女は学校で生徒会長を務めるほどの才媛《さいえん》だ――追加で彼女にダージリンを、僕にアッサムを注文した。授業中の飲み物も、もうすっかり定着している。ふたりとも温かい紅茶だ。冬でも春でも、冷房が嬉《うれ》しいこの夏でも。授業が穏当に進んでいるかぎりは。

「ええと……『雨が降り始めた、霙《みぞれ》交じりの雨が』。それぞれの『雨《プリュイ》』の冠詞だね？」

（　）pluie se mit à tomber,

（　）pluie à moitié gelée.

「雨は不可算名詞だから、どちらも部分冠詞 de la を遣いたくなりますが……」

「冠詞の感覚は僕ら日本人には解り難《にく》いよね……先《ま》ずカンタンな方からゆくと、後者の『霙《みぞれ》交じりの雨』は、無数にある雨のスタイルのひとつだ。無数にある雨の、とあるひとつ」

「とすると英語でいう、不定冠詞の a になる？」

「まさしく。無数にある雨のうち霙《みぞれ》交じりの奴――というニュアンスで不定冠詞の une」

「なら一般論として、もし形容詞を従えているなら不定冠詞になる。こうですか？」

「avoir か il y a が組み合わさったとき以外のほとんどの場合、そう考えてよいと思う」

「じゃあ文頭の方の pluie は、特に形容詞を従えていないので原則どおり de la ですか？」

「ところが、だ。そうはならないのが神か悪魔が細部に宿る所で――」

――聴いてのとおり、僕が紅露寺結子に教えているのはフランス語だ。

白黒モノトーンのセーラー服。ぱっつん前髪にロングロングストレート。そしてエジプトのアビシニアン猫を思わせる、しなやかな躯《からだ》と挙措《きょそ》。結子ちゃんは、そんな十七歳の高校二年生だが……代議士令孫《れいそん》なる名家《めいか》の子女だけあって、英語など既にネイティブ並みにこなせる。受験英語など、彼女なら寝言でも構文が出てくるだろう。そんな彼女は海外留学を予定していることから、既に第二外国語の準備をも開始しているし、実は事実上、それをほぼ終えている。この半歳《はんとし》、家庭教師を務めた僕が太鼓判《たいこばん》を押すが、フランス大使館での在外勤務を経験した僕と彼女の仏語能力の差は、既に㎝あるいは㎜単位といえた。

「――そうはならないのが神か悪魔が細部に宿る所で、要は論理も理屈もないんだが、ともかく名詞が文頭に来たのなら、無限定あるいは全称《ぜんしょう》だとみなされる／そう決める。すると」

「この『雨が降り始めた』の雨はまさに文頭にあるから、雨一般／全ての雨と割り切る」

「そのとおりだ。するとその冠詞は？」

「定冠詞のla」

「正解。重ねて論理も理屈も無いんだけどね。この無論理性を確かめる為《ため》に、例えば……La neige tombe. 雪が降る。これを、もう習った自然現象の非人称構文に書き換えると？」

「Il tombe la neige」

「としたくなるんだが……この雪は文頭にないので、不可算名詞の原則どおり部分冠詞を遣って、Il tombe de la neige が正解になる」

「……そうなるともう感覚の問題、暗記の問題ですね？」

「僕ら日本人にとってはね。フランス人には御立派《ごりっぱ》な屁理屈があるのかも知れないが……」

そうこうしていると、いつもどおりゆったりとしたペースで、『リラ』の御主人が彼女と僕の紅茶を搬《はこ》んでくる。古風な執事然《ぜん》としたその御主人を含め、誰も急いではいない。ここは、時が止まったような喫茶店だ。

しかしながら、そのとき――

がらごろ、という車輪音とともに、とある若い女性客が、その御主人に歩み寄ってきた。僕らから二席を距《へだ》てたボックス席に、この一時間ほど独りで座っていた女性だ。歳《とし》の頃なら二十歳前後。人相《にんそう》着衣《ちゃくい》なら、極めてカジュアルで動きやすい服装をした、いかにも休日のＯＬあるいは女子大生……ただ、何も帯びていないその顔には化粧っ気がほとんどないから、女子高生でも面妖《おか》しくはない。ともあれ、只今《ただいま》のがらごろという車輪音の正体は、所謂《いわゆる》キャリーケースを転がす音である。それは、海外旅行にでも行けそうなほど巨大だ。

「すみません、お手洗いは何処《どこ》ですか？」

「カウンターとレジの間の通路の先です」

当該《とうがい》女性客はありがとうございます、と頭を下げて、御主人に示されたルートをたどり、がらごろと手洗いの方へ消えてゆく。僕はそんな一幕劇《ひとまくげき》をそれとなく見遣《みや》りつつ、お代わりがきたアッサムを楽しみながら、懐中時計で現時刻を確かめた。現時刻、一一三〇《ヒトヒトサンマル》——

「司馬さん」結子ちゃんが冠詞の検討を中断した。「今日はこれから何か御予定でも？」

「えっ、というと？」

「普段と比較して、三倍以上は時刻の確認をしておられるので」

「よく観察しているなあ」部下に欲しいほどだ。「いや、午後からちょっとした野暮用《やぼよう》があるのでね……といって二時からだから、いつもどおり結子ちゃんと昼御飯をとっても全然問題は無いが。吉祥寺はコンパクトな街ゆえ、移動時間も知れている」

「警察署長さんって土日も仕事があるんですか、吉祥寺警察署長・司馬《しば》達《とおる》警視正どの？」

「格好を付けて言えばですな、紅露寺《こうろじ》官房長官令孫《れいそん》どの。警察署長は二四時間三六五日、これすべてオン・ステイジ。その管轄区域における治安責任は、離任《りにん》の日の午後一一時五九分五九秒九九……まで免除されることが無いのであります。小職《しょうしょく》の精励恪勤《せいれいかっきん》ぶり、是非《ぜひ》とも祖父君《そふぎみ》に御報告くださいます様《よう》。この司馬、伏してお願い申し上げ奉《たてまつ》りまする」

「うむ、考えておこう司馬君。それで、今日の具体的なお仕事とは？」

「いや大したものじゃない。式典・祝典の類《たぐい》かな。警察署って実はイベントが多くてね」

「あっ、実は私にも司馬君にお願い申し上げ奉りたいこと、あったぞ」

「……フランス語の前に敬語をおさらいしようか？」

「ほら、ネットのニュースで時々流れますけど――」彼女は自分のスマホを卓上から採り上げるや、すらりとした指で画面をとんとん、とんとタップしてゆく。「――芸能人やスポーツ選手が警察署長になるイベント、あるでしょう？　深田恭子とか深津絵里とか……あとなんとガチャピンとかウルトラマンも就任してますよね？　制服着て、敬礼したり部隊に訓示《くんじ》したり署内を闊歩《かっぽ》したり。あとは歓迎パレードに、表彰式をしたりされたり。


あれ、私もやってみたいなあ、やってみたいなあ」


「いわゆる一日警察署長だね」僕は微妙に困惑しつつ、官房長官のお孫さんを茫漠《ぼんやり》と見遣った。「ただ当署に関して言えば、見渡す限りの予定については、既に候補者をリストアップ済みなんだ……あっ、でもピーポくんの着ぐるみを着てくれる人なら大歓迎。ダイエット効果も抜群だ。まして結子ちゃん運動神経もいいから、バック転なんか決めてもらえれば。そのときは御褒美《ごほうび》として、君のその令和の女子高生らしい大きなリュックには収まらないほどの特大ピーポくん縫《ぬ》いぐるみを贈呈するよ。ちょうど当署に二体準備があるのでね」

「私が、着ぐるみ要員ですか？」

「下々《しもじも》の労働の尊さを学べるよ」

「四十歳ちょっとで警視正なんかやっている、キャリア官僚に言われたくないです」

ちなみにだが、彼女の運動神経がスグレモノなのは事実ながら、彼女ほど『運動』『体育』が嫌いな高校生もめずらしかろう。まあ眼前の、夏制服姿の真っ白な肌を見ればどこか納得してしまう性癖ではあるが。とまれ、彼女は僕の軽口・冗談にイラッときたようだ。

「司馬さん非道《ひど》い。許せない。

お爺《じい》ちゃんに言い付けて、何でも言うこと聴くまでシベリアで強制労働させてやるから」

「なら急いで本日の頭脳労働の方を仕上げてしまおうか。即興《そつきよう》で、仏作文をやってみよう――ええと、『吉祥寺の天気はどうですか?』『今年のバカンスは天気が悪かった』『天気予報によれば明日は非道《ひど》い天気らしい』。以上、取《と》り敢《あ》えず三題」

「成程《なるほど》、天気、天気、天気……『雨』の定冠詞のおさらいですね、了解しました。

――といって窓から外を見るに、朝方の驟《しゆう》雨《う》も先刻までのそぼふる雨も、すっかり上がっていますけど。傘を差している人は誰もいませんね」

「あっ確かに。今日は野暮用《やぼよう》があるから微妙に助かるな。

吉祥寺駅界隈《かいわい》はアーケードが発達しているし、意外に地下通路も延びているから、雨でもルートを選べば苦労はしないが……無論、晴れの日のショートカットがいちばん楽だ」

この仏作文で今日の授業は終わりだろう。紅露寺結子にとっては五分未満のタスクだ。

(さて、現時刻一一四〇《ヒトヒトヨンマル》だから、昼御飯には微妙に早いが、午後の予定を踏まえればそれも好都合か。雨だから道も混むし、この三《み》つ揃《ぞろ》いも制服に着換えないといけないしな……)

仏作文を書き下ろしている彼女を見遣りつつ、僕はずっと我慢していた紙巻き煙草《たばこ》を採り出し火を着けた。僕は自他ともに認める愛煙家だ。ただ授業中は一時間に一本と――彼女に――厳命されているから、なんとこれが本日二本目でしかない。ただまあ良識ある大人として、例えば彼女のロングロングストレートを煙《けむり》臭くするのは無粋《ぶすい》だと心底思う。

「できました、司馬さん」

「どれどれ」

形式的に彼女の答案を確認する。定冠詞。部分冠詞。不定冠詞。可愛《かわい》げのないほど理解が早い。僕は全問正解の旨《むね》を告げると、本日の授業の締めに入った。

「最後に、形容詞を従えている単語でも、avoir や il y a と組み合わさるときは……」

そのとき。

時の止まったようなこの喫茶『リラ』の静寂《しじま》を、若い女性の声が破った。

吃驚《びっくり》するほどの声量ではない。ただ元々、店舗内の客は片手に満たない。

僕は何の気なしに、咥《くわ》え煙草《たばこ》のまま、声の出所を見遣った。

――それは、レジの近く。

レジから気持ち数歩、出口へと踏み出したあたり。

御主人がちょうど会計を終えるところだったから、声の主もいわば財布を閉じ、店舗を出ようとするタイミング。その段階では、確か何の声も聴こえなかったのだが、しかし。

今は若い女性が、突然、比較的大きな声で話をしている。

そして何故、それが比較的大きな声になっているかは、一瞥《いちべつ》して直ちに理解できた。

（携帯電話というか、スマホを使っているから。要は耳にスマホを当て、電話をしている）

スマホ通話のとき、人は知らず声量を上げ、また発声を明確にする。

だから当該《とうがい》若い女性の発した声は、店舗の静謐《せいひつ》さとあいまって、また僕の既聴感《きちようかん》とあいまって、何の努力をしなくとも、この上なく明瞭に聴解できた――

　もう出られます、雨だからいい店でよかった
　警察は恐いけど、体ひとつの簡単な仕事だし
　はい連絡はこっちのスマホに
それじゃあ、と当該《とうがい》若い女性は通話を終えると、スカートスタイルのビジネススーツにスマホを仕舞って、そのままがらごろと喫茶『リラ』を退店していった。

紅茶を飲みつつ煙草を吸いつつ、またもや見るともなしに窓の外・扉の外を見れば――

何故か扉のすぐ前で佇《たたず》んだままだった当該《とうがい》女性は、何の躊躇《ためら》いも無くするすると店舗前道路でタクシーを捕まえるや、手慣れた感じで巨大なキャリーケースをトランクに積み、当該《とうがい》タクシーにちょこんと乗って駆け去ってゆく――これを要するに、退店後三分ほど店舗前に佇《たたず》んでから、タクシーを捕らえてのち一分未満で、たちまち視界から消えてゆく。

僕が、いつしか根元まで迫っていた紙巻きの灰を、アンティークな灰皿に落としたとき。

(あっ、しまった……!!)

僕は舌拍《したう》ちを懸命に抑えつつ、己《おのれ》の致命的な失態をただ呪った。

我知らず、苦悶《くもん》の渋面《じゅうめん》すら作っていたに違いない。何故と言って……

「司馬さん!!」

何故と言って、紅露寺結子はやはり、僕と正反対で大輪の笑顔だったからだ。普段は無愛想極まるジト瞳仏頂面《めぶっちょうづら》で鳴らしている彼女が、長い睫《まつげ》と可愛らしい左目の泣《な》き黒子《ぼくろ》の女子力を全開にし、こうまで無邪気にほくほくと破顔《はがん》する理由は、たったのひとつ……

「今のフレーズ」とても濃い瑠璃紺《るりこん》の瞳も、幼子《おさなご》の如《ごと》く全開。「お聴きになりました!?」

「そうだねえ」僕の挙動《きょどう》からして、まさか誤魔化《ごまか》しきれはしない……「幸か不幸か」

「微妙に興味深いですよね？」

「そ、それは主観によるが」

「戦慄すべき重大犯罪のにおいもしますよね？」

「い、いいや全然。まったく全然。微塵《みじん》も全然」

「精励恪勤《せいれいかっきん》を誇る若手警察署長として、管轄区域における治安責任を負う若手警察署長として、まさか見過ごすことのできない戦慄すべき重大犯罪のにおいを嗅《か》がれましたよね？」

「……はふう、解った」彼女の瞳がサファイア顔負けに輝く。こうなると彼女は止まらない。「幸か不幸か、僕の出勤まであと二時間弱の余裕がある。そしてこれまでの経験に鑑《かんが》み結子ちゃん、君がいったん対局を決意したのなら、僕にはその決意を翻《ひるがえ》す術《すべ》などない」

「なら本日の授業はここまでにして、いつもの論理的対局、一勝負お願いできますか？」

「これすなわち、只今《ただいま》の女性の言葉から、いやそれのみから、君の指摘する〈戦慄すべき重大犯罪〉が論理的に導かれるかどうか、君がそれに成功するか——の勝負だね？」

「はい。まして今日までの対局結果は私の〇勝五敗。私には復讐戦《ふくしゅうせん》を求める権利がある」

「成程《なるほど》、事《こと》が重大犯罪云々《うんぬん》というのなら、治安責任を負う管轄警察署長としては、君の指摘あるいは告発を聴かない訳にもゆくまいよ……ただし」

「ただし？」

「これまでどおり、先手後手《せんてごて》、1ターン指すごとに紙巻き一本だ」

「健全な社会常識に反しますが」彼女は裁判実務用語に嫌味を込めた。「認めます」

II

「それじゃあ、戦慄すべき重大犯罪を立証してくれるという、結子ちゃんの先手《せんて》だね？」

「道義上も組立て上もそうなりますが——対局を開始する前に、先《ま》ずは整理手続のターンを設けましょう。すなわち〈議論の大前提〉となる明々白々な諸《しょ》事実を、私と司馬さんのふたりで整理・再確認しておきます」

「大いに結構」

結子ちゃんが言うところの〈論理的対局〉は、飽《あ》くまで特定のテクストあるいはフレーズから、論、理のみで、具体的かつ特定の結論を証明するものだが――それが今般は某《ぼう》若い女性の〈戦慄すべき重大犯罪〉という訳だ――しかし無論、この世のテクストには文脈がある。ここで言う文脈とは言語的な文章の脈絡《みゃくらく》ではなく、文章が発せられた物理的な状況・状態だ。すなわち僕らが現に五官で感じとった、物理的・客観的に明々白々な諸《しょ》事実だ。それが第三者からしても疑問の余地がないまでに明々白々ならば、〈議論の大前提〉として証明に用いてもよい。それが僕らのルールである。なお念《ねん》の為《ため》、例えば太陽は東から昇るとか、雨が降っていれば傘を差すものだとか、一一〇番通報をすれば警察官がやってくるとか、そうした熟《こな》れた一般論もまた、〈健全な社会常識〉として証明に用い得る。それも僕らのルールだ。無論、〈健全な社会常識〉と言えるかどうかも議論の対象だが。

「では順不同《じゅんふどう》ですが、今般の対局における〈議論の大前提〉を列挙すれば――」結子ちゃんは美しく紅茶の皿を持ち上げる。「――先のフレーズを発したのは、若い女性である」

「同意するが、いささか抽象度が高過ぎるから、より具体的に言い換えようか。

先のフレーズを発したのは、**歳《とし》の頃《ころ》二〇歳前後の、社会的には極めて若い女性である**」

「認めます。私の目撃結果・観察結果と矛盾しないので」

「なおここで、発話者である当該《とうがい》女性を、便宜的《べんぎてき》にSと置く」

「……そのこころは？」

「あっは、深甚《しんじん》な意味は全然無いよ。何か気に障ったならIでもGでもいいけど？」

「悪辣《あくらつ》な司馬さんが無意味な一手《いって》を指すとは思えませんが……まだ対局前ですから軽く流します。では〈議論の大前提〉を続けますが、**Sは平均以上に美しい女性である**」

「同意する。主観の問題になってしまうが、同性の結子ちゃんと異性の僕との見解が一致するのなら、この対局においては公理にしてよいだろう。極めて俗な言い換えをすれば、Sはパッと一瞥《いちべつ》しただけで瞳《ひとみ》奪われるほど、目鼻立ちも唇も小さな顔のラインもそれは美しい女性だった……ほぼすっぴんだったのに。無論、結子ちゃんほどではないけどね」

「焦燥《あわ》てて付け加えた真実に合致するお世辞を無視して続ければ、**Sは一時間ほど独りで喫茶『リラ』にいた**」

「同意する。僕の目撃結果・観察結果と矛盾しないから。

念《ねん》の為《ため》時系列を整理しておけば、本日の僕らの仏語授業も、いつもどおり一〇〇〇《ヒトマルマルマル》から此処《ここ》で開始されたところ、Sが確定的に退店したのは、僕の記憶と懐中時計が確かならば一一四〇《ヒトヒトヨンマル》強。これがいわば、議論の対象となる『物語』の時間的な始点と終点だ。

この物語内において、Sが問題のフレーズを発したのは、レジでの会計を終え退店する直前のこと。なら決め打ちで、発話時刻を一一四〇《ヒトヒトヨンマル》と置いてしまってよいだろう。

また、残念ながら僕には、Sがいつ喫茶『リラ』に入店したかの記憶がまるで無いんだが……しかしながら一〇〇〇《ヒトマルマルマル》の時点で、Sは先入りしていなかった。これは断言できる。

そして意識して、自覚的に、Sが座っていたあのボックス席へ――僕らから二席を距《へだ》てた彼方《あちら》のボックス席へ――視線を向けたのが確か一一三〇《ヒトヒトサンマル》の時点。そのとき初めて『そういえば、この一時間ほど独りで手持ち無沙汰《ぶさた》に座っていたなあ』と感じた。そう感じて、それを脳内で言語化したのは記憶にある……だから、Sの入店時刻をハッキリと確認した訳じゃないけれど、Sの滞在時間を『この一時間ほど』と概算できる程度には、Sの方を無意識にちらちら見遣《みや》っていたんだろう。確かに今思い返せば、僕があの美しいSの容姿や挙動《きょどう》にそこはかとない興味を持ったことにはまあ、理由があると言えばある……

うん、縷々《るる》述べたけど、結論として結子ちゃんの指摘に異論はないよ。Sは僕らより後に喫茶『リラ』入りし、概《おおむ》ね一時間ほど独りだけで過ごし、そのまま独りで立ち去った」

「ちなみに司馬さんが、Sの座っていたボックス席へ、意識して視線を向けたのは何故？」

「それは無論、この静かな喫茶店にしては大きなイベントがあったから。すなわち一一三〇《ヒトヒトサンマル》。そうあのとき。Sが自席を離れ、僕らの席の傍《そば》で、喫茶『リラ』の御主人に手洗いの場所を訊《き》いたよね。僕はそのとき、①ふと時刻を確認し、②ふとSを確認し、③ふとSの座っていたボックス席を確認し……④結果、『そういえば、この一時間ほど独りで手持ち無沙汰《ぶさた》に座っていたなあ』と感じあるいは推測した。こうなる」

「実は私も同様です。私の記憶と推論過程も同様。

なら重ねて、Sの滞在時間＝〈一時間ほど〉を議論の大前提としてしまうと――

只今《ただいま》の、そう午前一一時三〇分のビッグイベントに関連して、**Sは平均以上に大きなキャリーケースを所持していた**」

「同意する。記憶にある。海外旅行にでも行くのか、と微妙に吃驚《びっくり》するほど巨大だった」

「Sはそれをトイレに搬《はこ》び入れましたね？」

「……まあ結果としてはそうだね」

「Sはトイレで何をしました？」

「それはその……施設の性格からして全てを確定的に断言することは無理だが、明々白々な事実としては、そうだ、Sはトイレで着換えをした」

「そうなりますね。ここ喫茶『リラ』のトイレはそれを許す充分以上の面積を有します」

――今のは既出《きしゅつ》の事実ではないが、既出の事実からしても明々白々だ。というのもSは、がらごろとあの巨大なキャリーケースを転がしたまま手洗いの中へと消えたから。すなわち喫茶『リラ』の手洗いは、それを許す充分以上の面積を有するから。よって既出の事実でないことをも併《あわ》せ整理すれば――喫茶『リラ』の手洗いは常に清潔で無駄に広い。たとえ床に物を落としても気にならないほど。たとえ、あり得ない想定ではあるが、大の大人が三人入っても身動きができるほど。実はそれも、僕が結子ちゃんとの授業の場所としてこの店舗を選択した理由のひとつである。かなりの長時間滞在になるからだ。そして。

「Sは手洗いに入る前」僕は記憶を手繰《たぐ》った。「極めてカジュアルで動きやすい服装をしていた。いかにも休日のOLあるいは女子大生といった感じの。ところがイザ退店する際、Sはスカートスタイルのビジネススーツ姿になっていた。ましてSは、結子ちゃんの指摘するとおり、わざわざキャリーケースと一緒に手洗いに入った。なら健全な社会常識からして、Sが手洗いで何をしたかは――重ねて限定列挙はできないが――明々白々だ」

「よって、**Sは喫茶『リラ』のトイレを用いて着換えをした**。

――さてここからは主観が入りますし、司馬さんが意識して観察していたとは限らないので、一緒に記憶や目撃内容を確認したいのですが。先《ま》ずはSの当該《とうがい》ビジネススーツ姿。司馬さんはどうお感じになりましたか？」

「やっぱりそこを突くか。

なら率直に言うけど、まるで似合っていなかったね。喩《たと》えるなら、買ったばかりの既製品に着られている感じだ。また喩えるなら、初めて就活をする大学生のような感じだ。すなわち、サイズにもシルエットにも立《た》ち居振《いふ》る舞《ま》いにも幼い違和感があった。もっと言えば、買ったばかりなる印象論が思わず口に出てしまうほど、当該ビジネススーツあるいはパンプスそのものに新品感がある。

まして、これは結子ちゃんも確実に目撃したとは思うが……

会社なり役所なり団体なりの、あの首から吊《つ》るネームホルダー。所属する組織の、身分証を挟《はさ》み入れておく奴。あれを、喫茶店だの公共の道路だので吊りっ放し下げっ放し露出しっ放しにしておくのは、現に勤労をしている社会人のしぐさではないね。もっと些細《ささい》なバッジ型の社員章だって、公共の場所では裏返して留めるか外しておくものだ。またこれについてももっと言えば――やはり印象論に過ぎないが――ビジネススーツあるいはパンプス同様、作ったばかり、使い始めたばかりといった、ブツそのものの新品感を感じたね。

纏《まと》めれば、Sのビジネススーツ姿はどこか安易で安直、どこか拙《つたな》く浮いていた」

「全て私の目撃結果・観察結果と一緒です。よって、**Sはビジネススーツを着慣れてはいない。勤め人としての経験は極めて乏しい。**御同意いただけますか？」

「同意する」

「また私達共通の印象論をできるだけ客観化して――**Sの服・靴・身分証は一見《いちげん》の者に新品感を与えるほど使用の痕跡が薄い。**御同意いただけますか？」

「同意する。新品である高度の蓋然性《がいぜんせい》はあるが、そんなことを客観的に断言できないから」

「引き続いて、**Sはここ喫茶『リラ』で時間潰しをしていた。**これは？」

「着換えの必要性はあったから、一〇〇％の時間潰しではないけれど……同意する。とりわけ、①未《いま》だ片付けられてはいないSの席の様子と、無意識ながらもちらちら目撃した範囲における、②Sの行為とを顧《ふりかえ》ればね」

「これすなわち？」

「結子ちゃんももう半歳《はんとし》は通っている常連客だし、夏場に入ってからも三度は来たから、Sがいた席にまだある飲み物が何か、すぐ分かると思うけど――

あれは喫茶『リラ』夏季限定メニュー二品の内のひとつ。氷を入れた冷水で、一二時間を費やして一滴一滴抽出した上、更にひと晩を寝かせた『水出しアイスコーヒー』九九〇円也《なり》だ。そして今現在もまだ視認《しにん》できるとおり、その貴重なグラスはほぼ満杯《まんぱい》。たとえ口を着けていたとして、精々一口二《ひとくちふた》口《くち》だ。このSの席の様子から、Sにとって『飲料』はほとんど意味を持たなかったと推論できる。時間潰し説には根拠がある。

加えて、僕が無意識ながらもちらちら目撃した範囲では、Sは自席でほとんど身動きをしていなかった。例えば読書するでもなく、書類を整理するでもなく、書き物をするでもなく――すなわちSは」

「ずっとスマホのイヤホンを使って、どうやら音楽を聴いていましたね」

「思い返してみれば、時折頭や指がリズミカルに動いたり、唇が声にならない言葉をかたちづくったりしていたから、音楽なる決め打ちも許されるだろう。

そして既に纏《まと》められているとおり、そんな状態が『一時間ほど』続いた。

ならば成程《なるほど》、Sがここ喫茶『リラ』に入った主たる目的は、いよいよ純然たる時間潰しだろうね。喫茶店における主目的である飲食もしていなければ、喫茶店でなければできない行為もほとんどしていなかったから」

「Sのその行為・動静に関連して、**Sの携行品はキャリーケースのみであった。**これは？」

「若干厳密さを欠く気がする……ただ外観からはそのとおりだ。

Sは他に鞄《かばん》、バッグその他の袋物《ふくろもの》を所持してはいなかった。もし所持していたとすれば、あれだけ巨大なキャリーケースと一緒に頑晴《がんば》って取り回す様《さま》を、必ず退店時に目撃できたはずだ。ましてSが例えば読書もせず、書類整理もせず、書き物もしてはいなかった事実から、Sの所持品は『ビジネススーツ姿の女性』としては極めて少数で限定的であった、と推論できる。

だから、そうだね……**Sにとって意味のある所持品は、スマホ、イヤホン、着換えの服、服を収納できるキャリーケースであった。**こう言い換えようか。

無論、健全な社会常識からしてSは現金、諸々《もろもろ》のカード類、財布、化粧直しの品等々も所持していた筈《はず》だが……僕らが今《いま》議論しているのは喫茶『リラ』におけるSの発話だし、結子ちゃんは現場におけるそれのみから〈戦慄すべき重大犯罪〉なる結論を導いてゆく訳だから、この場合における意味ある所持品を右の四点に締《しぼ》るのは、強《あなが》ち不合理じゃない」

「関連して、**Sは喫茶『リラ』で待ち合わせをしていた訳ではない。**これは?」

「同意する。

待ち合わせにしては入店が早過ぎるよ。一時間ほども時間を潰している訳だから。

また明々白々な事実ながら、今日は雨だ。更に明々白々な事実ながら、喫茶店に入るにはコストが掛かる——現にSは、この三〇年近く続いているデフレ下において、何と税込み九九〇円を費《つい》やしている。この『天候』『コスト』の要素からして、Sが誰かと待ち合わせをしていたというのなら、その待ち合わせ場所はここだよ。悪天候の中、別途コストを投じて、また違う場所で誰かと待ち合わせるのは不合理だもの。そして事実、待ち人はここには来なかった。ならば、Sはここで誰かと待ち合わせをしていた訳ではない……

　といってその事実は、対局を先取りすれば、Sの〝もう出られます〟なる発話から自明なんだけどね」

「換言《かんげん》すれば、**Sは喫茶『リラ』で待機をしながら時間を潰していた**」

「同意する。既に整理された事実の同義置換《どうぎちかん》だから」

「ありがとうございます。なら〈議論の大前提〉として挙げるべき事実の最後に——

Sは躊躇《ちゅうちょ》なくタクシーを使って独りで立ち去った。これは?」

「同意する。というのも——いささか僕らの席からは距離があるが——店舗の窓から店舗前道路が目撃できるから。現に僕は目撃したから……恐らく君も。すなわちSは会計・退店後、何の躊躇《ためら》いもなくするするとタクシーを捕まえ、手慣れた感じでキャリーケースをトランクに積むと、なんと退店後四分程度で、タクシーとともに何処《どこ》かへ旅立った。顧《ふりかえ》ってみれば、その流れは恐ろしいほどスムーズだった。タクシー慣れしている感じだった」

「〈議論の大前提〉は以上でよいでしょうか？　他に提示しておくべき事実はありますか」

「そうだなあ、僕が想定できる限りないな」

「ならイザ対局を開始する前に、それら〈議論の大前提〉を纏《まと》め、整理しておきましょう。

Sは、歳《とし》の頃《ころ》二〇歳前後の、社会的には極めて若い女性である
Sは、平均以上に美しい女性である
Sは、一時間ほど独りで喫茶『リラ』にいた
Sは、平均以上に大きなキャリーケースを所持していた
Sは、喫茶『リラ』のトイレを用いて着換えをした
Sは、ビジネススーツを着慣れておらず、勤め人としての経験は極めて乏しい
Sは、喫茶『リラ』で、待機をしながら時間潰しをしていた
Sは、喫茶『リラ』で待ち合わせをしていた訳ではない
Sは、躊躇《ちゅうちょ》なくタクシーを使って独りで立ち去った
Sにとって意味のある所持品は、スマホ、イヤホン、着換えの服、服を収納できるキャリーケースであった
Sの服・靴・身分証は、一見《いちげん》の者に新品感を与えるほど使用の痕跡が薄い

そして対局の便宜《べんぎ》上、Sの発話したテクスト
〝もう出られます、雨だからいい店でよかった。警察は恐いけど、体ひとつの簡単な仕事だし。はい連絡はこっちのスマホに〟
なる全体をT_xと置き、その構成要素をそれぞれ
〝もう出られます、雨だからいい店でよかった〟――――T_1
〝警察は恐いけど、体ひとつの簡単な仕事だし〟――――T_2

〝はい連絡はこっちのスマホに〟
——T_3

と置きます。T_xは、此方《こちら》の仏語用のノートに書いておきましょう。誤記はありますか？」

「いいや、誤記も問題も無い。厳密に言えばT_4〝それじゃあ〟なる締めの言葉があった気もするけど、必要があれば用いるし、なければ無視するだけだ」

「では整理手続のターンの最後に、このテクストT_xについて形式的な整理をしますね」

「成程《なるほど》、それも〈議論の大前提〉、明々白々な諸《しょ》事実の整理だ……

　おっと失礼。このターンもう終わりそうだから、お許しを得て煙を焚《た》かせてもらうよ」

「——警視正署長だなんて顕官《けんかん》の癖《くせ》に、意外とせせこましくて意地汚いんですよね」

「いや結子ちゃん煙草嫌いだろ？　僕も大嫌いだ。およそ正義の実現を責務とする警察官として、斯《か》くの如《ごと》くに反社会的な毒劇物が存在するのを容赦《ようしゃ》してはおけない。だからこそ僕は、我が国から一刻一秒も早く斯《か》かる毒劇物が消滅するよう、自らの健康と財産とを賭《と》してまで、価格の六一％以上もの税金を納めつつ、吸って吸って吸って吸いまくって……」

「それ私をイラつかせる盤外戦《ばんがいせん》か何かですか？

　悔しくも見事にイラついたので、故意《わざ》とらしくタバハラの煙に咳《せ》き込みながらT_xの整理をすると——けほっ、ごほっ——今般のテクストT_xの表記は、句読点の問題を除き、また微細《びさい》な漢字の問題を除き、呆気《あっけ》なく一義的に確定しますね？」

「そうだね、結構それで悩んだ対局もあったけど、今般はテクストの表記に困難が無いね。出る／雨／店／警察／恐い／体／簡単／仕事／連絡——すべて文脈と議論の大前提から一義的に定まる。同音異義語は存在するものの、置換は想定できやしない。

　無論、微細な漢字の問題は確かにあるけど——良い／いい、恐い／怖い、ひとつ／一つ——そんなもの、T_xの解釈において有意な差を生じさせはしない。

あと句読点の問題は、そもそも打つか／打たないか、句点か／読点かの選択に尽きるが、Sの発したT_xは話し言葉《パロール》であって書き言葉《エクリチュール》じゃない。だから正解は無いし、だから厳密に決定する必要は無いし、また、決め打ちで用いてもT_xの解釈に影響を与えはしない」

「認めます。

よって便宜的《べんぎてき》に、私達はSの発したT_xを、先の記載どおりだと確定してしまいましょう」

「句読点を無視すれば、T_1が一九字、T_2も一九字、T_3が一三字——T_x全体で、五一字。

そして結子ちゃんは、いよいよこの五一字のみから〈戦慄すべき重大犯罪〉を立証してくれる訳だ……君との論理的対局は、あっは、いつもホントにスリリングで興味深いよ。とっしょりの脳には、いささかならざる負荷と消耗とが、それはもうガツンとキツいが」

「御余裕をブチかましておられますが……

いいんですか？」

「——というと？」

「私思うに、今般は、『議論の大前提』と『テクストの字面《じづら》』だけによって、戦慄すべき重大犯罪は歴然としていますが。そう、既に今、論証・証明の要《よう》なく歴然としていますが。

それゆえに、司馬さんはこの刹那《せつな》、直ちに御自分の吉祥寺警察署を動かさなければならないはずだ——と考えるのですが？」

「ふむ、そうまで言われると」僕はベクトルを気に懸けながら紫煙《しえん》を紡《つむ》いだ。「確かに一件、副署長にメールを打っておきたい案件が出てきた、ような気もするねえ」

「どうぞ御遠慮なく」

「しかし、だ」僕は所要《しょよう》のメールを短く打った後、スマホを再びスーツに納めた。「かくて君の願いどおり、吉祥寺警察署が緊急の対処をする以上、僕自身はまさか事案対処に飛び出てゆく必要がない。

また君が、〈戦慄すべき重大犯罪〉なる通報を警察官にした以上――もちろん僕もそのような通報を警察官として受理できる――受理警察官としては、事案の概要やそれが虚偽でないことを、説明してもらわなければなるまいよ。これすなわち」

「これすなわち？」

「僕自身が、君の論証に納得する必要がある。それへ合理的な疑いを容《い》れない程度には。だからやっぱり、君の先手《せんて》で対局開始だ。

個人としても教師としても警察官としても、それはそうなるだろう？」

「お互いの結論が歴然としていても、ですか？」

「僕が知る限りそのことは証明されていないね」

「可愛くないひと」

「あっは、君を引き立てる為《ため》さ」

――彼女はダージリンの皿を持ち上げ、美しく紅茶で唇を濡《ぬ》らした。

アンティークの茶器が、玲瓏《れいろう》たる音を静かに奏でる。それは試合開始の鐘だった。

現時刻、一一五五《ヒトヒトゴーゴー》。

「じゃあ先手、私のターンで、T1の解析から」

Ⅲ

T1――　〝もう出られます、雨だからいい店でよかった〟

「先《ま》ずは、この一九字ないし二一字。

ここで、〈もう〉出られますという用語は、Sがここ喫茶『リラ』で待機をしていたことを裏書きします」

「それは議論の大前提でもあるね——Sはここで、待機をしながら時間潰しをしていた」

「待機というからには、Sにはそれ以降、何らかの用件がある。御同意いただけますか？」

「当然だ。議論の大前提。Sはタクシーを捕まえて何処《どこ》かに立ち去っている」

「そうですね。ましてそれはスマホでT_1を発話した直後ですから——〈出られます〉と」

「加えて議論の先取りになるが、T_2には〈仕事〉なる端的《たんてき》な用語もあるからね」

「なら**Sが喫茶『リラ』で待機していたのは〈仕事〉の為《ため》である**。御同意いただけますか？」

「同意する。議論の大前提とT_x・T_1の文脈からして、合理的な解釈だから」

「するとそのSの〈仕事〉というのは、具体的にはどのような〈仕事〉なんでしょう？」

「ふむ」僕は紙巻きを出しつつも喫煙衝動を殺した。まだ早い。「T_2を用いてよいのなら、〈体ひとつの〉〈簡単な〉仕事となるが……」

「いえT_1からも膨大《ぼうだい》な情報が得られます。

第一。もう〈出られます〉なのだから、それは**場所的移動を要する、出撃型の〈仕事〉**です。言い換えれば、Sがこれから予定している〈仕事〉は、喫茶『リラ』内では処理できない仕事です。事実、Sは喫茶『リラ』内において、一時間ほどもただ音楽を聴いていただけ。何も読まず／書かず／整理もしていない。そんな状態だった。

第二。そんな状態で〈出られます〉なのだから、Sがこれから予定している〈仕事〉は、たったひとつの行為を除き、**特段の準備を必要としない〈仕事〉**です。これはT_2からも裏書きできますが、そもそもT_1と議論の大前提からして明らかかです」

「成程《なるほど》、Sは確かに喫茶『リラ』で準備行為をしているが——だから喫茶『リラ』で〈仕事〉のことを全く意識していなかった訳ではないが——そんなオン・ステイジの心理状態にあったのに、僕らの知る限り、Ｓが行った準備行為といえばたったのひとつ」

「まさしく。よって第三。Ｓがこれから予定している〈仕事〉は、たったひとつの準備行為、**ビジネスーツへの着換えを必要とする〈仕事〉**です。しかも議論の大前提から、まさに仕事本番・仕事直前のみにビジネススーツが必要であって、**仕事の都度《つど》、本番の都度《つど》、私服からビジネススーツに着換える必要のある〈仕事〉**です。御同意いただけますか？」

「同意する。健全な社会常識からして、勤《つと》め人《にん》が仕事をするというのなら、通勤経路であろうと外回り先であろうと休憩先であろうと、全てスーツ姿のままだから。要は、朝起きてすぐスーツを着てそのままだから。

ただ例えば、そうだねえ……

通勤を兼ねてサイクリングだのジョギングだのをするなら別論だが、残念ながら今日は雨天でもあれば、巨大なキャリーケースなる所持品を抱えてもいれば、よどみなくタクシーを捕らえてもいる。そうした事実からしても、そのような例外的な仮説は成り立たない」

「そうすると、〈雨だから〉〈いい店で〉〈よかった〉も解析できてしまいます。それは実は、これまで私が纏《まと》めてきた『Ｓの仕事の特性』の、そう第四になるんですが――

まず〈雨だから〉の解析。

これは明らかに、雨を嫌がっている／雨を苦手としている／雨だと困る……そうした心情を吐露《とろ》しています。雨だと何かに苦労するんです。しかしその何かは、第一義的に思い付く『外での移動』『移動時に濡れること』じゃありません。外での移動＝場所的移動はＳの〈仕事〉の本質的内容のひとつでありながら、この雨の日、Ｓはそれに困ってそれに苦労している訳ではない。そうではない。

何故と言って――」

「――議論の大前提として、Ｓは平然とタクシーを用いているからだ。すなわち〈仕事〉がそれを許すからだ」

「そうなります。するとSは〈雨だから〉何に困り何に苦労しているのか？

——裏から言えば。

Sは〈いい店でよかった〉なる理由で、〈雨だから〉苦労することを免《まぬか》れている。

〝雨だから〟苦労するけど↔〝いい店で〟苦労しなかったんです。

すると。

Sの〈いい店で〉〈よかった〉なる理由・評価の実態が解れば、〈雨だから〉苦労するその何かが解る。T_1は御親切にも、そのような表裏一体の構造をしています」

「ふむ。するとSがこの喫茶『リラ』の何を評価したか、だが。

それって一般論としては、ここ喫茶店だもの、実に数多《あまた》の評価ポイントがあるよねえ。味は無論のこと、雰囲気、静寂さ、価格、御主人、客層……」

「また意地悪を言う。それら全ては確実に否定されますよ？」

「また何故？」

「……Sは、九九〇円を費やした貴重な限定メニューである『水出しアイスコーヒー』を、ほぼ満杯《まんぱい》のかたちで残しているんです。仮に口を着けていたとして、ストローで一吸二吸《ひとすいふたすい》が関の山。まして議論の大前提からして、Sには一時間ほども口を着ける余裕があった。また客層というなら、Sがいた当時も今現在もずっと、この店舗内には私達ふたりを含め片手に満たない客しかいません。加えて雰囲気・静寂さというなら、そもそもSはずっとそんなもの気にもせず、スマホで音楽を聴いていますよね？

よってSが評価したのは——正確にはSがT_1において評価したのは——喫茶『リラ』の味でも雰囲気でも静寂さでも価格でも客層でもありません。御同意いただけますか？」

「また意地悪を言うけど、御主人なる要素は残るなあ……」

「特に意地悪になりません。それは正解に吸収・包含《ほうがん》され得ますから」

「というと正解は？　Sは喫茶『リラ』の何を〈いい店〉と評価したの？」

「無論、トイレです。

それこそSが喫茶『リラ』内で――〈仕事〉の為《ため》――唯一赴《おもむ》いた場所であり、すなわち『着換え』なる唯一の準備行為をした場所ですから。そして議論の大前提として、ここのトイレは巨大なキャリーケースと一緒に入っても――ひょっとしたら大の大人が三人入っても――全く不自由ないほどの面積を誇りますから。まして御主人が常に清潔を維持している」

「以上をまとめると？」

「既出《きしゅつ》事項の整理ですが、Sは〈仕事〉のため、詰まる所は着換えのため、喫茶『リラ』のトイレを用いた。そしてその広さと清潔さに満足し〈いい店で〉〈よかった〉と言った」

「待った結子ちゃん。僕らが知らないだけで、Sは喫茶『リラ』の常連客かも知れないよ？

そしてその場合は極論、今日この店舗でSが経験したあらゆる特殊事象が、〈いい店〉なる評価の対象になりかねないね……裏から言えば、Sが常連客である場合、味・雰囲気・静寂さ・価格・客層その他のあらゆる既知《きち》の要素は、〈いい店〉なる評価の対象外になりかねない。常連客にとっては、初めて生じたレアイベントこそ評価に値するはずだもの。そうなると、そんなレアイベントを僕らが健全な社会常識で想定するのは到底無理……」

「それは確実に意地悪ですね。だって常連客が御主人にトイレの場所を訊くはずないもの」

「ちっ」

「――何か？」

「いや紙巻きの葉が唇に絡《から》んでさ」

「またそんな莫迦《ばか》なことを。

とまれ、Sは喫茶『リラ』のトイレに満足した——着換えをする上で〈いい店〉〈よかった〉と満足した。これでいいですよね？」

「いいけど、成程《なるほど》既出事項の整理だね。それがT_1によって更に裏書きされたに過ぎない」

「いいえ違います。だって、これでT_1から更に重要な情報が抽出できますもん」

「すなわち？」

「T_1は〈いい店で〉よかった、なんです。繰り返しますが、いい店でよかったなんです。

すると当然、Sは同様の体験において、〈悪い店〉にも入店しています——端的《たんてき》には、①他の店舗でも着換えをしているし、②それは健全な社会常識からしてトイレで行っているし、③したがって『広さ』『清潔さ』の観点からまさか肯定的な評価ができないトイレをも使っているんです。御同意いただけますか？」

「同意するのに吝《やぶさ》かじゃないけど……それを認めた所で、『Sは公共の店舗における着換えを好む癖《へき》がある』だなんて、出口のよく解らない命題しか得られない気もするよ？」

「いいえその命題は誤りですし、その胡散臭《うさんくさ》いほど消極的な御判断もまた誤りです。

まずカンタンな方からやっつければ、Sがビジネススーツに着換えるのは〈仕事〉の為《ため》である——という事実はさっき証明されたばかりですから、公共の店舗で着換えをするのは、まさかS自身の個人的性癖じゃないんです。それはSの〈仕事〉が求める所なんです。だからその命題は誤り。

まして、私の議論の出口も明快です。すなわち。

〈いい店〉があれば、〈悪い店〉もある。T_1の文脈からして、事実あった。

なら同様に。

〈雨〉なる日があれば、〈晴れ〉なる日もある。T_1の文脈からして、事実あった。

これらを要するに――

Sは、①雨の日も晴れの日も、②いい店であろうと悪い店であろうと、③公共の店舗で、④その仕事の都合から、⑤繰り返し、⑥着換えをする人間なんです。端的《たんてき》には、Sの職業的着換えには反復継《はんぷくけい》続性《ぞくせい》があるんです。要は、『日時の選《よ》り好《ごの》み』も『場所の選り好み』もできはしない。そんな裁量があるのなら、そもそも自宅なり友人宅なりを用いる。少なくともトイレを常習的に用いるのは避ける。だって〈悪い店〉は確実にありましたもん。

まして、Sがトイレの場所を訊いたのが概《おおむ》ね午前一一時三〇分。Sが会計を済ませ店舗から離れようとしたのが概《おおむ》ね午前一一時四〇分。私《わたし》女だから言いますが、体育や手品じゃあるまいし、まさか初見《しょけん》の場所で、まさかトイレで、まさか仕事の為《ため》に、まさか巨大なキャリーケースを開きつつ、まさか一〇分程度で……いえ実際には五分強ほどで着換えるだなんて、ぶっちゃけ嫌だしそもそも無理です。そして、このことからもSの着換えの反復継続性・業務性は立証できます。何故と言って、熟練の、手慣れた、匠《たくみ》の技と経験が必要になりますから……

するとここでようやく、Sの仕事の特性に話を戻せます。すなわち特性の第四――

Sがこれから予定している仕事は、**何時《いつ》でも、何処《どこ》でも、何度でも、公共の場所で着換えることが必要とされる〈仕事〉**です。御同意いただけますか？」

「……同意する。成程《なるほど》、T_1のみの展開で〈日時を選べないこと＋場所を選べないこと＋反復継続性があること〉は立証できてしまうのか。本気で吃驚《びっくり》だ」僕はいよいよ紙巻きに着火した。急いで議論の検算をする。「そうだね、念《ねん》の為《ため》に付言《ふげん》すれば――そうだからこそ、①〈もう〉出られます＝準備完了又は時間的切迫の副詞なんだし、②だからこそ準備完了の旨《むね》を何者かに報告していたんだし、③だからこそ当該《とうがい》準備＝着換えは自分の裁量がない行為なんだし、④だからこそSにとって着換えは反復継続性のある業務なんだし、⑤だからこそ雨の日にあんなにも巨大なキャリーケースを転がしていたんだし、⑥だからこそ概《おおむ》ね一一三〇《ヒトヒトサンマル》から一一四〇《ヒトヒトヨンマル》の、実際には五分強ほどの短時間で早《はや》着換えを終えられた――

うん、T_1の展開にも誤りは無いし、議論の大前提と健全な社会常識からして合理的な疑いを容《い》れる余地がない……少なくとも僕にはそう思える」

「ありがとうございます。それでは貴重なお煙草も堪能《たんのう》いただけた事ですし、先手である私のターンを終えるに当たり、T_1から必然的に導かれる結論を纏《まと》めておきましょう」

結論1-1　Sが喫茶『リラ』で待機していたのは、〈仕事〉の為《ため》である

結論1-2　Sの〈仕事〉は、場所的移動を要する出撃型のものである

結論1-3　Sの〈仕事〉は、着換え以外に特段の準備を必要としない

結論1-4　Sの〈仕事〉は、私服からスーツへの着換えを必要とする

結論1-5　Sの〈仕事〉は、公共の場所での着換えを必要とする

結論1-6　Sの〈仕事〉は、その本番の都度《つど》、着換えを必要とする

結論1-7　Sの〈仕事〉は、何時《いつ》でも、何処《どこ》でも、何度でも着換えることを必要とするものである

「以上、御同意いただけますか?」

「そうだねえ……谷山-志村予想によれば……全ての有理数体上に定義された楕円曲線はもじゃもじゃなのだから……エラトステネスの剃刀《かみそり》を用いれば……初等的な自然数論を含むω無矛盾な公理的理論は……換算プランク定数をミノフスキー粒子化させ……」

「いやもう煙草灰だけですし。フィルター燃え始めてますし。既に焦げ臭いですし。盤外戦《ばんがいせん》にもならない引き延ばしは止《や》めましょうよ。まったく、警察署長なのにホント、子供っぽいんだから……」

「解った解った、どうせすぐターンが切り換わるしね、すなわち新たな一本が期待できる。そして無論同意するよ。意見も質問もない。実に見事な証明、見事なプレゼンだった。——それじゃあ後手《ごて》、僕の手番か。しかしまた、警察署長にお誂《あつらえむ》向きのフレーズだな」

Ⅳ

T₂——〝警察は恐いけど、体ひとつの簡単な仕事だし〟

僕は御主人に、紅茶のお代わりを頼んだ。

ダージリンとアッサムなのは変わらないが、今度はアイスティーだ。

〈論理的対局〉の中盤戦からはいつも、喉湿《のどしめ》しならぬ舌湿《したしめ》し・唇湿《くちびるしめ》しとしてアイスティーになる。また中盤戦からはいつも、ふたりしてガムシロップを全消費してしまう。脳が糖分を求めて已《や》まないからだ——


そしてここで、紅露寺結子は。

論理に絡《から》まる夾雑物《きょうざつぶつ》をふりはらうかの如《ごと》くに、いさぎよいぱっつん前髪を大きく掻《か》き上げると、そのまま月光の如《ごと》き喉を大きく擡《もた》げて首をふり、真夜中のピアノを思わせる純黒のロングロングストレートを刹那《せつな》の内に舞わせた。

いつも僕が、まるで旧知の異国の甘苦い檸檬《れもん》のようだと感じる香りが、僕の紫煙《しえん》の世間ずれして錆《さ》びた匂いを、たちまちのうちに上書きしてゆく。

夏制服姿の彼女の肌は月光の雫《しずく》を集めたかの如《ごと》くであり、その四肢は蠱惑的《こわくてき》な音符を載せた譜面《ふめん》の如《ごと》くである。しかし既にして四十歳を過ぎた僕は、そこに女よりも娘をこそ感じてしまう。そう、ひょっとしたら違う世界線では持ちえたかも知れない、僕の人生を行き過ぎたとある女性との、実の娘の姿をこそ感じてしまう。要するに僕は老いていて、しかし彼女はこれからだ。

「……司馬さん、私の顔にガムシロップでも飛んでいますか？」

「十七歳は人生で最も美しい季節《ディセッタン・セ・ル・プリュ・ベラージュ・ド・ラ・ヴィ》」僕はいつしか紙巻きを咥《くわ》えていて。「ニザンだったか」

「ポール・ニザンの『アデン・アラビー』ですね」忘れがちだが、彼女は僕の仏語の生徒だ。「フランスの小説家にして革命家の。けれど真実を指摘してもお世辞にはなりませんし、まして、誰もが原文には当たっていないだろうと過小評価するのはぶっちゃけ舐《な》めてます。原文の年齢はそもそも〈二十歳〉ですし、原文の結論はそもそも真逆——

二十歳が人生で最も美しい季節だなんて言う奴は許せない《ジュ・ヌ・レスレ・ペルソンヌ・ディール・ク・セ・ル・プリュ・ベラージュ・ド・ラ・ヴィ》、でしょ？

——でもまた何故、突然にニザンなんです？」

「結子ちゃんといると、つい……」僕はしゃあしゃあと嘘を吐く。「……ニザンが代議士の子息の家庭教師を務めていたのを思い出してねえ。ましてニザンは、軍人なる特殊な公務員でもあった」

「で、私と絡《から》めて親近感がわくと」しかし官房長官令孫《れいそん》は騙《だま》されなかった。少なくとも小さな方の嘘には。「けれどニザンは代議士ならぬ富豪貿易商に雇われていましたし、軍務にはただ徴兵されただけ。そもそもバリバリの共産主義革命家。すなわち警察官たる司馬さんの対極にある存在ですよね？フランス大使館で一等書記官をやった司馬さんがそれを知らない筈《はず》はありませんから……この衒学《げんがく》ないし韜晦《とうかい》は何かの盤外戦《ばんがいせん》？」

「うーん、誤魔化《ごまか》しているのは確かかもね」

「何を？」

「ある種の嫉妬《しっと》と悔恨《かいこん》」

「はあ？」

「いや、確かにこれは盤外戦だ、しかも僕の方こそが惑わされてしまった藪蛇《やぶへび》だ……」

では気を取り直して!!

T_2〝警察は恐いけど、体ひとつの簡単な仕事だし〟なる一九字ないし二一字。この極めて雄弁かつ特殊なテクストに神が宿ることを願って、後手《ごて》の僕から指し始めよう。

第一の論点。T_2には――いやT_x全体を通じて、最も剣呑《けんのん》でエッジの利いた用語がある」

「後手で得しましたね。それは無論〈警察〉」

「ましてSは〈恐い〉、〈警察は恐い〉。この用語をどう解釈しても、いや既に解釈の余地なく、**Sが警察を警戒している**ことは解る」

「認める余地もなく認めます。でも何故Sは警察を警戒しているんでしょう?」

「それは〈けど〉が導いてくれる。恐いけど簡単な仕事云々《うんぬん》の、〈けど〉。

すなわち**警察とSの仕事とは、対立／相反《そうはん》／葛藤《かっとう》の関係にある**。

無論このことは、T_2の〈だし〉なる理由・原因の助詞からも補強できる――シンプルに言い換えれば、警察は恐いけど、簡単な仕事『だから』何かなんだ。ここで議論の大前提からして、Sが実際に仕事へ出撃したのは自明だよね。するとまたシンプルに言い換えれば、警察は恐いけど、簡単な仕事『だから』仕事に出撃する。そういうことになる。

要は〈けど〉〈だし〉から、警察↔仕事、なる対立／相反／葛藤関係が立証できる」

「なら、健全な社会常識からしてSの〈仕事〉の本質は――」

「そうだねえ」

僕は刹那《せつな》の内に躊躇《ちゅうちょ》した。

実はいま・ここが、この一手《いって》こそが勝敗の分かれ目だ。無論彼女はそれを熟知している。

そして若者の若い挑発に乗るのは、老人の社会的責務だろう。

結果、僕は強い一手を指すことにした――

「警察と対立／相反／葛藤関係にある〈仕事〉というのは、警察を捜査機関・取締機関と位置付けるなら、それはもう犯罪、不法行為その他の反社会的な行為だろうね」彼女に言葉を継がせない為《ため》、すぐさま付け加える――「同様の前提を維持しつつ、この結論はT_2の〈けど〉によっても裏書きされる。再論になるが、T_2は

〈警察は恐い〉＋〈けど〉＋〈簡単な仕事〉＋〈だし〉＋何か

という組立てをしている。しかしこの何かが『仕事への出撃』を意味することは既述《きじゅつ》した。するとシンプルな言い換えで、

〈警察は恐い〉＋〈けど〉＋仕事をする

となる。ならば――

この〈けど〉が意味するのは、バランスを考えた上での価値判断だ。

①警察⟷仕事、なる対立／相反／葛藤関係において、②Sは両者を天秤《てんびん》に掛け、③結果〈けど〉の採用により、④**警察∧仕事**、なる優劣関係を導いた――念《ねん》の為《ため》の繰り返しになるけど、議論の大前提からして、Sが結局〈仕事〉に出撃したのは自明なんだからね」

「なら再確認をしますが、司馬さんの結論は、Sの〈仕事〉というのがつまりは……」

「そうだね、警察を捜査機関・取締機関と位置付けるなら、**Sの〈仕事〉は犯罪、不法行為その他の反社会的な行為となる。**これが僕の最初の一手だ。結子ちゃんの判断は？」

「認めます。当然です。そもそもそれって、私がこの対局をしている理由ですから」

「だね。〈戦慄すべき重大犯罪〉の証明だものね。では引き続き、T_2における第二の論点。〈体ひとつの〉。

ここで成程《なるほど》、議論の大前提として纏《まと》めた様《よう》に、①Sにとって意味のある所持品はスマホ、イヤホン、着換えの服、服を収納できるキャリーケースだけだ。勤《つと》め人《にん》として常識的な、鞄《かばん》の類《たぐい》すら所持して

はいなかった……同様に、②Sの服・靴・身分証は、一見《いちげん》の者に新品感を与えるほど使用の痕跡が薄い。また結論1－3から、③Sの仕事は着換え以外、特段の準備を必要としない――これについても念《ねん》の為《ため》だが、④Sは一時間ほどの待機時間において『読書』も『書類整理』も『書き物』もしてはいなかった事実を再度付言《ふげん》しておこう。

この四点はいいかい？」

「認めます。既に証明された結論・事実の列挙ですから」

「すると、だ。シンプルな言い換えで、①鞄が無い。②ビジネススーツもパンプスもネームホルダーも使い込まれてはいない。③必要な準備は着換えだけ。④資料を予習することも資料を整理することも資料を作成することも不要である……

これらを展開すると。

Sの〈仕事〉にとって本質的なのは、**『勤《つと》め人《にん》の外観』でそれだけだ。**

勤め人の実務に必要なあらゆる物件は――特に鞄《かばん》が致命的だが――Sにとって必要ではない。他方で、勤め人の外観に必要な物件は――特にネームホルダーが致命的だが――周囲の目撃者に違和感を持たれるレベルであっても、なお必要不可欠だ。Sの執拗《こだわ》りは『勤め人の外観』にあり、『勤め人の実態』にはない。

だから〈体ひとつの〉なんだ。

Sの〈体ひとつ〉が勤め人の外観を作出《さくしゅつ》していさえすれば、ただそれだけでいい。他に何の荷も装備品も準備も不要だ。極論手ぶらでもいい」

「けれどSは手ぶらじゃないですよ。巨大なキャリーケースを所持し搬送しています」

「議論の大勢に影響ない。それは着換えに必要でもあれば、〈警察は恐い〉の本質でもあるから。この巨大な運搬手段の実態については後に必ず触れるよ。

とまれ、**Sの〈仕事〉の本質は、勤め人の外観を作出することのみである。**これが僕の次の一手だ。結子ちゃんの判断は？」

「認めます。議論の大前提と、結論1-3から結論1-6までの展開ですし、矛盾はありませんから」

「ありがとう。引き続いて、T_2における第三の論点。以上のとおり、Sの仕事にとって必要不可欠なのは勤め人の外観だけ。特段の荷や装備品や準備は不要。S自身が〈体ひとつの〉仕事だと自白しているとおりにね――

これを裏から言えば。

〈勤め人の外観のみ〉＋〈体ひとつ〉だけは絶対に必要となる。それがSの仕事だ。ならこのときヒトが用いうるコミュニケーション手段は、動作と言語だけだよね？するとシンプルな言い換えで、**Sの〈仕事〉は身体動作と日常会話のみで処理できるものである。**これが僕の次の一手だ。結子ちゃんの判断は？」

「認めます。既出事項《きしゅつ》のまとめと同義置換《どうぎちかん》に過ぎませんし、健全な社会常識にも反しませんから」

「ありがとう。引き続いて、T_2における第四の論点。すなわち、

Ⅰ　〈勤め人の外観のみ〉＋〈体ひとつ〉
Ⅱ　結論1-1・結論1-3（着換えの業務性）
Ⅲ　結論1-6・結論1-7（着換えの反復継続性）
Ⅳ　結論1-5（公共の場所での着換え）

の合わせ技で、Sの〈仕事〉は勤め人の外観を反復継続して、業務として作出することである。なら同義置換《どうぎちかん》で――Sがその仕事を何度でも続ける限りにおいて――**Sの〈仕事〉は勤め人の外観を演じ**

続けることである。これをシンプルに纏《まと》めれば、Sの〈仕事〉は嘘を前提とするものである。もちろんそれには反復継続性・業務性があるのだから、**Sの〈仕事〉は嘘を吐き続けるものである。**これらが僕の次の一手だ。結子ちゃんの判断は？」

「認めます。展開に誤りありませんし、着換え行為そのものが既に詐術《さじゅつ》といえますから。ただ司馬さん。先刻《さっき》司馬さんが導き出した結論にはもう既に、嘘どころか『Sの仕事は犯罪、不法行為その他の反社会的な行為である』というものがありましたよね――」

「――おっと其処《そこ》の引用は大事だから『Sの仕事は犯罪、不法行為その他の反社会的な行為となる』と原文どおり修正しておくよ。ただ議論の腰を折っちゃったね。御免《ごめん》。続けて」

「その結論と、たった今導かれたSの仕事の〈演技〉〈嘘〉なる結論を組み合わせれば、議論の大前提と健全な社会常識からして、とりわけ警察署長である司馬警視正ドノには、もうSの犯罪あるいは反社会的行為の実態が理解できている、筈《はず》なのでは？　はてな？」

……強烈な一手だ。彼女はいよいよ我慢できなくなって鋭利な牙《きば》を剥《む》いてきた。

そう、この箇所《かしょ》が実は関ヶ原でワーテルローなのだ。ここの一点突破で、勝負の趨勢《すうせい》は直ちにかつ確実に決まる。僕がこのターンの冒頭、挑発と躊躇《ちゅうちょ》とを感じたとおりに。

「失礼」僕はさっき咥《くわ》えていた、このターン用の紙巻きに着火した。「一本頂戴するよ」

「だからこそ」彼女は攻撃の手を緩めない。「わざわざ副署長さんにメールをしたのでは？」

「それはそのとおり。すなわち僕は必要な措置をもう講じている。結子ちゃんの憂慮《ゆうりょ》と懸念《けねん》を晴らすに足るだけの措置をね。だからお許しを得て、僕の手番《てばん》を続けさせてくれないか。もちろん副署長から所要《しょよう》の結果報告があれば、対局を直ちに中断して答え合わせに入ろう」

「解りました。そもそも対局を求めたのは私ですから、道義的に是非《ぜひ》もありませんね」

「ありがとう。では引き続いて、T_2における第五の論点。

すなわち〈簡単な〉だ。簡単な仕事だし、の〈簡単な〉。

――成程《なるほど》健全な社会常識から、またSの外観から、Sの仕事は次のとおり簡単なものだ。

①巨大なキャリーケースをがらごろ転がしながらできる片手間《かたてま》性

②当該《とうがい》キャリーケースさえガッチリ確保していればできるシンプルさ

③当該《とうがい》キャリーケースの『運搬コスト』の顕著《けんちょ》な低さ

④当該《とうがい》『運搬』＋結論1‐2で証明された『場所的移動』の顕著な容易さ

議論の大前提だが、Sは躊躇《ちゅうちょ》なく手慣れた感じでタクシーを使っていたんだからねえ」

「くどくどしいですが、それらを要するに？」

「Sの仕事は、まず物理的に極めて容易だ。

念《ねん》の為《ため》に付言《ふげん》すれば、⑤〈着換え〉＝〈勤め人の外観作出《さくしゅつ》〉も物理的に容易だよね」

「再論になりますが、私《わたし》女なので、ああしたスタイルの着換えがまさか容易だとは思えません。というかぶっちゃけ、物理的にも心理的にも著しくハードルの高い行為です」

「それは女性の一般論として大いに同意するけど、S自身の価値観は確実に異なる。だって仕事の本質である着換えを引っくるめて、〝体ひとつの簡単な仕事だし〟なんだもの。すなわちSの主観としてその着換えは〈簡単〉だし、それは物理的にも立証される。議論の大前提からして、Sは今日必要な着換えを実質五分強で終わらせている熟練者なのでね」

「成程《なるほど》……」

「でもこの着換えの論点は実は重要だ。

というのも只今《ただいま》の事実から、**Sの〈仕事〉には五分強での着換え以上に困難なタスクは存在しない、**という結論が導けるから――」

いみじくも結子ちゃんが指摘したとおり、女性の常識からすれば甚《はなは》だ困難である〈五分強での着換え〉がSにとって〈簡単〉だというのなら、それとパラレルで、女性の想定する他の困難なタスクも、Sにとっては〈簡単〉だよ」

「でもそれは蓋然性《がいぜんせい》の問題で、決め打ちに過ぎ……」

「……それが決め打ちに過ぎると言うのなら、既に立証されている結論1-3『着換え以外に特段の準備を必要としない』と、先刻《さっき》の結論『Sの仕事は身体動作と日常会話のみで処理できる』によって論拠を補強すればよいだけだ。だろう？」

「成程《なるほど》、既にSの全てのタスクにはシーリングを施せてあると。全体として〈簡単〉だと」

「そのとおり。よって更に只今《ただいま》の結論を展開すれば、**Sの〈仕事〉はトータルとして短時間かつ迅速なものである――**となる。理由は言うまでもないが、

①五分強での着換えは女性一般にとって甚《はなは》だ困難なタスクながらも
②それさえSの主観としては〈簡単〉に終えることができるんだし
③なら他の準備不要で手ぶら可のタスクはもっと〈簡単〉に終えられる

ことになるから。なおこのことは無論、議論の大前提である

④Sが平然とタクシーを使っている事実
⑤『Sの服・靴・身分証は、一見《いちげん》の者に新品感を与えるほど使用の痕跡が薄い』なるSの安直さ、イージーさ、インスタント性

からも裏書き可能だ。

　加うるに。

　更に只今《ただいま》の、A『インスタント性』の要素と、B『短時間・迅速』の結論と、C既に立証されている結論1-5から結論1-7まで（着換えの場所的制約＋反復継続性＋業務性）を併《あわ》せ考えれば――

――Sの着換え行為自体もまた、Sが好むと好まざるとにかかわらず、短時間かつ迅速なものでな

ければならない。要は、**Sの〈仕事〉はSに早着換《はや》えを求めるものである**。それはやはり、Sの性癖でも個人的習慣でも性格傾向のゆえでもなく、業務そのもの、〈仕事〉そのものがSに強いる条件なんだ。

それも決め打ちだと言うのなら……

既に先刻《さつき》立証された、『勤《つと》め人《にん》の外観を作出する』というSの嘘を——先刻《さつき》立証されたばかりの『Sの仕事は嘘を吐き続けるものである』という結論を補強証拠に使えばそれで足りる。『演技』すなわち『偽装』『詐術《さじゅつ》』であるからこそ、Sの仕事は『短時間・迅速』『インスタント』となり、よってSが仕事として行う着換えも『早《はや》着換え』となる訳だ。

ちなみにこの『早《はや》着換え』……健全な社会常識の範囲内で換言《かんげん》すれば『変わり身の早さ』なる条件は、T_2の〈体ひとつ〉なる用語、そして〈警察は恐いけど〉なる用語と、ホント大きな親和性を有するよねえ？　そうは思わないかい？

——これらが僕の次の一手だ。結子ちゃんの判断は？」

「認めます。展開に誤りありませんし、既に立証を終えた結論から直ちに検算できるので」

「ありがとう。するとだ。只今《ただいま》までの論旨《ろんし》を一言《ひとこと》でいえば、Sの〈仕事〉は物理的にも時間的にも簡単なものだ——となる。

では畳み掛けて、T_2における第六の論点。引き続き執拗《しつよう》にも〈簡単な〉を攻めよう。

これは実は、物理的・時間的に簡単だという意味でもあれば、スキル的に／ノウハウ的に簡単だという意味でもある……ちょっと難《なん》がある日本語なのですぐ言い換えると、要は『特段のスキル／ノウハウを必要としない』という意味で〈簡単〉なんだ」

「まだ微妙に解りにくい日本語です先生」

「うむ紅露寺くん素直でよろしい。いつもそうであってくれれば……じゃなかった、つまり僕が言いたいのはこういうことだ。

まず議論の大前提からして、Sは躊躇《ちゅうちょ》なく平然とタクシーを使っているね？

そして結論1-1・結論1-2から、それは当然業務のため、仕事のためだ。

ところがここで。

当店・喫茶『リラ』は、吉祥寺駅から徒歩一〇分強の場所にある。まして議論の大前提として、①Sは歳《とし》の頃《ころ》二十歳前後の若い女性で＋②勤め人としての経験は極めて乏しい。要は、社会人としては小僧《こぞう》っ子《こ》未満いや小娘未満だ。そして荷といえばあの巨大なキャリーケースだけ。当然それには車輪が付いていて実際に転がせる――

すなわち『距離感』からしても『社会的立場』からしても『携行品』からしても、Sが平然とタクシーを使うこと、いや既に使い慣れていることが面妖《おか》しいんだ」

「ただそれは現実で前提ですが？」

「いやとっしょりでもそれは憶えている。ただ結子ちゃん、君が社会人一年生未満のバイトさんだったとして、まして〈簡単な仕事〉をするだけだとして、雇い主が反復継続的にタクシーを使わせてくれると思うかい？」

「……それはまあ、雇い主の意向と都合もあるでしょうから、何ともコメントできません。

ただ健全な社会常識未満の主観的一般論としては、否《いな》でしょう。日本が超絶的な低成長とデフレに喘《あえ》いで既に三〇年。そんな不況下、正社員でもいえその幹部でも、常習的にタクシーを使うのは認められないでしょう。先《ま》ずは公共交通機関を優先させられるでしょう」

「ところがSは業務として反復継続的にタクシーを使っている。それは先刻《さっき》再論したとおりもう証明済み。まして、追加の傍証《ぼうしょう》まで挙げられる――

というのも僕は目撃したから。

Sは今日退店してから、徒歩一〇分強の吉祥寺駅に向かって歩く素振りすら見せず、喫茶『リラ』の扉の前で三分ほど佇んだままだったから。要は、確定的に公共交通機関を無視し、確定的にタクシーを待っていたから。そして君のことだ、SによるT_xに刺激された以上、君もまたSの姿を瞳《め》で追い、Sのタクシー待ちを目撃している——だろう？」

「口調が気に入りませんが認めます。しかし、またもや議論の出口が瞳《め》で追えませんよ？」

「いや出口はシンプルさ。すなわち結論1－2を展開して——

Sの〈仕事〉はタクシーによる場所的移動を要するものである。

ましてこれには物理的な〈簡単〉さ以上の意味がある」

「いえちょっと待って下さい、とっしょりさん。

そもそも今日は雨天。徒歩一〇秒強なら別論、徒歩一〇分強は歩きたくないですよ？」

「Sが退店しタクシー待ちをしていた時点で雨は上がっていた。それは君も憶えているはずだ。というのも僕が『雨』をお題にした即興《そっきょう》の仏作文を出題したとき、君自身が証言しているから——『傘を差している人は誰もいませんね』等と。だよね？」

「とっしょりの癖《くせ》に長期記憶が熟《こな》れてますね……でも、それでも。雨でなかったとしても。

徒歩一〇分強を、あの巨大なキャリーケースと一緒に踏破《とうは》するのは私なら嫌ですけど？」

「いや既知で既述《きじゅつ》のとおり、吉祥寺駅界隈《かいわい》はアーケードが発達しているし、意外に地下通路も延びているから、雨でもルートを選べば苦労はしないが。ましてSなる女性は、初見《しょけん》の店舗の未知の手洗いに——だからその広さも構造設備も清潔さも分からないまま——躊躇《ちゅうちょ》なく巨大なキャリーケースを搬《はこ》び入れる猛者《もさ》だよ？

これを要するに、Sにとってキャリーケースの『取り回しコスト』『運搬コスト』は極めて低いんだ。なら徒歩一〇分強で吉祥寺駅に行かない理由は無い。でもSはそうしていない。ならそれは〈仕事〉が強いるもの、少なくとも〈仕事〉の条件だ。よってSの〈仕事〉は、タクシーによる場所的移動を要するものである。どうかな？」

「認めますが……

それはやっぱり、『Sの仕事は物理的に簡単なものだ』の変奏曲でしかありませんよ？」

「きたきたっ、うぇるかむ。

とっところがどうして、実の所はそうじゃないんだよなあ……」

「うわ、公園の砂場の未就学児童かよ。今ちょっと――いえ確定的にムカつきました。官房長官令孫《れいそん》としてとりうる悪辣非道《あくらつひどう》な報復案複数もたちまち頭に浮かびました」

「い、いつか必ず、我が吉祥寺警察署のイベントで晴れの舞台に立って頂きますので……御嬢様《おじょうさま》におかれては、何卒《なにとぞ》しばしの御忍耐をば!!」

「よい返事だ。続けてよし」

「感謝致します、御嬢様。

そうしましたらば……タクシーによる場所的移動のメリットは何でしょうか？」

「物理的に楽なことね」

「いま少し具体的には」

「座っていれば目的地まで連れて行ってくれること」

「まさしくです、そこです」

「ええと、どこですか？」

「地理不案内でも問題ない。住所・目標物さえあれば問題ない。カーナビは既に標準装備。まして他の交通機関との決定的な違いは、いわば door-to-door、土地勘や下調べの無い者に『点から点』の移動を可能にすること――

このことと、既に立証した

　Sの〈仕事〉の本質は、勤《つと》め人《にん》の外観を作出することのみである（偽者《にせもの》性）

　Sの〈仕事〉は、身体動作と日常会話のみで処理できるものである（無技倆《むぎりよう》性）

　Sの〈仕事〉は、トータルとして短時間かつ迅速なものである（片手間《かたてま》性）

なる諸《しよ》結論を併《あわ》せ考えれば——Sの仕事は物理的・時間的に〈簡単〉であることを超えて、スキル的／ノウハウ的にも〈簡単〉だということになる。噛《か》み砕《くだ》けば、Sの仕事は特段のスキル／ノウハウを必要としないことになる。もっと噛み砕けば——

Sの〈仕事〉は、素人にでも可能なものである。これが僕の次の一手。御判断をば」

「認めます。展開に誤りはないし、何より『勤め人を演じる』＝『勤め人ではない』＝『偽者である』というSの仕事の本質と、尋常《じんじよう》ならざる親和性があるので」

「ありがとうございます。

では長広舌《ちようこうぜつ》の最後に——だから後手《ごて》である僕の指手《さして》の最後に、T_2における第七の論点。

すなわち、ここでもう一度改めて〈警察は恐い〉を検討する、ターン冒頭で約束したとおりに。

——これまでの諸《しよ》結論からほぼ自明だが、Sは具体的には何を恐がっているんだろう？」

「それは成程《なるほど》、只今《ただいま》の結論からほぼ自明ですね。

Sが最も恐がっているのは、健全な社会常識と併《あわ》せ考えるなら、『自分の演技＝自分の嘘＝自分の詐術《さじゆつ》がバレること』でしょう。いま少し議論を深めれば——既出《きしゆつ》の結論に『Sの仕事は犯罪、不法行為その他の反社会的な行為である』なる事実がありますから、要は、当該《とうがい》『演技＝嘘＝詐術』はそれ自体が反社会的な行為である。そうですよね？」

「おっとまた語尾を間違えたね？　修正して文脈とともに思い出しておいてよ。

それを軽く指摘して、なお検討を進めると——

成程《なるほど》、その場合Sが最も恐がっているのは『演技』『嘘』『詐術』の露見《ろけん》だ。

けれどそれではまだ抽象的に過ぎるよ。

その場合、〈反社会的な行為〉なる具体性の極めて高い結論が出るのだから、それをも踏まえれば、Sによる『演技』『嘘』『詐術』とは、すなわちどのような行為なんだろう？」

「同義置換《どうぎちかん》のようですが、『勤め人の外観を作出する行為』」

「より個別具体的には？」

「演技としてビジネススーツ／パンプス／ネームホルダーを用いる行為。

無論『露見《ろけん》』が恐いのだから、端的《たんてき》に言い換えれば違和感ある着こなしをしている行為」

「でもさ。Sに歳《とし》の近い十七歳の結子ちゃんが、同様の着こなし行為を再現したとして。だから、同様の違和感を醸《かも》し出したとして……そのとき結子ちゃんは何らかの罪に問われるかな？　いや、そもそもそれは反社会的な行為なんだろうか？

まして。

Sが業務として反復継続して、タクシーで『点から点』の移動をしている事実、これを勘案《かんあん》しないといけない。すなわち――

Sが業務としての着換えを終えたのち、〈着こなし〉の違和感を公衆に露出している時間は、極めて少ないし敢えてそうしているはずだ。反社会的な行為を前提とする場合それは当然だ。要はその場合、〈着こなし〉自体のリスク＝嘘の露見リスクは極めて小さい」

「ははあ……すると、司馬さんが仰有《おつしや》りたいのはこうですね？

私が未だ言及していない、〈謎の巨大なキャリーケース〉との合《あ》わせ技一本《わざいつぽん》が必要だと」

「だよね。議論の大前提から『Sにとって意味のある所持品は、スマホ、イヤホン、着換えの服、服を収納できるキャリーケース』なんだもの。

そして成程《なるほど》、タクシーによる『点から点』移動をするのだから、トランク内のキャリーケースもまた『露出時間は少ない』が……しかしそのサイズと存在感は致命的に悪目立《わるめだ》ちする。〈着こなし〉だけなら違和感で終わってくれるかも知れないが、僕自身が感じた言葉でいえば〈海外旅行にでも行けそうなほど〉大きな物件は、違和感以前に存在するだけで注目の的《まと》だよ。

演技者が／嘘吐きが、懸命に勤め人に擬態《ぎたい》しているのに、あのキャリーケースだけはその行為と目的をあざやかに裏切っている。でも議論の大前提からして、あれもまたSの仕事に必要不可欠な物件だ。ならば。その謎と意義とに注目しない訳にはゆかないだろうね」

「けれど、着換えの服を入れたり出したりするキャリーケースを携行していたとして、やはりそれは何の罪にも問われないし、ましてやそれは反社会的な行為でもありませんよ？」

「その指摘は正しい。犯罪を構成する物件や、犯罪の証拠となる物件を入れなければだが」

「あっ……」

「気付いたね。

そう、Sの巨大なキャリーケースは、①着換えのビジネススーツ等を入れたり、②それに着換えたのち入れ換わりに私服等を入れたりしても、まさか一杯にはならない。いま『等』に含めた靴の類《たぐい》を勘案《かんあん》したとしても、だ。

いや健全な社会常識からして、例えば僕がフランスへ月単位の公務《こうむ》出張をするとき――警察署長は管轄区域を離れられないがね――あるいは結子ちゃんがいよいよ年単位の海外留学に出発するとき。Sのあの巨大なキャリーケースならば、取り敢えず必要な荷を全て詰めることが可能だろう。というか、それは議論が逆立《さかだ》ちしている。巨大な『キャリーケース』――すなわち健全な社会常識の範囲内で言い換えれば『スーツケース』というのは、本来的・本質的にそういうものだから。まさか着換え衣装ただ一着を入れるものじゃない」

「……いよいよ煮詰《につ》まってきた議論の核心は、あのキャリーケースの中身。

より正確には、現に入っている物件か、入れることを予定している物件」

「これすなわち……『搬ぶ物は何か？』。

もし〈反社会的な行為〉を前提とするのなら、最優先の問いは当然そうなるよ。

またこれは、既に立証されている『Sの仕事は素人にでも可能なものである』＋『Sの仕事は身体動作と日常会話のみで処理できるものである』とも強い整合性・親和性を持つ。何故と言って、物の出し入れ／物の授受《じゅじゅ》はそれこそ〈体ひとつの〉〈簡単な仕事〉だもの。

よって以上の結論を纏《まと》めておこう。もし〈反社会的な行為〉を前提とするのなら――

Sの〈仕事〉は、巨大なキャリーケースに犯罪を構成する物件又は犯罪の証拠となる物件を入れることである。これぞ僕のこのターン最後の一手だ。結子ちゃんの判断は？」

「全て認めます、そして」彼女は大きく前髪を掻《か》き上げてからロングロングストレートを撫《な》でた。牙《きば》と爪とを美しく研《と》ぐが如《ごと》くに。「腕が鳴る……あるいはこれが武者震いかしら？　私にこれほどのプレッシャーを掛ける。たのしいひと。ほんとうに」

「おっと」僕は煙草を揉《も》み消しつつ焦燥《あわ》てて言った。「御嬢様、指をぱきぽき鳴らすのは絶対駄目。そんな様《さま》を紅露寺《こうろじ》官房長官が御覧《ごらん》にでもなったら僕、明日にでも沖《おき》ノ鳥島《とりしま》駐在所長の辞令を出されてしまうよ……

とまれ。

後手《ごて》である僕のターンを終えるに際し、T_2から必然的に導かれる結論を纏めておこう」

結論2-1　警察とSの〈仕事〉とは、対立／相反《そうはん》／葛藤《かっとう》の関係にある

結論2-2　警察を捜査機関・取締機関と位置付けるなら、Sの〈仕事〉は犯罪、不法行為その他の反社会的な行為となる

結論2-3　Sの〈仕事〉の本質は、勤《つと》め人《にん》の外観を作出することのみである
結論2-4　Sの〈仕事〉は、身体動作と日常会話のみで処理できる
結論2-5　Sの〈仕事〉は、勤め人の外観を演じ続けることである
結論2-6　Sの〈仕事〉は、嘘を吐き続けるものである
結論2-7　Sの〈仕事〉には、五分強での着換え以上に困難なタスクは存在しない
結論2-8　Sの〈仕事〉は、トータルとして短時間かつ迅速なものである
結論2-9　Sの〈仕事〉は、Sに早《はや》着換えを求めるものである
結論2-10　Sの〈仕事〉は、タクシーによる場所的移動を要するものである
結論2-11　Sの〈仕事〉は、素人にでも可能なものである
結論2-12　Sの〈仕事〉は、結論2-2を前提とすれば、巨大なキャリーケースに犯罪を構成する物件又は犯罪の証拠となる物件を入れることである

V

T_3――〝はい連絡はこっちのスマホに〟

いよいよ終盤戦。

アイスティーのグラスを重ねてきた僕らだが、終盤戦のマストアイテムはミックスジュースだ。喫茶『リラ』が味にもとろみにも執拗《こだわ》る、大阪風に牛乳を入れる奴《やつ》。それは無論、糖分を脳にどかどか注ぎ込むためのガソリンだ。王手いや王手詰めは近い。終局近し。終局近し。今こそ一気に糖分消費を試み、思考を最加速させるべき時である。

「では先手《せんて》・私のターンです」紅露寺《こうろじ》結子は、長い睫《まつげ》が印象的な瑠璃紺《るりこん》の瞳を一瞬、そっと伏せる。

最後の読みをするかの如《ごと》くに。「それとも投了《とうりょう》しますか？　だってもう、司馬さんなら解っている筈《はず》だから……私の証明と真実が解っている筈《はず》だから」

「警察署長に投了の二字など無い、この躯《からだ》の何処《どこ》を刻んでもだ……!!

……あっ、でもミックスジュースをずびずば啜《すす》るのは止《や》めて下さい御嬢様。小職はもう四十歳過ぎのとっしょりではありますが、退職願を強要されるにはまだ早過ぎますのでハイ」

「ちょっと素《す》に戻って訊きますけど、ウチのお爺《じい》ちゃんってそれほどリアルに恐いの？」

「内閣官房長官だもの……僕を今日の帰途《きと》拉致《らち》って東京湾でお魚にできる程度には恐いね」

「また飄々《ひょうひょう》とトボけた事を。でもたのしいひとが土左衛門《どざえもん》になるのは嫌だから、それなりに身を慎《つつし》むこととしましょう。口と指手《さして》は慎みませんが――

さて、最後に残ったT_3、一三字又は一四字、四文節。

もちろんお気付きだと思いますが、実はこれ、T_2の〈警察〉なる用語と同様あるいはそれ以上にエッジが利いています。要は致命的です」

「いや全然気付けないと言ったら？　エッジどころかこれほど陳腐《ちんぷ》な台詞《セリフ》は無いと思うが」

「……第一の論証。

連絡は〈こっちのスマホに〉なる用語。〈こっちの〉なのですから、当然例えば『あっちの』『別の』スマホがあるんですよね？　さもなくばこのT_3自体、発言する必要が無くなりますから。このT_3はどう考えても、以降の〈連絡〉を受けるべき端末／番号についての疑問を解消する、確認あるいは念押しです。よってSは、少なくとも二台のスマホを現に所持していた――**Sはスマホを複数台所持していた。**御同意いただけますか？」

「うん同意する。君が指摘しなかった論拠をも挙げれば、〝はい連絡はこっちのスマホに〟の〈はい〉なる間投詞《かんとうし》は、疑問・確認・念押しに対する肯定の間投詞《かんとうし》だから」

「ありがとうございます。続いて第二の論証。

Sがスマホを複数台所持していたのは何の為《ため》か？　ここで議論の大前提から、スマホはSの仕事・業務にとって意味のある所持品です。実際、T_3の〈連絡〉は文脈からして『業務連絡』であることに疑いの余地はありません。するとSのスマホのうち、私達がここ喫茶『リラ』で目撃したスマホは、業務連絡の為《ため》のスマホ＝何らかの組織・団体の為《ため》のスマホ＝いわば会社の社用端末／公務員の公用端末です。まして私達はそもそもT_xなる業務連絡を現に聴いている訳で、だからそれには疑いの余地が無い。おまけにそれが社用端末／公用端末というのなら、①組織・団体が自由に・徹底して管理運用できるもの、②仕様《しよう》を定められるもの、③セキュリティ措置を講じうるもの、④事前事後のチェック・検証ができるものです。すなわち健全な社会常識からして、組織の側で準備するもの。組織の側が貸し与えるもの。まさかSによる勝手気儘《きまま》な調達《ちょうたつ》を許すものではありません。

するとこれらの事実を展開して、

Ⅰ　Sの〈仕事〉には組織性がある
Ⅱ　Sの〈仕事〉は、公私の別をハッキリ守らされるものである
Ⅲ　Sの〈仕事〉は、貸与された社用端末／公用端末を使うものである
となります。そして公私の別をハッキリ守らされるということは、社用端末／公用端末についての健全な社会常識からして自明ですがそれは、
Ⅳ　Sの〈仕事〉においては、組織が他の情報とは切り離してガードしたい情報が発生・存在する
ということにもなります。御同意いただけますか？」
「同意する。わざわざ端末を別途用意して使い分けるというのはまさにそういうことだ」
「ありがとうございます。続いて第三の論証。

T_3〝はい連絡はこっちのスマホに〟は確認／念押しです。ここで、もしSがいわば常勤の正社員であれば、やはりこのT_3自体を発言する必要が無い。組織も番号等を疑問に思う余地が無い。念《ねん》の為《ため》ですが結論1‐7から、Sの業務には反復継続性がありますから。なら、そもそも社用端末／公用端末の『使い分け方』『番号』『アドレス』等を今更確認する筈《はず》もない。そんなこと番号登録以前の問題です。先のⅢからして、Sの社用端末／公用端末をこの世で最も熟知しているのは、それに必要な措置を講じ、それを貸し与えた組織自身なんですから。御同意いただけますか？」

「うん同意する。そして補強する。結論2‐11。Sの仕事は素人にでも可能なもの。そんな素人に、端末を貸し与える側の組織が端末を調達させるはずもなし。なら貸し与える側は、端末にほぼ無制限のコントロールを及ぼせる。いやセキュリティ等の観点からして及ぼさなければならない。相手は素人なんだから。

また『相手が素人だ』ということは、これすなわち『Sはいわば常勤の正社員といった、組織と密接な関係を有する者ではない』ということだ。よって君の結論に誤りは無い」

「ありがとうございます。すると、御指摘も含めて言い換えれば――

この組織なるものは、①常勤の正社員でも何でもない素人であるSに、②まさか低額でもなければ低性能でもない〈スマホ〉なるものを、③まして先の結論Ⅲからして『他のどうでもいい情報とは切り離してガードしたい』いわば社外秘の情報が入った大事な〈スマホ〉なるものを、④随分《ずいぶん》気前よく貸与していることになる。

健全な社会常識からすれば、後にSから回収して廃棄／再利用するとは思いますが……それでもいわばアルバイトさんに、高性能のミニパソコンをまるっと委《ゆだ》ねるというのは、気前がよい以上に不可解です」

「そして不可解なことには全て理由がある」

「この場合でいえば必要性と切実さがある。

事実、T_3は〝はい連絡はこっちのスマホに〟なのですから、これすなわち、組織とSの共通認識として、少なくとも連絡の為《ため》にはスマホが必要。それも確認／念押しされている」

「これすなわち？」

「議論の大前提を、一部修正して再利用します――すなわちSにとって意味のある所持品は、社用／公用スマホ、イヤホン、着換えの服、服を収納できるキャリーケースであった。

より端的《たんてき》な結論としては。

Sの〈仕事〉は、社用／公用スマホを必要不可欠とする。御同意いただけますか？」

「同意する。

そもそもスマホの必要性は議論の大前提だ。今《いま》君がしたその属性の証明にも矛盾はない。まして今君がした証明は、『Sの仕事には組織性がある』ことの補強であり象徴でもある」

「ありがとうございます。続いて第四の論証。

只今《ただいま》の結論＝『Sの仕事は社用／公用スマホを必要不可欠とする』を更に展開します。

まず健全な社会常識からして、Sがスマホで行うT_3の〈連絡〉とは、『通話』『メール』『メッセージ』等のコミュニケーションツールによる。これは証明するまでもない。

しかしこのことは、〝はい連絡はこっちのスマホに〟なる確認／念押しと併《あわ》せ考えれば、それなりに頻繁《ひんぱん》な指示命令／報告連絡があることを意味します。この頻繁な指示命令／報告連絡は、結論2‐11の〈素人理論〉や、結論1‐6・結論1‐7の〈反復継続業務理論〉、そして結論2‐10の〈タクシー利用型理論〉すなわち〈地理不案内理論〉等々からも立証できます。駄目押しをすればT_2では〈簡単な仕事〉なる用語が用いられていますし」

「成程《なるほど》。簡単な仕事しかできないズブの素人を、機会ある都度《つど》繰り返し、場所的誘導までして動かしているからには、それなりに頻繁な指示命令が当然あると。無論同意する」

「これを言い換えれば——

Sの〈仕事〉は組織によるコントロール／ガイダンスが強力な仕事である。御同意いただけますか？」

「同意する。たった今同意した命題の、同義置換《どうぎちかん》の範囲内だから」

「ありがとうございます。続いて第五の論証。

この組織なるものは、素人をスマホでコントロール／ガイドしています。ここで先の結論から、①この組織は社外秘としてガードしたい情報を持つ組織です。また結論2‐6から、②この組織は業務としてSに嘘を吐かせる組織です。更に結論2‐9から、③この組織はSに早《はや》着換え＝変わり身の早さを求める組織です。ましてや結論2‐12から、④この組織はSに犯罪を構成する物件か犯罪の証拠となる物件を隠し持たせる組織です……

というか既に。

結論2‐2によって、⑤この組織はSに犯罪、不法行為その他の反社会的な行為をさせる組織であることが証明されています。いえもうこの⑤だけで決定的だとは思うんですが、じわじわと真綿《まわた》で首を締《し》めるが如《ごと》くに玉《ぎょく》を詰められるのが大好きな嗜虐《しぎゃく》趣味をお持ちの司馬さんのため、論理のための論理を続ければ……

以上に列挙した①から⑤まで。要はこの組織の特性。その公約数は何でしょう？」

「おっと、今の結論2‐2の前提には気を付けてよね。

そして急ぎ君の問いに答えれば、公約数とはまた微妙に難しい質問だが……①秘密、②嘘、③変装、④隠匿《いんとく》、⑤犯罪等とくれば……要は全て〈隠し事〉だね？」

「諾《だく》です。なら誰に対する隠し事ですか？」

「我が国市民。あるいは我が国社会」

「ならこの組織なるものは――」

「犯罪組織」

「よって結論、**Sの〈仕事〉は犯罪組織のためのものである**」

「訊かれるまでもなく同意する」

「ありがとうございます。続いて第六の論証。**Sの〈仕事〉は、Sが単独で行うものである。**言い換えればSの〈仕事〉に合流する者はいない。御同意いただけますか？」

「――えっそれは何故？　まさか、①独りで待機／待ち合わせをしていたとか、②独りでタクシーに乗ったとか、そうした議論の大前提だけが根拠じゃないよね？」

「そうですね。それらは傍証《ぼうしょう》です。しかるのち仲間と合流しないとは断言できないので」

「ならば『S単独行動論』の根拠は？」

「既に立証されている結論を活用すれば、結論2－11の素人理論、結論2－4の簡易業務理論――なおT_2の〈簡単な仕事〉参照――そして先の結論『組織による強力なコントロール／ガイダンス』の三点が挙げられます。要は、**地理不案内でスキルもないズブの素人でもできる簡単な業務を手取り足取り指示命令して行わせる**訳ですから、多人数を動員する必要もなければ、組織が直接乗り込んで指揮監督する必要もありません」

「……綺麗《きれい》に言いくるめられている気もするが。どこか抽象度が高いというか」

「なら私達本来の流儀《りゅうぎ》、一字一句に神を宿らせるスタイルを採りましょう。

神は細部に宿る《デュウスカッシュダンレデタイユ》――すなわち、T_2の〈体ひとつ〉。

検索してみれば、これは実は口語表現です。辞書では〈身一つ〉の形で載っています。とまれそれらは同義です。そして〈身一つ〉の辞書における意味は――複数の辞書の公約数を採れば――〝自分の体だけであること〟〝自分の体一つ〟〝自分一人〟〝自分だけ〟〝自分一人だけであること〟となります。これは斯《か》くの如《ごと》く、検索数瞬で確認できます」

「……辞書が『自分独り』の旨《むね》の意味を載せているから、〈体ひとつ〉と喋ったSもまた独りだったということかい？　ふむ。結子ちゃんにしてはかなり安直なような。歳《とし》の頃《ころ》二十歳前後のSが、律儀《りちぎ》にも辞書的な日本語を喋るとは思えない気もするし」

「しかし司馬さん」彼女はスマホを仕舞いながら。「Sが自分独りでないのなら＝Sが単独行動でないのなら、合流する誰かがいる訳ですから、物理的な〈体〉は複数ですよね？　登場人物が複数なら体も複数。そのときはそもそも〈体ひとつ〉なんて言いません。体なる用語は用いない。せめて〈私達ふたり〉〈手ぶらのふたり〉〈女ふたり〉等々でしょう――人数は何人でもいいですが」

「それは蓋然性《がいぜんせい》の問題に過ぎないね」

「いいえ違いますね。

　繰り返しの様《よう》になりますが……素人理論と簡易作業理論が立証されている以上、また結論2－8（仕事はトータルとして短時間）が立証されている以上、そもそも、素人が短時間で簡単に終わらせられる仕事に、何故複数人を投入しなければならないんですか？」

「それは新しい結論じゃないよ、全て既知の事実の同義置換《どうぎちかん》だ」

「なら新しい立論をしましょう。

　①複数人を動員するのなら、そもそもあんな巨大なキャリーケースは不要です、分担して複数のケースを持ち合えますもん。まして、②複数人を動員するのなら、反復継続して〈仕事〉を行っているSが、そもそもあんな違和感ある着こなし／コーディネイトを許されるはずありません、分担して複数人の目で衣装チェックできますもん。にもかかわらず、Sはたちまち怪しまれる巨大なキャリーケ

ースを携行していたし、Ｓはたちまち怪しまれるほど幼く拙《つたな》い外貌《がいぼう》・身形《みなり》であった。ということは分担も複数人もチェックもなし。Ｓの仕事に合流する者もなし。

以上から、**Ｓの〈仕事〉はＳが単独で行うものである**。御同意いただけますか？」

「……同意する。力業《ちからわざ》で拗《ねじ》り伏せられたから。最後の抵抗を試みれば、『荷が巨大なときは単独だろうが複数人だろうが巨大な運搬器具が必要になるよ？』とも言いたくなるが」

「ハイそれは無理ですね。何故と言って――」

「――結論２－12があるから。荷は禁制品《きんせいひん》か犯罪の証拠だそうだから。そして警察官の健全な職業常識からして、分割できないそんな巨大な違法物件は想定できない。何なんだそんなコンクリブロックみたいな禁制品って。そんなものはないよ。あと銃砲刀剣類なら、楽器ケース／ゴルフバッグを選ぶだろうしそもそも素人理論に反する。だから反論の矢は尽きた」

「ありがとうございます。続いて第七の論証。

只今《ただいま》の結論＝『Ｓの仕事はＳが単独で行うものである』と、先刻の結論『Ｓの仕事は犯罪組織のためのものである』と、そして結論２－２（反社会的な行為）から、**Ｓの〈仕事〉は犯罪組織がＳを遠隔操作して行わせるものである**。御同意いただけますか？」

「前提に注意しながら同意する。同義置換《どうぎちかん》の範囲内だから。

また先刻の結論『Ｓの仕事は社用／公用スマホを必要不可欠とする』＋『Ｓの仕事は組織によるコントロール／ガイダンスが強力な仕事である』と矛盾ないばかりか強い整合性がある。例えば、遠隔操作のコントロールが強力だから、その分直接接触の要《よう》がない等と言い換えられる……そうした整合性ある組合せが複数、可能になってきたね」

これまでの結論は、いよいよ体系として合理的に組み上がってきた、気がする。

「ありがとうございます。では私の指手《さして》の第八にして最後の論証。

煮詰《につ》まっていた議論の核心、最優先の問い」

「あの謎の巨大なキャリーケースの中身――」

「――結論2‐12からして〈犯罪を構成する物件〉又は〈犯罪の証拠となる物件〉ですね。ここで、Sの仕事はそれらの授受《じゅじゅ》。それらを巨大なキャリーケースに入れること。

またここで、これまでの検討において、次に掲げる結論が立証されてきました。網羅的《もうらてき》ではありませんが、今《いま》必要なものを思い付くまま纏《まと》めれば――

結論2‐3（勤《つと》め人《にん》の変装）
結論1‐3（変装の重要性）
結論1‐5（変装の場所的制約）
結論2‐9（変わり身の早さ）
結論1‐7（反復継続性）
議論の前提（着こなしの違和感）
結論1‐2（場所的移動の必要）
結論2‐4（コミュニケーションの単純さ）
結論2‐8（仕事の短時間性）
結論2‐10（地理不案内）
結論2‐11（素人歓迎）

と整理できます。更にここで、この私のターンにおいて立証された諸《しょ》結論も、併《あわ》せて纏《まと》めておきましょう。

結論3‐1　Sの〈仕事〉には、組織性がある
結論3‐2　Sの〈仕事〉は、公私の別をハッキリ守らされるものである

結論3-3　Sの〈仕事〉は、貸与された社用／公用スマホを使うものである
結論3-4　Sの〈仕事〉においては、組織が他の情報とは切り離してガードしたい情報が発生・存在する
結論3-5　Sの〈仕事〉は、社用／公用スマホを必要不可欠とする
結論3-6　Sの〈仕事〉は、組織によるコントロール／ガイダンスが強力な仕事である
結論3-7　Sの〈仕事〉は、犯罪組織のためのものである
結論3-8　Sの〈仕事〉は、Sが単独で行うものである
結論3-9　Sの〈仕事〉は、犯罪組織がSを遠隔操作して行わせるものである

これらは全て、既に真であると立証されていますので、これらを同義置換《どうぎちかん》をした命題もまた真になります。よってこれらを改めて『物語』として纏《まと》めれば――

スキルのない素人が
犯罪組織の強力な遠隔操作を受けつつ
アクセスの容易な公共の場所で、業務上不可欠な勤《つと》め人《にん》の変装を、一見《いっけん》して拙《つたな》いかたちで、
必要な都度《つど》、素早く行いつつ
タクシーで点から点の場所的移動をして
地理不案内な場所へと赴《おもむ》き
単独で
短時間かつ単純なコミュニケーションをして
犯罪組織のために、犯罪を構成する物件又は犯罪の証拠となる物件を授受・回収して
巨大なキャリーケースに入れる
となります。これが証明に必要な範囲における、真なるSの物語となります」

「それはすなわち、君が証明したい〈戦慄すべき重大犯罪〉の物語……

しかしてその実態は？　何の犯罪なんだ？　あの巨大なキャリーケースの中身は？」

Ⅵ

ここで彼女は、先刻《さっき》仕舞い入れた自分のスマホを採り出しつつ立ち上がった。

いよいよ王手を掛ける為《ため》に。いや王手詰めにする為《ため》に。

「突然ですが中座します。終局近し。命乞いの台詞《セリフ》でも考えていて下さい」

「どうぞどうぞ」

――女性に中座の理由を訊くなど野暮《やぼ》だ。ましてそうした一般論以上に、彼女が問題の手洗いに行くことなど解り切っている……そして実際、僕が監視者のない自由闊達《かったつ》な喫煙を楽しもうとしたとき、既に彼女の姿は個室へと消えていた。

（……しかし、さて、どう組み立てたものか。彼女は存外、デリケートな女性だからなあ）

この対局の棋譜《きふ》を顧《ふりかえ》りつつ、紫煙《しえん》の流れに乗せて僕の投了図《とうりょうず》を練り上げていると、スーツの懐《ふところ》で僕のスマホがぶるぶる震える。僕は発信者表示を見遣《みや》りながら――

「――もしもし司馬です」

『あっお父さん……あたし……結子……』

「おや五菱《ごりよう》ＵＦＪ銀行に勤める二十五歳ＯＬにして我が愛娘《まなむすめ》にして大阪の法円坂《ほうえんざか》支店に転勤したばっかりの結子じゃないか一年ぶりにどうしたんだい何だか声が結子じゃない様《よう》な気もするけど絶対に私の気の所為《せい》だろうね」

『ひ、非道《ひど》い風邪を……ごほっげほっ……引いちゃって……ごほっげほっ……声が全然違っていてまるで赤の他人だけど……ごほっげほっ……絶対に気の所為《せい》よ気にしないで』

「もちろんだともさどうしたんだいすごく焦燥《あせ》って困っている様《よう》だけど何かあったのかい」

『じ、実は実は、実は!! ぎっ、銀行のお金を横領してしまったの!! 五、〇〇〇万円!!』

「なんじゃとて!? うわすごい動転した吃驚《びっくり》したもう何が何だか解らない私の結子が横領犯だなんてもう正常な判断が全くできないどうすればいいんだ結子が犯罪者にっ」

『フランス大使館帰りの……ごほっげほっ……女ったらし警察官僚にまんまと騙《だま》されて。私達が結婚するには彼の親が作った五、〇〇〇万円の借金を返さないといけないからって挙式やハネムーンや新居の費用もあるからってトルコリラの投資信託で年利二八％で増やしてやるからってとにかくありったけの結婚詐欺で五、〇〇〇万円も騙し奪《と》られて!! あたし何て事を!! ちょうど銀行の管轄警察署長が……ごほっげほっ……裏金五、〇〇〇万円を全部S&P500に突っ込んでくれた日でその担当者はあたしだったからあたしその五、〇〇〇万円を盗んで横領して!! 横領!! 犯罪!! 五、〇〇〇万円!!』

「うわあなんてこったい心臓バクバクそれでその執拗《しつよう》に繰り返される五、〇〇〇万円の行方《ゆくえ》あるいは詐欺師の行方は!?」

『か、彼ったら海外逃亡しちゃったの!! しかも明日は銀行の内部監査があるから五、〇〇〇万円ないのがバレちゃうのそれが明日なの!! だから明日までに絶対五、〇〇〇万円を用意しないとあたし破滅なの銀行は馘《クビ》だし横領犯人だから豚箱《ぶたばこ》行きなの懲役《ちょうえき》なの……ごほっげほっ……お父さんは犯罪者の父親としてデイリー明朝《みんちょう》や文秋《ぶんしゅう》オンラインやHahoo!コメントでボコボコに叩かれ晒《さら》された挙《あ》げ句《く》の果てに家に石投げられて落書きされて燃やされて日本に居場所がなくなっちゃうの!! だから絶対に明日までなのううんタイミング的には絶対に今日までなの!! だから耳《みみ》を揃《そろ》えて絶対に五、〇〇〇万円!!

――ところで御自宅にそれだけの現金はありますかね？』

「急にトーンが変わった気もするがもちろんあるともさ。今時の高齢者の自宅には退職金・積立年金を元手にバブル以前の倍々財テクゲームをした泡銭《あぶくぜに》がタンス預金されているものなのだよ。ニュースをチラとでも視《み》て御覧《ごらん》。五、〇〇〇万円どころか七、〇〇〇万円だの八、〇〇〇万円だのを騙《だま》し奪られた事件はザラにあるのだ」

『裸《はだか》現金なんですか？』

「そりゃそうだよ相続税なんぞ払いたくないし、銀行に預ければ豪ドル外貨預金だのアパマン投資だのプラチナ先物取引だのあの手この手でカネを引き剝《は》がそうとするからねえ」

『なら五、〇〇〇万円を今日すぐに用意できる⁉　手渡せる⁉　搬《はこ》び出せる⁉』

「もちろんできるがお前は設定として大阪に転勤したばかりじゃないか」

『大丈夫ですお父さん銀行の同僚がそっちに行くので。絶対に信用できる同期の女の子が行くので。その子は東京の吉祥寺支店にいるからすぐ行けます。その子が来たらすぐに渡して絶対に渡して何も疑わず騙されたフリもせずアッサリとすぐに渡して絶対に』

「そこまで煽《あお》られたら頭の中真っ白になってもう絶対に渡す以外の選択肢は無いと思い込んじゃうな実際に裸現金はあるのだし。解ったよ結子、金はそのお遣《つか》いの女の子に渡すさ」

『ではお遣いの子の服装とかを言うから憶えてください。髪はすっごいキレイなロングロングストレートで、長い睫《まつげ》と左目の小さな泣《な》き黒子《ぼくろ》が目立って、紺色のスカートスタイルのビジネススーツを着てる子。もちろん社員証を持っているしすぐ見せてくれます。その子がピンポンして〝結子さんの同僚の鈴木和子《すずきかずこ》です、電話の用件で来ました〟って言うので、そうしたらすぐ現金を渡してあげてください。絶対よ何も疑っちゃダメよ時間が無いんだもん私犯罪者だもんお父さん犯罪者の親だもん……ごほっげほっ……解った？』

「うん解ったともさ結子。外見がかくかくしかじかで、合言葉がかくかくしかじかだ」

『じゃあ三〇分後には鈴木さんピンポンするから。準備しててねそれじゃあ、ブツリ』

――律儀《りちぎ》な効果音まで入った電話は切れた。

僕が追加のオーダーをしている内に、紅露寺結子は定位置のボックス席に帰ってくる。

彼女は令和の女子高生ゆえ、荷は大きなリュック派だ。小道具の観点からは悔やまれる。

「では司馬さん。結子さんの同僚の鈴木和子です。電話の用件で来ました」

「では鈴木さん。娘の五、〇〇〇万円です。その大きなケースに詰めればよいですか？

……いやいや。君が悪戯者《いたずらもの》だとは承知していたが、女優としてもまた見上げたものだ!!」

「きっと教師がよいからでしょう、特に、粘着的で執拗《しつよう》な御性格が」

「だとすれば『青は藍《あい》より出《い》でて藍より青し』だねえ。

そしてこのターンは無論、君のターンだ。

ゆえに今、改めて問おう――

君が証明したい〈戦慄すべき重大犯罪〉。しかしてその実態は？　何の犯罪なんだ？」

「**最終定理、本件犯罪は特殊詐欺《とくしゅさぎ》であり、Sは特殊詐欺の〈受《う》け子《こ》〉である。**C.Q.F.D.《セーキューエフデー》

王手です。そして王手詰めです。御同意いただけますね？」
C.Q.F.D.――Ce qu'il fallait démontrer.《スクイルファレデモントレ》証明終わり。仏語使いとしては嬉しい言葉だ。
そして論理の神の悪戯《いたずら》か、窓の外は再び驟雨《しゅうう》となり、なんと鋭い稲光までが輝き轟《とどろ》く。

だがしかし……

「あれっ、どこか故意《わざ》とらしく優雅に、余裕ぶっこいて紫煙《しえん》を紡《つむ》いでおられますが……

今の最終定理。御同意いただけますよね？　負けましたですよね？　投了ですよね？

だって、だからこそ司馬さんは彼女を詐欺のS、と置いたんだもの。

だって、だからこそ副署長さんに、大至急の被疑者確保をお命じになったんだもの」
「そういえば、現時刻一三二〇《ヒトサンフタマル》か。成程《なるほど》副署長にあのメールを打ってから、約一時間半。確かに、そろそろ打ち返しがあってよい頃だが……」

そして。

確かにそろそろ僕らの締《し》め、喫茶『リラ』名物・タラコスパゲティを食べてよい頃だが。

それでも。

僕の玉《ぎょく》はまだ詰んではいない。まさかだ。

というのも僕にはまだ、結子ちゃんに是《ぜ》が非《ひ》でも確認したい疑問があるのでね」
「盤面《ばんめん》が解りません？　全ては論理的に証明され、司馬さんにできるのは投了だけ――」

Ⅶ

「――いいや、逆王手《ぎゃくおうて》を掛けよう。

すなわち**刮目《かつもく》すべき既知《きち》のテクスト、T_y**の意味を教えてほしい――

〝司馬さん非道《ひど》い。許せない。お爺《じい》ちゃんに言い付けて、何でも言うこと聴くまでシベリアで強制労働させてやるから〟

無論T_yのyとはT_xに匹敵する重要性を示すとともに、その発話者をも示しているが」
「……意味が解りません」
「おっと、嘘はよくない。とっしょりの長期記憶の熟《こな》れ具合を舐めてもらっても困る。

そう僕の記憶が確かならば、君が〈非道い〉〈許せない〉と評した可能性があるのは、**我が吉祥寺警察署が行うとあるイベント**、より具体的には当該《とうがい》イベントにおける**行為A又はB**に対する僕の態度

だ。念《ねん》の為《ため》だが僕は行為Aを拒絶し行為Bを推奨《すいしょう》した。それらは、

　　行為A――真剣な／確定的な／要求で／紅露寺結子が〈言うこと〉
　　行為B――冗談の／不確定な／提案で／司馬達《とおる》が〈言うこと〉

と纏《まと》められる。そしてT_yは〈言うこと聴くまで〉〈シベリアで強制労働〉なのだから、当然それは『君の言うことを聴くまで』許さないということを意味する。ならばT_yの〈言うこと〉とは君の要求だ。さすればそれは必然的に行為Aだ。だからそれを拒絶した僕が〈非道い〉〈許せない〉んだ」

「だから？」

「君のより直截《ちょくせつ》な発言からも確実なことだが、**紅露寺結子は行為Aを真剣に要求している。**よって君は行為Aに重大な興味関心を抱きつつ、〈歓迎パレード〉〈表彰式〉〈ガチャピン〉〈ウルトラマン〉なる超絶的に具体的な用語を用いた……そのときの君の仕草から確実だが、**スマホで行為Aについて所要《しょよう》の検索を行いながら。**さもなくば、行為Aについてかくもピンポイントな、まさか健全な社会常識からは導き出せない特異な用語が口を突いて出るはずもなし。換言《かんげん》すれば、**君は行為Aについてスマホで相当程度の知識を獲《え》た**」

「議論の出口もどこが逆王手なのかも全然解りませんが。仮に私が当該《とうがい》行為Aを熱望しているとして、今《いま》最終的に問われているのは『Sが何者なのか』という最後の証明ですが？」

「だからさ。だから僕は君があのときスマホで所要《しょよう》の検索をしたと指摘した。だから君は只今《ただいま》証明したとおり相当程度の知識を獲た。だから君は、**行為Aと謎の女性Sが密接に関連していることを知った**――行為Aと謎の女性Sとを確実に紐付《ひもづ》けた。君が望む行為Aは、紅露寺結子ではなく謎の女性Sと紐付いていることを、Sの顔写真とともに知ってしまった。だから君には、実は**対局前から謎の女性Sが何者なのか分かっていた。**だから僕の〈非道い〉〈許せない〉〈シベリアで強制労働〉な態度を懲罰《ちょうばつ》してやろうと、可憐で微笑ましい十七歳の女子高生らしく、悪辣《あくらつ》で奸智《かんち》にたけた陰謀の蜘蛛《くも》の

巣を展《は》りめぐらせた……

したがって。

君の最終定理はすべてデタラメ、でっち上げだ。何より君自身がそれを信じていない」

「ですからどこが逆王手なのかと訊いているんですが。具体的な証拠はあるんですか？」

「いや君がスマホの検索履歴を見せてくれれば一発だけど？

ただ女性のプライバシーを侵害するのは野暮《やぼ》極まるから、是非にとはお願いし難《にく》いが」

「でも結論1－1から結論3－9までの二十八の結論は全て論理的に証明されています。

そして当該《とうがい》二十八の結論が真ならば私の最終定理もまた確実に真。

それらは全て、逐一《ちくいち》、司馬さんも同意してくれた結論ですよ？」

「えっ、ちょっと待って、僕はそんな同意はしていないけれど？」

「……はあ!?」

「君がそう指してくるなら、更に王手を掛けよう。すなわち。

僕は何度も何度も繰り返して注意したはずだよ、結論2－2の前提には気を付けてねと」

「結論2－2……」彼女は授業用のノートを確認した。「……警察を捜査機関・取締機関と位置付けるなら、Ｓの〈仕事〉は犯罪、不法行為その他の反社会的な行為となる」

「そのとおり。そしてこの結論2－2には際立《きわだ》った特徴があるね。すなわち二十八の結論のうち事実上、これだけが仮定の前提を置いている――無論、僕が敢えてそうしたんだが。というのも、実はこれこそが君の最終定理・君の王手の根本的な基盤となるものだからだ。

ザッと議論を顧《ふりかえ》れば、二十八ある結論のうち『Ｓの犯人性』『Ｓの行為の犯罪性』を立証するものは、全てこの結論2－2を基盤としている。だからもし結論2－2が否定され崩れ去るのなら、『Ｓの犯人性』『Ｓの行為の犯罪性』は全て否定される。具体的には、結論2－12＋結論3－7＋結論

3‐9が全て否定される。Sは犯罪者でも何でもなくなる。

そして結論2‐2を否定するのは実は容易《たやす》い——これも僕が、敢えてそうしたんだが」

「ならどうやって、結論2‐2が否定できるんです？」

「T_2〈警察は恐い〉〈けど〉の正確な解釈によって。

思い出して御覧《ごらん》、それこそが結論2‐2の論拠だっただろう？

そして成程《なるほど》、結論2‐2のとおり『警察を捜査機関・取締機関と位置付けるなら』、〈警察は恐い〉＋〈けど〉＋何らかの行為をするSは実際何らかの反社会的な行為を行う者なんだろう。だが健全な社会常識から解るとおり、**警察は捜査機関・取締機関のみである訳じゃない**。まさかだ。運転免許関連事務、地理指導その他の住民サービス。防犯運動、交通安全運動その他の予防・啓発活動。地域犯罪情報提供、防犯マップ作成その他の広報活動。そう、警察が行うのは犯罪の捜査・取締りのみではない。そして便宜的《べんぎてき》に警察を『予防・啓発機関』『住民サービス機関』と位置付けたとき、その〈警察は恐い〉＋〈けど〉＋何かの行為をするSは、それだけではまさか反社会的な行為を行う者とは言えなくなる。まさかだ。**Sが恐れ、警戒しているのはその場合、捜査でも取締りでもない**のだから。

なら何故Sは〈警察は恐い〉のか？　そんな理由は無限に想定できる。例えば、過去に厳しい職務質問を経験したことがあるから。例えば、過去に自転車の2ケツを猛烈な勢いで追い掛けられ怒られたから。例えば、厳格で頑固な父親が実は警察官だったから……いいや、例示が無意味なほど〈警察は恐い〉理由はある。無論例えば、『**ガッチリしていていかつくて男臭い警察官は恐い**』『**ましてその集団は恐い**』『**そもそも警察署に行ったことがないから恐い**』なる、歳《とし》の頃《ころ》二十歳前後の、社会的には極めて若い女性らしい真っ当な理由だって想定できるよね？」

「……それらを要するに？」

「これらを要するに、警察を捜査機関・取締機関と位置付けないとき＝〈警察は恐い〉の理由が反社会的なものでないとき、結論2‐2はアッサリと崩れる。すると連鎖的に結論2‐12（犯罪物件）、結論3‐7（犯罪組織）、結論3‐9（犯罪組織の遠隔操作）もアッサリと崩れる。**だからSは犯罪者でないし、Sの雇い主とて犯罪組織でも何でもない。**

……いや、そもそもさ。

Sが例えば特殊詐欺の受《う》け子《こ》だったとして、だよ。

僕らがT_xをハッキリ聴けるほど大声で喋っているのは面妖《おか》しいじゃん？

ずっと音楽を聴いていたSは、T_xを喋っているときスマホを耳に当てていたけど、イヤホンで犯罪の指示を受けないのも変だよね？

擬態《ぎたい》・変装が必要だというのなら、もっと化粧をして、サングラスか伊達眼鏡、そしてマスクくらいは使うだろう？　特にマスクなんて価格・面積・自然さの観点から、変装者にとっては理想的なガジェットのはずだ。でも僕らはSの目鼻立ち・唇・輪郭までをハッキリ視認《しにん》・観察して『平均以上に美しい』なる議論の大前提を置いたんだよね？

駄目押し。反社会的な事をやっている者は、大声で『警察は恐い』なんて言わない」

「……だけど司馬さん。仮に二十八ある結論のうち、犯罪関連のものを全て撤回して無視するとしても、Sが健全な社会常識に反する『著しく奇妙な振る舞い』をしていた事実は絶対に動きませんよ？」

「ならばまだ投了しないと？」

「あっは、御冗談が過ぎます。司馬さんこそとっとと投了して命乞いを聴かせて下さい」

「また強情だなあ!!　しかもそれ絶対にお惚恍《とぼ》けだし……なら更に王手だ!!

まず**結子ちゃんが行為Aを熱望している。**これはもう立証された事実。

そして二十八ある結論のうち、具体的に生き残った奴を物語として整理すればSは今日、

公共の場所で仕事のため待機したのち、
私服から勤《つと》め人《にん》風なスーツへの早《はや》着換えをし、
それ以外に特段の準備をすることなく、
素人にも可能な、身体動作と日常会話のみで処理できる、困難でない短時間の仕事のため、
警察は恐いけど、
　タクシーによる場所的移動をした

となるね？　またSの職業的特性＝『Sの仕事はどのようなものか？』は要するに、

本番の都度《つど》、何時《いつ》でも何処《どこ》でも何度でも着換えることを必要とするもの
大きなキャリーケースと一緒に移動することを必要とするもの
タクシー慣れするほどタクシーによる移動が多いもの
組織による強い統制を受け、公私の別をハッキリ守らされるもの
組織がガードしたい情報が発生・存在するもの
仕事自体は単独で行うもの
　何らかの虚構・演技を本質とするもの

となるね？　まして議論の大前提からして、Sは歳《とし》の頃《ころ》二十歳前後の、平均以上に美しい、社会的には極めて若い女性だ。

　これらの物語・特性と、結子ちゃんが執拗《こだわ》る行為Aとを併《あわ》せ考えれば、答えはひとつ。**最終定理、Sはアイドルその他の芸能人であり、警察署の一日署長である。**C.Q.F.D.《セーキューエフデー》王手で王手詰めだ。僕が彼女をSと置いたのは無論、署長だから——さあ投了だね？」

「絶対にしません。物証がないもの」

「……いや、そもそも君が僕をデタラメな結論に陥《おとしい》れる為《ため》の〈論理的対局〉を挑み、またもや虚構

の犯罪を通報して御立派《ごりっぱ》な軽犯罪法違反あるいは偽計《ぎけい》業務妨害罪を犯している、この状況そのものが証拠なんだけどな？」

「ええ～？　それって物証なのかなあ。

それに論理も面妖《おか》しいわ。何故ビジネススーツに着換えたのか。何故トイレで着換えたのか。何故警察署は着換え場所も用意しないのか。いえそもそも何故あのキャリーケースはあんなに巨大だったのか。よく考えて下さい、本件の謎は全く解明されていませんよ？」

……それらについても合理的説明は付く。ただそれは、僕こそがSさんこと『綾辻《あやつじ》ゆき』さん十九歳なるアイドルの子をお招きした管轄警察署長だから知っている／推論できる事実だ。例えば、綾辻さんにとっては純粋に〈警察署は恐い〉ものだから、身構えて、私服よりは社会人らしい服装をと配慮したのだろう。セキュリティの堅い役所に入庁するのだから、事務所が急いで用意してくれた身分証も吊ったのだろう。それはまさに警察署に入るための準備だから、警察署が制服への着換え場所を用意していようといまいと（用意しているが）、警察署以外の場所で行わなければならなかった。また例えば、当署がプレゼントにやや大きな物を用意していることは事前に伝えてあるから――既出《きしゅつ》の、結子ちゃんのリュックには収まらないほど大きなピーポくん縫《ぬ》いぐるみだ――綾辻さんは気を利かせて、大きなキャリーケースを準備してきたのだろう。こうしたことは成程《なるほど》指摘できはする。

だがそれは論理ではない。後出しジャンケンだ。僕らの対局ではまさか許されない反則。

「解った。ならば仕方ない。僕にはもう君の王《おう》が逃げられるとは思えないが、逃げ道があるというのならそれも塞《ふさ》いで凱歌《がいか》を上げるとしよう。

よって言葉は変だが、最後の王手詰めだ。

――大変恐縮ながら御嬢様、スマホの検索履歴をば、小職に御呈示《ごていじ》くださいますよう」

「無駄ですよ。御期待の、一日警察署長に関するサイトも吉祥寺警察署に関するサイトも、そのアイドルさんに関するサイトもまさか履歴には出てきませんから。ほらこのとお……」

「えっ、僕はそんなもの期待していないしお願いもしていないけど?」

「は?」紅露寺結子が本気で絶句するのはめずらしい。「で、でも司馬さん、たった今」

「僕が頼んだのは——ああハッキリとは言わなかったか——T_2〈体ひとつ〉〈身一つ〉の、辞書サイトの検索履歴だよ。T_2の検討をしたとき、確実に結子ちゃんそれ検索したよね?」

「あ」彼女は恐ろしいほどの才媛《さいえん》だ。直ちに致命傷を理解した。「非道《ひど》いひと……」

「けど今《いま》君が任意で提出して見分《けんぶん》させてくれたとおり、全ての検索履歴が消去されている。〈体ひとつ〉〈身一つ〉の検索履歴を含めて。しかしそんなものを敢えて手動で消去しなければならない合理的な理由は無い。辞書サイトなんかの検索履歴については全く無い。それを現に検索したことは僕らの大前提だからね。

　だがそれも引っくるめて全部綺麗《きれい》に消去されているのなら、確実に手動で消去しておきたい他の検索履歴があったんだ。確実に証拠隠滅しておきたい他の検索履歴があったんだ。

　そして僕の記憶が確かならば、君はそれ以降手洗いに立つまでスマホには触れていないから、君が証拠隠滅をしたのは、先刻の特殊詐欺電話の熱演をするため個室へと消えたそのときだ。僕に『終局近し』『命乞いの台詞《セリフ》でも考えていて下さい』と告げて、いよいよ決戦と王手の応酬《おうしゅう》を覚悟したそのときだ。

　これすなわち、僕が必ず検索履歴の筋を攻めてくると睨《にら》んだから、わざわざ自然にスマホを使えるタイミングを作出して、わざわざ僕の視線の届かない個室で、わざわざ手動で検索履歴を消したんだ。重ねてさもなくば、辞書サイトを検索して以降スマホには触れていない君が、辞書サイトの検索履歴を消せるはずがないし消す必要もありはしない。

　——さてこの勝負。詰むや詰まざるや?」

「負けました」またやられたわ、と彼女は美しい嘆息《ためいき》を吐いて。「投了します」

Ⅷ

Tx改——〃もう警察署に出られます。雨だから、着換えに使えるいいトイレがある店でよかった。警察は恐い所だけど、体ひとつの簡単なイベント仕事だし。はい連絡は私物じゃない事務所のスマホで受けます〃

「ホント、意地悪で性格悪いですよね、粘着的な観察と論理も含めて」

「どっちが。警察署長として再度警告するけど、犯罪の虚偽申告は御立派《ごりっぱ》な犯罪だよ……でもさ、そこまで一日警察署長をやってみたいのかい？」

「違うんです!!」突然の絶叫《ぜっきょう》芝居《しばい》が幕を上げた。「格好良く制服着てみたいとかそれでサンロードやダイヤ街を練《ね》り歩きたいとかたくさんのおまわりさんを顎《あご》で使ってみたいとかパトカーを無免許運転してみたいとか誰かに職務質問をして現行犯逮捕してみたいとか司馬達《とおる》警視正を巡査に降任《こうにん》させて署長リムジンの運転手をやらせたいとかまさかそんなことじゃなくって!!　私、私……私、尊敬する司馬警視正のお仕事、ほんのちょっとだけでも知ってみたかったの!!　私が心中秘《ひそ》かに愛するたったひとりのひと、天果《は》つる極《きわ》みまでともに翔《か》けてゆきたい司馬達警視正のお立場になって、司馬警視正が二四時間三六五日私達の吉祥寺をどうやって守って下さっているのか、その御苦労をこの躯《からだ》で感じてみたかったの……うぐっ、ひぐっ……だって司馬さんは私の魂のかたわれ、私の心に決めたひと!!」

「うわー先刻《さっき》の特殊詐欺の名演ぶりに比べて超絶的な大根《だいこん》女優っぷりしかもくさい嘘泣き」

「女の子にくさいとか嘘泣きとか言うなっ!!」

「しかも突然の女子アピールと逆ギレ」

しかし時《とき》の氏神《うじがみ》か、そのとき。

僕らの対局を締《し》める恒例の、喫茶『リラ』名物タラコスパゲティと――

夏季限定メニュー二品のいま一品、特製フルーツポンチがボックス席に届く。

「あれっ、いつの暇《ま》に御注文なさったんですか――

しかも、この特製フルーツポンチ!!　私これ、ホントずっと食べてみたかったんです!!

すごい……西瓜《すいか》をくりぬいて作った大きな器に、ええと、メロン、バナナ、パイン、キウイ、桃、蜜柑《みかん》、苺《いちご》、ブルーベリー、ラズベリー、ピンクグレープフルーツ……それに白玉《しらたま》まで入ってる!!　すごい!!　すごい!!」

「僕もまた、君が個室に消えたときちょっと仕込みをした。夏にも君にもふさわしいから」

「ははあ」だが彼女は僕を睨《にら》む。「綾辻ゆきさんが夏季限定二品のうち『水出しアイスコーヒー』を頼んでいたから、私の方はフルーツポンチで機嫌をとろうと。可愛くないひと」

「君にだけは言われたくないが……でも何故、僕をいつもそんなに虐《いじ》めるんだい？」

「太陽が眩しかったから《セテ・ア・コーズ・デュ・ソレイユ》!!

若くて可愛いまだ十七歳《ヤングアンドスイートオンリーセブンティーン》だからっ!!」

「……いや君がノリノリで最終定理を出した頃から、また驟雨《しゅうう》で稲光まで轟《とどろ》いているが」

「あっ、そうだ最終定理といえば」

「そろそろ出勤しないといかんな」

「字余りがありますよ。すなわち――司馬さんは副署長さんに何をメールしたんです？」

「あっ確かにそれは。そう、そろそろ打ち返しがあってもよい頃だけど――」僕は懐からスマホを採り出した。そして成程《なるほど》、副署長からのメールが入っている。「――うん了解だ。物件、日程その他万《ばん》事《じ》順調。僕の出勤時刻以外、全てこの世は事《こと》もなし」

「察するに、吉祥寺警察署に二個あるというピーポくん縫《ぬ》いぐるみですね？」

「ひとつにはね。しっかしまた可愛げのないことを。じゃあ要《い》らないかい？」

「仕方ない、もらってあげよう」

「ありがたきしあわせ。重ねて小職《しょうしょく》から、重要な願い立てがあるのですが御嬢様」

「うむ、言ってみたまえ」

「吉祥寺警察署長・司馬達《とおる》警視正として、管内住民の紅露寺結子生徒会長に依頼します。本年の来《きた》る十二月三日でありますが、当署の一日警察署長をお務め頂けますか？」

「よい心掛けだ。だが条件があるぞ」

「えっすなわち」

「このフルーツポンチ、一緒に食べていってください、ね？」

「いや僕もう出勤しないといけないんだけど。もう綾辻ゆきさん吉祥寺署でスタンバっているって、副署長めちゃくちゃ焦《あせ》っているんだけど。それこそ僕も、早《はや》着換えしないと」

「パトカーで緊急走行っていうのをすれば、ここから五分も掛からないですよね？」

「そんな公私混同をしたら懲戒免《チョウカイメン》確定だよ。何故、僕をいつもそんなに虐《いじ》めるんだい？」

「……一緒に、食べていって、くれます、よね？」

「もちろんさ」

彼女のとても濃い、とても濃い瑠璃紺《るりこん》の瞳が、真夏の太陽を受けたかの如《ごと》くに輝いて。

成程《なるほど》、確かに太陽が眩しい。僕の知る限り、この我儘《わがまま》な太陽がいちばん眩しい。

もし僕がこの人生で、こんな娘を持てていたのなら……

あるいは、もう四十歳を過ぎた僕にもこんな季節があったのか？

（……最終定理、十七歳は人生で最も美しい季節と誰もが言うだろう《ジュ・ヌ・レスレ・ペルソンヌ・ディール・ク・ス・ネ・パ・ル・プリュ・ベラージュ・ド・ラ・ヴィ》。C.Q.F.D.）

――――終幕

秋の章

I

とある土曜日。

東京都・吉祥寺《きちじょうじ》区。

時刻は、一〇一〇《ヒトマルヒトマル》過ぎ。

場所は、吉祥寺駅から徒歩一〇分強の距離にある喫茶『リラ』。

昭和の香りがする――いやひょっとしたら大正の香りがする――断じてカフェではない古典的な店。いにしえの、食堂車の如《ごと》き茶と紅《べに》と白そして洋燈《らんぷ》に見知らぬ懐《なつ》かしさがある。

吉祥寺駅界隈《かいわい》の繁華街とは程《ほど》よく離れている、隠《かく》れ家《が》的な店舗だ。

まして僕が今《いま》座っているのは、その店舗いちばん奥の、気取らないアンティークの品々に埋もれているようなボックス席である。ここが紅露寺《こうろじ》結子《ゆいこ》と僕の、もうすっかり定着した定位置だからだ。といって今現在、このボックス席を占めているのは僕独り――

(はてさて、判断を誤ったか)僕は煙草《たばこ》に火を灯《とも》しつつ、微妙に後悔した。(時間には恐ろしいほど几帳面《きちょうめん》で、五分前行動主義過激派の結子ちゃんのことだ。ならそもそも、合流時刻〇九五五《マルキユウゴーゴー》までに出現しないのが異常事態といえる。いやそもそも、授業開始時刻から一〇分を経てなお出現しないのは突発重大事案《トッパツジユウダイジアン》といえる)

僕が紅露寺結子の祖父に頼まれ、高校生である彼女の、まあ家庭教師を務め始めてから既に九箇月近い。おしなべて月に二、三度は、ここ喫茶『リラ』を勉強場として、授業めいたことをしてきた(ハッキリ『授業』『講義』等と言い難《がた》いのは、今や往々《おうおう》にして、生徒の能力が教師のそれに立《た》ち勝《まさ》っているからだ)。要するに紅露寺結子と僕はこの九箇月、数多《あまた》の土曜日において、この古典的かつ隠れ家的な店舗で、既に二五回前後は顔を合わせてきたことになる——お互いもう慣れっこの定例行事ゆえ、正確な数なんてどちらにも分からないだろうが。

——僕は、彼女の祖父から頼まれた講義科目であるフランス語のプリントを、紫煙《しえん》のまにまに見遣《みや》った。そして我ながらせわしなく、三《み》つ揃《ぞろ》いのベストから銀の懐中時計を出す。

(お互いにもう慣れっこ、というのがよくなかったかも知れんな)

僕らが出会った当初は、勉強場の在処《ありか》が直ちには分かり難《にく》いこともあって、まず吉祥寺駅南口で待ち合わせをしてから、ふたりでここ喫茶『リラ』まで連れ立って歩いてくることにしていた。その習慣あるいはルールを採用したことには、他にも重要な理由があったのだが——極めて重要な奴《やつ》だ——しかしそもそも紅露寺結子は、純血種《じゅんけつしゅ》の東京っ子にして純血種の吉祥寺っ子である。他方で、僕はと言えば一年前、この街に着任した渡り鳥。そんな僕が、彼女の道案内を務める必要などほぼほぼ無い。むしろ彼女は地元民として「司馬《しば》さんの任期は短いから、私がこの街を案内してあげます」と宣言したほどだ。そんな訳で、どちらかが交通事情等で〈〇九五五吉祥寺駅南口《マルキユウゴーゴー》〉に間に合わない様《よう》なときは、欠席の連絡がないかぎり各々《それぞれ》適当に現地入りする——というのが追加の習慣あるいはルールとなっていた。そして実際、今日独りで喫茶『リラ』へ先入りをした僕としては、彼女のささやかな遅刻には充分な理由があると考えていた——すなわち。

(この台風気味《ぎみ》の、雨冷《あまび》えのする秋の驟雨《しゅうう》……

最近は夏場でも御自慢だった見事なロングロングロングストレートを、そう下げっぱなしのロングロングストレートを、シュシュでポニーテイルにするのがマイブームの御様子だったが——あれだけトップヘビーな黒髪をしていると、結《ゆ》ったとしてもまあ難儀《なんぎ》するだろうな)

とまれ、髪型が変わろうと変わるまいと、彼女を特徴付ける黒白モノトーンのセーラー服に令和の女子高生らしい大きなリュック、そして何よりもエジプトのアビシニアン猫を思わせるしなやかな躯《からだ》と挙措《きょそ》は、余人《よじん》と見間違えようがない。吉祥寺駅界隈《かいわい》の群衆の中からでも、彼女は容易に発見できよう。客観的に彼女は美少女、いや特異な美少女である。

(駅周りの何処《どこ》かで行き違ったということはあり得ない。まして店舗内には絶対にいない。店舗周りにもまあ、姿はない)

僕が座っているのは、重ねて店舗いちばん奥のボックス席だ。店舗のドアや店舗の窓は微妙に遠いが、外界の様子がまるで分からない程《ほど》ではない。街路樹の紅葉がそれはそれは吉祥寺らしく美しいこの季節に(ここは絶妙な感じで東京郊外だ)、あたかもそれを責《せ》め苛《さいな》むかのような激しい雨と激しい風が、疎《まば》らな通行人・通行車両を襲っている。それが僕の席からもよく分かる。僕が店舗入りしたとき既にそうだった。そして天気予報が正確なら、残余《ざんよ》二時間程度はこの秋の驟雨《しゅうう》がやむことはない。これすなわち、いくら五分前行動主義過激派の紅露寺結子といえど、自宅から街中へ出るのに必ず難儀《なんぎ》する。そう、一般論を言うのなら彼女の遅刻には充分な理由がある――一般論を言うのなら。

(とはいえ、判断を誤った……)僕は冷えきったアッサムを含みつつ、二本目の煙草に火を灯《とも》した。

(……此方《こちら》から中止を連絡すべきだったし、少なくとも〇九五五《マルキユウゴーゴー》の時点で彼女のスマホに連絡を入れるべきだった。重ねて、慣れというのは恐いものだ)

――そして現時刻、一〇一五《ヒトマルヒトゴー》強。紅露寺結子は彼女の高校で生徒会長を務めるほどの才媛《さいえん》で、すなわち責任感の強い娘だ。この気象条件をも踏まえれば、彼女の方から何らかの連絡が無いことは不可解である。先に僕が『突発重大事案《トッパツジユウダイジアン》』なる強い言葉を用いた所以《ゆえん》だ。まして彼女は、何と言うか……そうノーマルな十七歳女子高生ではない。断じてそうではない。それは、彼女の祖父が僕にこそ家庭教師の白羽の矢を立てた所以《ゆえん》だ。

とまれ、僕は煙草を咥《くわ》えつつ、いよいよ彼女のスマホに架電《かでん》しようとした。

すると、僕が画面をまさにタップしようとしたその刹那《せつな》――

（……なんじゃとて⁉）

僕の私用スマホがぶるぶると震え、メールが着信する。

スマホのディスプレイに、通知事項のタンザクが浮かぶ。

発信者は『紅露寺　結子』。メールの件名は空白。あと文面の冒頭も表示される。

着信時刻なら、今《いま》し方《がた》まさに確かめたとおり一〇一五《ヒトマルヒトゴー》強――正確には一〇一八《ヒトマルヒトハチ》。

無論、流れのままメーラーを起動し、着信したメールを開いた。

（成程《なるほど》なあ。警察俗諺《ぞくげん》どおりだ。悪い予感というのは、当たるもの……）

僕は恐らく今年最大級の顰《しか》めっ面《つら》をしながら、当該《とうがい》メールを一気に読んだ。

改行一箇所、全《ぜん》六文の、胃が激痛に耐えかね喉から飛び出すような内容のメールを――


司馬さん助けください。この朝誘拐され長時間引き回されました。身の上は安全で食事や着換えの心配は全くありません。捜そうとしないでください監禁場所のセキュリティは完璧です。理由がどうあろうとそうこうしている近い内に殺されてしまいます。あたしの位置がどれだけ遠くても近くても位置情報はとれません捜そうとしないでください。

II

当該《とうがい》午前中、一〇三五《ヒトマルサンゴー》。

僕はタクシーで自分の職場に乗り付けた。

職場の地上入口というか正面玄関は避けたかったが、タクシーとあらばそれは無理だ。

（公用車なら、そのまま地下駐車場に乗り入れて、地下入口からコッソリ入れるんだがな。

まあこの場合、僕の動静《どうせい》は確実に知られているし確実に予測されている。ならどのみち、コッソリしようがしまいが大勢《たいせい》に影響はありゃしない）

正面玄関の、いわば軒先《のきさき》で警戒に当たっている警察官の敬礼に急ぎ無帽《むぼう》の答礼《とうれい》をしつつ、職場内に駆け込んで自室に赴《む》かう。自室は一階にあるのでさほどの距離はない。この台風気味の荒天《こうてん》もあって、吉祥寺駅界隈《かいわい》名物の恒常的大渋滞が発生していなければ――バスレーンを使える路線バスでさえ二〇分三〇分と脚止めを食らうほどのキツい渋滞だ――もう一〇分以上は早く自室入りできたろう。本来『リラ』から当署なら、飛ばせば五分未満だから。また、タクシーを降りるあたりで第二のメールを受信していなければ、更に自室入りは早まったに違いない……

　先のとおり、御令嬢を預かった
　一億円を用意しろ
　分かったなら、玄関先の警察官を二人にしておけ
　後の手順は追って知らせる

（ふむ……）僕は冷や汗とともに脳を酷使《こくし》しフル回転させた。（……第一のメールともども、ほのかに興味深いな。結子ちゃんが此処《ここ》にいれば、欣喜雀躍《きんきじゃくやく》して解読を試みたろう。発信者は第一のメール同様『紅露寺　結子』、件名は空白、着信時刻は一〇三三《ヒトマルサンサン》か）

とまれ、僕は自室へ通じるドアを過ぎ越そうとした。

すると、こんな日なのに律儀《りちぎ》な誰何《すいか》の声が――いや恭《うやうや》しい挨拶の声が響く。

「――司馬《しば》署長？　おはようございます」
「ああおはよう、副署長。いやいや、立ち上がるには及ばない」
「では着座のままで失礼を。土曜日にわざわざお疲れ様です。何かございましたか？」
「うん……ちょうどよかった吉田《よしだ》さん。着換えるから五分後に入ってきてくれないか？」

「了解致しました、署長」

警察署の公約数的なつくりとして、署長室の個室の手前は――強いて言えば控《ひか》えの間は、副署長室である。公約数的には、誰もが副署長室を経由して、署長室の無駄に雄壮なドアをノックする仕組み。また公約数的には、署長室のドアは公式の会議や公式の接客や秘密を要する検討《ケントウ》を実施していないのなら、常時開放である。

それらは我が吉祥寺警察署にも妥当する。

よって僕は、こんな日に律儀《りちぎ》にも制服姿で勤務をしている我が副署長に――吉田暁子《あきこ》警視に軽く答礼しながら、未《いま》だ新築の初々《ういうい》しさを失ってはいない、七〇㎡強の吉祥寺警察署長室へ、ドアも閉めずに入った。

――警察庁警視正だった僕が、警視庁警視正・吉祥寺警察署長を拝命《はいめい》し、この大規模警察署を預かるようになってはや一年。警察庁勤務であれば自分のデスク周りなど一〇㎡が精々《せいぜい》だ。それが七〇㎡強となると、個人的には無駄に広く感じるが……警視庁の署長職というのはドラマ・映画のとおり、まあ、我が国を代表する重職である。その迎える客人も、無駄にランクのたかい役人なり議員先生なり地元の名士なりが多い。まして警視正署ともなれば尚更《なおさら》だ――警察署長というのは一般に、警視だから。

要は、僕個人の趣味如何《いかん》にかかわらず、我が大《だい》警視庁の威厳のため、我が部下職員の誇りのため、警察署長の室というのは一定のテイストを維持する必要があるのだ。無駄に瀟洒《しょうしゃ》な緋《ひ》の絨毯《じゅうたん》、無駄に雄壮な茶の扉、無駄に銘《な》のある家具調度《ちょうど》、無駄に輝くトロフィに賞状、無駄に可愛《かわい》らしくかさばるピーポくん縫いぐるみ、無駄に巨大な日の丸そして無駄に巨大な執務卓……それらはまさに演劇的舞台装置であり、むしろお客様各位にとって必要な『大人のお約束』である。一泊おひとりさま五万一〇万の、名のあるシティホテルのロビーの様《よう》なものだ。実際、僕はこれまでも、所謂《いわゆる》キャリア官僚として複数の都道府県警察で警視＝所属長《しょぞくちょう》を務めさせてもらったから言えるが……署長ほど客人を予定していない所属長の室となると、家具調度その他もまこと実戦的で無骨な、ただただスチールグレイの世界となる。舞台装置の必要が無いからだ（そのカネも無いが）。

――とまれ、僕は気持ちを切り換えてオン・ステイジになるべく、巨大な執務卓わきで三《み》つ揃《ぞろ》いを脱ぎ紺の制服を纏《まと》った。左胸の金の階級章とある意味対《つい》を為《な》す、右胸の金の署長徽章《きしょう》は一年たっても気恥ずかしい。といって、僕は既に四十歳を過ぎている。二十五歳で初めて所属長を拝命した若き日のどうしようもない気恥ずかしさを感じるほど、僕自身は初々しくも不覚悟でもない、つもりだ。

「署長」着換えの頃合いを知り尽くしている吉田副署長が、ドアのたもとでノックをする。「吉田です。よろしいでしょうか？」

「どうぞ、入って……いやすまない、もう五分時間をくれ。五分カッキリでかまわない」

「了解致しました、署長」

僕が吉田副署長の入室を断ったのは、このタイミングで、第三のメールが入ったからである。これまた第一・第二のメール同様、発信者は『紅露寺　結子』で件名は空白。その着信時刻なら一〇三八《ヒトマルサンハチ》である――

　司馬さん助けてください。今朝がた背後から一瞬で身動きできなくされました。一瞬でフードみたいなもので覆われ手も動かせなくなりました。差し当たり常識を尊重して取り扱ってもらっていますがどうか捜そうとしないで
　くださいぶかぶかの袋を被せられて拘束されています。捕まってからは差し当たり女だからといって軽視されることなく丁寧に監視されています。監禁が長くなれば殺されるでしょうどうか捜そうとしないでください。

（改行一箇所、全《ぜん》六文……ふむ）

僕は残余《ざんよ》の時間で署長用端末《たんまつ》を起ち上げ、第一・第三のメールを——要は紅露寺結子からのメールを——ワープロに転記した。そのままプリンタで印字する。専用のプリンタがあるのはこの際、有難い。

そして、先に指示したカッキリ五分後——

「吉田警視入ります!!」

「待たせたね、すまなかった、どうぞ。ああ、扉を閉めてくれないか」

「了解致しました」

——吉田警視はこんな日ゆえ、手ずから緑茶と茶菓子とを盆に載せ、茶托《ちゃたく》を応接卓に整えた。普段は署長秘書嬢か署長運転手のやることとである。

この吉田警視は、僕にとって二人目の副署長だ。僕が吉祥寺警察署に着任して半年が過ぎた頃、先代の鈴木《すずき》警視の後《あと》を襲《おそ》った優秀な女性警察官である。その出身は刑事部門で、既に刑事部門の長《おさ》のひとりと言ってよいが、しかし役人仕事にも長《た》けており、僕は彼女の緻密《ちみつ》な決裁を通過したペーパーに誤字を発見したことが終《つい》ぞ無い……彼女は三〇〇名規模の警察署の副署長として、申し分のない実務能力を有している。無論、警視庁採用の現場叩《たた》き上《あ》げ組ゆえ、僕よりもひとまわり歳上《としうえ》だ。女性の年齢についての詳論《しょうろん》は控えたいので、じき五十歳代半ばと言っておく。そして既にして大規模警察署の——それも繁華《はんか》な街を受け持つ大規模警察署のNo.2ゆえ、次はいよいよ警察署長か、警視庁本部の課長に昇進するだろう。上位の警察官にとって、そうした所属長《しょぞくちょう》ポストに就《つ》くことは極めて重大事である。とりわけ警察署長は、その管轄区域の独裁官だからだ。そのような意味で、僕も警視庁本部の人事・監察《かんさつ》その他のしかるべき筋から、吉田警視にはしっかり目を掛けておくよう、幾重《いくえ》にもお達《たっ》しを受けていた。重ねて、所属長になるということは、上位の警察官にとっても重要なセレクションだからだ。

その吉田副署長はやはり律儀《りちぎ》に、緑茶を整えるとそのまま、僕の巨大な執務卓前で軽い気を付けをする。このあたりも老練《ろうれん》な上位警察官のすることだ。礼を失せず、しかし巡査の如《ごと》きカチコチの動作はしない。巡査には巡査の、警視には警視の所作《しょさ》というものがある。

「いや副署長、応接卓でかまわない、掛けてくれ」

「それでは失礼致します、署長」

「――刑事出身の吉田さんゆえ、単刀直入に言う。

紅露寺結子くんが拉致《らち》された。

誘拐か略取《りゃくしゅ》かは知らんが、我々で言う特殊事件《トクシュジケン》には違いあるまいよ」

「あの官房長官令孫《れいそん》の、当署管内居住の、紅露寺結子さんですか？」

「まさしく――これを見てくれ。記号とかは僕が付したものだがね」

僕はそれぞれＡ４一枚紙に転記した、第一・第三のメールを吉田副署長に見せた。

【午前10時18分】

司馬さん助けください。（M1）

この朝誘拐され長時間引き回されました。（M2）

身の上は安全で食事や着換えの心配は全くありません。（M3）

捜そうとしないでください監禁場所のセキュリティは完璧です。（M4）

理由がどうあろうとそうこうしている近い内に殺されてしまいます。（M5）

あたしの位置がどれだけ遠くても近くても位置情報はとれません捜そうとしないでください。（M6）

【午前10時38分】

司馬さん助けください。(M7)

今朝がた背後から一瞬で身動きできなくされました。(M8)

一瞬でフードみたいなもので覆われ手も動かせなくなりました。(M9)

差し当たり常識を尊重して取り扱ってもらっていますがどうか捜そうとしないでくださいぶかぶかの袋を被せられて拘束されています。(M10)

捕まってからは差し当たり女だからといって軽視されることなく丁寧に監視されています。(M11)

監禁が長くなれば殺されるでしょうどうか捜そうとしないでください。(M12)

「……成程《なるほど》」刑事上がりの吉田副署長はさすがに動じない。「悪戯《いたずら》でも誤送信でもない」

「まして此方《こちら》だ」僕は第二のメールをスマホの画面に出した。「身《み》の代金《しろきん》の要求がある」

「拝読します……『先のとおり、御令嬢《ごれいじょう》を預かった／一億円を用意しろ／分かったなら、玄関先の警察官を二人にしておけ／後の手順は追って知らせる』……成程《なるほど》」

「ちなみに表示されているとおり、第二のメール――脅迫メールの着信時刻は午前10時33分。念《ねん》の為《ため》

だが発信者は『紅露寺《じょう》嬢 結子』。ということは」

「犯人は紅露寺嬢《じょう》のスマホを使用している」

「取《と》り敢《あ》えずはそうだろう、が」

「たちまち水没させるでしょう。近時のスマホは、電源オフでも位置を特定しうるので」

「だね、まして我が吉祥寺は水辺に不足してはいない……防犯カメラの眼が届かない水辺には。僕が

犯人だとしても、我が吉祥寺名物井《い》の頭池《かしらいけ》か、太宰治《だざいおさむ》が入水《じゆすい》した玉川上水《たまがわじようすい》にでもポチャリと沈めるだろう、無駄に広く長いしね。いや別段、我が吉祥寺名物閑静《かんせい》な住宅街のどぶでも、この驟雨《しゆうう》で数多《あまた》出現した水貯まりでもいいし、もし経路が誤魔化《ごまか》せるのなら極論、職場のトイレでも全然かまわないんだが……

斯《か》くの如《ごと》くにスマホ殺しが容易《たやす》い以上、位置情報探索《イチタン》はどれだけ急いでも間に合うまい」

「とはいえ、急ぎ実施しなければならない捜査には違いありません」

「だね、結果の如何《いかん》にかかわらず最優先のタスクだ。王道は踏んでおこう」

「了解しました。直ちに刑事課長に下命《かめい》いたします。

更に火急《かきゆう》のタスクは、警視庁本部報告ですが……捜査一課の特殊班《トクシユ》の臨場を求めねば」

「そうなろう。十七歳の女子高校生が拉致された……それだけでも突発重大事案《トツパツジユウダイジアン》だが、ましてノーマルな十七歳女子高校生ではない。現役の官房長官令孫・衆議院議員令孫だ」

「それでは私の方から、直ちに警視庁本部へ第一報を」

「しかるべく。同時に、当署の刑事課に……強行係《キヨウコウ》に非常呼集《ひじようこしゆう》を掛けるよう。呼び出した総員の参集を待つことなく、登庁した捜査員から逐次《ちくじ》、防カメ・ドラレコ捜査だ。ああ、略取誘拐とくればあと犬だな。この秋の驟雨《しゆうう》では厳しいだろうが……」

「了解致しました。想定できる関係先に大至急報告・連絡します」

「頼む」

吉田副署長はソファを発《た》つと律儀に室内の敬礼をし、署長室外の自席へ赴《む》かった。

（さてさて……）

無駄に瀟洒《しようしや》で雄壮な、応接卓のソファに腰掛ける。

無駄にゆったりしているので、実は煙草、灰皿その他のよい隠し場所だ。

僕はソファを整え終えると、庁舎内全面禁煙のおきてを破り煙草に火を着けて――

そのまま、僕自身もまた警視庁本部に警電《ケイデン》を架ける。

いささか話は複雑になったが、取り敢えずの段取りは五分強で終わった。

（……いや、あの結子ちゃんが、こんな機会に仕掛けてこないなんて御伽噺《おとぎばなし》はないさ）

Ⅲ

引き続き吉祥寺警察署・署長室。

諸々《もろもろ》の手配を終えたと思《おぼ》しき吉田副署長が、署長室に再入室してくる。

懐中時計で確認するに、現時刻、一一〇〇《ヒトヒトマルマル》弱――

「遅くなりました署長、申し訳ございません」

「いやかまわない、役所というのは段取りでできているものだ」

「先御下命《ごかめい》の事項、諸事《しょじ》手配いたしました」

「当署員の参集状況は？　警視庁本部からの応援は？

御立派な個室というのはこの際、不便なものだね。

大部屋に席があったなら、吉田さんに訊くまでもないんだが……」

「人員はそれぞれ陸続《りくぞく》と、秘密裏に班編制を終えております」

「重畳《ちょうじょう》。

ただ所轄《しょかつ》警察署長としては、本店からの御各位《ごかくい》に挨拶もせねばなるまい。それも役所だ」

「事が事ですので、今後の情勢の推移を踏まえ、折《おり》を見て報告・連絡の機会を設けます」

「頼む。本店御各位《ごかくい》の邪魔立てをする気は微塵《みじん》もないが――といって支店長が頭のひとつも下げなかったとあっては、当署員が恥を掻《か》くし掻かされるだろう」

「細やかなお心遣い恐縮です署長。ただそのような庶務的な事柄《ことがら》は私の本来業務ですので、取り敢えずの所は私にお委《ゆだ》ね下さいますよう……」

「了解した。無論だ。差し出がましいことを言った。すまなかった。

まさに事が事。坊やだから気が急《せ》いて、動転しているのかも知れん。恥ずかしい事だ」

「いえ、署長のそのお気持ちは至極御尤《しごくごもっと》もかと。

ただ警視庁本部も当署も、本格的な捜査態勢を整えるまで、今暫《いましばら》くの時間を要します。

――その間《かん》、非礼ながら私の方から署長に、幾許《いくばく》かの確認をしてもよろしいですか？」

「無論だ。歓迎する」

「本日が土曜日であることに鑑《かんが》み、恐らく紅露寺嬢《じょう》は、司馬署長と……」

「まさしくだ。不定期ながら土曜開催の、フランス語のレッスンをする予定だった」

「署長が彼女の異変に気付かれたのは何時《いつ》ですか？」

「ちょうど第一のメールが入電した頃。すなわち一〇一八《ヒトマルヒトハチ》頃」

「彼女は予定の時刻に現れなかった」

「そう。一〇〇〇《ヒトマルマルマル》開始予定ゆえ、十五分以上の遅刻となるね」

「これも非礼ながら、御用心深い司馬署長にしては、長い御忍耐だった様《よう》な」

「この台風めいた悪天候だからねえ……まして女の子のことだ。

駅から会場まで徒歩一〇分強といえど、そこそこ厳しいトレッキングになると思ってね」

「結果、紅露寺嬢《じょう》は来ず、代わりに第一のメールが来た」

「そのとおり。甚《はなは》だ不穏当な内容ゆえ、直ちに会場を発って登庁した。

その間に第二のメールが入電したのは知ってのとおり。

登庁後に第三のメールが入電したのも知ってのとおり。

――喫茶『リラ』周辺にも人を出してみるかい？　非常呼集した誰かに当たらせる？」

「取り敢えず防カメ動画の手配はしておりますので、いったんは皆を署に集めましょう」

「了解」

「まさかとは思いますが署長、犯人にお心当たりは？」

「それこそまさかだ。僕が知るかぎり皆無《かいむ》。君の方で何か思い当たる？」

「いえ残念ながら、現時点では何も……」

とはいえ、わざわざ『司馬署長』を選んで『脅迫』をしてくるということは……」

「まあ、僕と結子ちゃん、あるいは僕と紅露寺家の関係を熟知している者となろうが。

といって、僕らは別段、秘《ひそ》やかなあるいは疾《やま》しい態様《たいよう》で会っていた訳ではないのでね。待ち合わせ場所もレッスン会場も、この上ない公共の場だ。そこでの会話も行為もフルオープン。そんな会合を、まあ二五回ほどは持っている。なら、ちょっとした行動確認さえ実施すれば、僕らの関係性などたちまち理解できよう。僕はまあ顔見世興行《かおみせこうぎょう》が仕事だし、彼女はと言えば、高校で生徒会長まで務めるめずらしい名字《みょうじ》のお嬢さん。どちらも正体を割るのに苦労は無い。そもそも隠しちゃいない……とはいえ、僕もいちおう現場警察官ゆえ、おめおめと行確《コウカク》を許すほど嗅覚《きゅうかく》が衰えてはいないと信じたいがね。

詰まる所、管轄警察署長としての僕が知るかぎり、こんな大胆不敵なことを敢えてする、その犯人像なんて皆目《かいもく》見当が付かないな。だからその規模も分からん」

「何らかのテロ組織か、何らかのカルト集団か、何らかの反社会的勢力か……

取り急ぎ、当署で実態把握できている虞犯者《ぐはんしゃ》を洗い出します」

「まあ警視庁本部の方が情報にとむだろうが、頼む。

あと紅露寺家との協議になるが、要求金額、一億円。

これ、当署としても確か捻出《ねんしゅつ》できると思うんだが……実際の所どうだったっけ？」

「当署だけでも調達可能です」吉田警視は断言した。副署長は警察署の金庫番である。「と申しますのも――恐らく署長が念頭に置かれているとおり――過日《かじつ》当署刑事課が検挙いたしました特殊詐欺、いわゆるオレオレ詐欺の被害金額八、五七二万円をそのまま証拠品として地下倉庫に保管しておりますので。またこれも署長が念頭に置かれているとおり、残余の一、四二八万円にあっても、当署に配分されている捜査費等から充分捻出《ねんしゅつ》できます」

「そこはさすがの大《だい》警視庁だね。ノーマルな県のノーマルな警察署ではそうはゆくまい」

「加えて当署は――釈迦《しゃか》に説法《せっぽう》ですが――三〇〇名規模の大規模署です。よって警視庁本部の応援を待つことなく、当署のみで電撃的な対処をすることも可能です。ここ吉祥寺区は、隣接する練馬区・杉並区・世田谷区のいずれもより小さいですし……

警視庁本部はまあ怒りましょうが、司馬署長は警備警察のプロフェッショナルでいらっしゃいますし、過去の荒事《あらごと》の御実績もかねがね側聞《そくぶん》しておりますし」

「まして副署長は刑事畑《ばたけ》のベテランだしね。そこは警察人事、自分達ながらよい配合だ。ただ万事《ばんじ》、位置情報の結果待ちだな」

「あとは防カメ動画・ドラレコ動画の洗い出しでです。

複数人で目立つ行動をしたとあらば、たちまち車両等に彼女を押し込み引き入れたとしても、カメラの眼を完全に逃れることは不可能でしょう。いえ、カメラのみならずリアルの目撃者も期待できます――この驟雨《しゅうう》を前提としても」

「成程《なるほど》、成程《なるほど》……」僕は考えを整理した。「……僕らは必ず駅だの繁華街だのを通る。要は必ず目立つ場所を通る。なら位置情報にまして防カメ・ドラレコ動画に期待が持てると。

まあそりゃそうだな。〝住みたい街ランキング〟一位常連の吉祥寺で、まして駅界隈《かいわい》で防カメ・ドラレコの眼を逃れるだなんて、よほどの玄人《くろうと》でなければ無理だ……

ただそれが住宅街となってくると、特に我が吉祥寺名物閑静《かんせい》な住宅街となってくると、マンションだの駐車場だのコンビニだのに恵まれないかぎり、意外に厄介《やっかい》だろうがね。

どのみち、動画の洗い出しは時間との勝負でもある」

「まさしくです。非常呼集により登庁した署員を、優先的に動画の洗い出しに回します。身《み》の代金《しろきん》目的である犯人らが直ちに……そう例えば……性的虐待や強姦といった愚かな手段に訴えるとはまさか思えませんが、ともかくも急がせます」

「頼む」

「あとスミマセン、署長は紅露寺嬢《じょう》のお写真などお持ちですか？」

「残念ながら否《いな》だ、この御時世《ごじせい》にあらぬ誤解を受けては大変なのでね……まあそれは不謹慎《ふきんしん》な冗談としても、僕は職歴上、あまり私的な写真を残すのを好まないので」

「そうでしたね、大変失礼いたしました」

「それこそ紅露寺家にお願いすれば――」

「いえ取り敢えず当署にも個人ファイルがございます、紅露寺嬢《じょう》は管内の重要防護対象ですので。人定事項《じんてい》はもとより顔写真・身体特徴・通学時の容姿《ようし》等々は普段から把握しております」

「了解。そういえば当該《とうがい》ファイル、夏期休暇シーズン前にチェックしたばっかりだったな。

ああ副署長、彼女、衣替《ころもが》えで冬制服になっているから微妙に気を付けて」

「了解致しました、署長。

それでは当署の部隊編制や任務付与《にんむふよ》がございますので、私はいったんこれで」

「頼む」

Ⅳ

引き続き、吉祥寺警察署・署長室。

時刻は一一四五《ヒトヒトヨンゴー》強。

吉田副署長が、この時点における各種報告のため、署長室に再入室してきた。

「あっ失礼しました署長、お電話中でしたか」

「いやかまわない」僕は警視庁本部との警電《ケイデン》を切った。「むしろ大歓迎だ」

「と、仰有《おっしゃ》いますと？」

「結子ちゃんが打ってきた、二通のメール。

この内容を誰かと解析したいと思っていた所でね。ただ先に副署長の用件を聴こうか？」

「それでは御報告を。

第一。残念ながら現時点、喫茶『リラ』周辺及び吉祥寺駅周辺を撮影した防カメ動画に、注目すべき箇所《かしょ》はございません。またドラレコ動画にあっては、鋭意《えいい》調査・回収中の段階」

「ま、そりゃそうだ。

防犯カメラさんは動きはしないが、必要な動画を記録した車両さんはド派手に動くから」

「第二。同じく残念ながら現時点、紅露寺嬢《じょう》のスマホの位置情報を特定することができておりません――経路・履歴というなら、最後にその位置情報が確認されたのは、『吉祥寺駅西口から西南西に約八〇〇mの住宅街・井の頭公園北辺近傍《きんぼう》』となっております」

「絶妙にハイソで絶妙に庶民的な、実に吉祥寺らしいエリアだね」この場合、嫌な意味で。「先述のとおり――そして釈迦《しゃか》に説法《せっぽう》だが――我が吉祥寺名物閑静《かんせい》な住宅街とくると、カメラの網《あみ》の目《め》は薄いし、スマホを投擲《とうてき》・遺棄《いき》する水辺にも事欠《ことか》かない。重ねて、太宰治がアッサリ入水《じゅすい》できたほどの、まことうるわしき東京郊外だから。ぶっちゃけ水と緑の田舎」

「残念ながら同感です。

ただ司馬署長、当該《とうがい》エリアは個人ファイルの御住所からして、『紅露寺嬢《じょう》の御自宅近傍《きんぼう》』『生活圏内』と考えますが、それでよろしいでしょうか？」

「そうだ。僕自身、幾度か御自宅に出頭したことがある。

『私はどうでもいいですが、祖父が茶飲み話の相手がほしいと嘆《なげ》いておりますので』『いえ私はどうでもいいのですが、東京湾でお魚になりたくなければ』云々《うんぬん》と威迫《いはく》されたっけ」

「なんとまあ……

ともかく喫茶『リラ』へのルートを考えても、当該《とうがい》エリアに特段の違和感は」

「無いね。

ただ彼女は純血種の吉祥寺っ子だから、友人宅その他の関係先にも事欠《ことか》かないんだが」

「そもそも地元の代議士令孫ですしね……」

「だから仮に当該《とうがい》エリアから彼女のスマホが回収できたとして、データはまあ水浸し。

また仮に当該《とうがい》エリアまでの経路が特定できたとして、それには何の不自然性もなければ、犯人に結び付く情報もありはしない……」

「残念な御報告ばかりで申し訳ございません」

「いや残念な報告を残念な顔で聴くようになったら警察官稼業《かぎょう》もおしまいだよ。

他に報告はあるかい？　爾後《じご》の方針でもよいが。急ぎのものがあれば」

「いえ私からは取り敢えず以上です、司馬署長」

「了解。

いや僕としてはこの際、優秀な検討《ケントウ》相手が来てくれたこと自体が吉報だしね——

副署長、どうぞドアを閉めて、どうぞソファに。そしてこれを」

僕は自分の私物スマホを操作して制服の内ポケットに仕舞うと、吉田副署長にA4のコピー用紙二枚を手渡した。吉田副署長は必要な決裁書類でも入れているのか、役所っぽい風呂敷《ふろしき》包みを抱えつつ応接卓のソファに着座する。そしてその、ウチの役所っぽい独特の油の匂いがする包《つつ》みをできるだけ脇に押し退《の》けて、コピー用紙二枚を確認してゆく。

「先刻の、第一のメール及び第三のメール——紅露寺嬢《じょう》からの、二通のメールですね？」

「まさしく。そしてこれらの解析に、是非《ぜひ》とも副署長の知恵を貸してくれ」

「私で署長のお役に立ちますかどうか——」

「それは御謙遜《ごけんそん》が過ぎるよ。小生意気《こなまいき》な物言いをすれば、僕はまこと僭越《せんえつ》ながらこの半年間、吉田さんの勤務評定者《きんむひょうていしゃ》なんぞをさせて頂いているからね——」

【午前10時18分】
司馬さん助けください。（M_1）
この朝誘拐され長時間引き回されました。（M_2）
身の上は安全で食事や着換えの心配は全くありません。（M_3）
捜そうとしないで↵
くださいい監禁場所のセキュリティは完璧です。（M_4）
理由がどうあろうとそうこうしている近い内に殺されてしまいます。（M_5）
あたしの位置がどれだけ遠くても近くても位置情報はとれません捜そうとしないでください。
（M_6）

【午前10時38分】

司馬さん助けください。(M_7)
今朝がた背後から一瞬で身動きできなくされました。(M_8)
一瞬でフードみたいなもので覆われ手も動かせなくなりました。(M_9)
差し当たり常識を尊重して取り扱ってもらっていますがどうか捜そうとしないで⏎
くださいぶかぶかの袋を被せられて拘束されています。(M_{10})
捕まってからは差し当たり女だからといって軽視されることなく丁寧に監視されています。
(M_{11})
監禁が長くなれば殺されるでしょうどうか捜そうとしないでください。(M_{12})

「重ねて、これらは検討のため、メールの原文をそれぞれA4一枚紙に転記したものだ。原文は――いつでも僕の私用スマホを見せるが――ほぼベタ打ちで改行ナシ。ただその例外として、便宜的《べんぎてき》に整理記号を付したM_4及びM_{10}の二文のみに改行がある。それらを明確にするため『⏎』記号を加えているが、もちろん原文にそれは無い。
――副署長、以上の点について何か疑問はあるかい？」

「紅露寺嬢《じょう》からの二通のメールは基本的に改行ナシで、それぞれの第四文だけに改行がある。だから改行のある文章は、全体を通じて二文である。了解です、疑問はありません」

「では取り敢えず、気付きの点は？」

「いきなり冒頭でしょうか。整理記号でいうM_1及びM_7です」

「当然のことを訊いて悪いが、いきなり冒頭の何が気になる？」

「あからさまな脱字《だつじ》があります。M_1とM_7のいずれも〝助けて〟の〝て〟を欠いている」

「まあそうなるよねえ。

ところが結子ちゃんの二通のメールをつうじて、実は他に脱字はない。更に言うなら誤字もない。何故、M_1及びM_7のみにおいて奇妙な現象が生じているんだろう？　いずれもメール冒頭の文章だから——推敲《すいこう》なんて大袈裟《おおげさ》な言葉を遣う必要もなく——打ち終えて読み返した時点で、すぐさま脱字に気付けたろうに」

「……臆断《おくだん》で、確率の問題になりますが」

「かまわない」

「文字入力の、そう予測変換の『選び間違え』か『記憶違い』かと。

メールの文章を実際に打ったのが紅露寺嬢《じょう》であるにしろ犯人らであるにしろ、常識的に考えて、フリック入力をしたでしょう。その際、M_1で予測変換の選び間違えをしたとしたら、全く同一の文章であるM_7を打とうとするとき、それが最優先の候補として提示されてくる。指の勢いでそのまま選択をすれば、全く同一の間違いが生まれる道理です。

また、ほぼ同様の議論ですが——

紅露寺嬢《じょう》が本件事件発生以前において既に〝助けください〟なる文章をフリック入力したことがあるとすれば、そもそもM_1を打つ以前の段階で、そのミスがスマホに記憶されます。そしてその記憶違いが最優先の候補として提示される。なら紅露寺嬢《じょう》なり犯人らなりが指の勢いでそのまま選択をすれば、やはり全く同一の間違いが生まれる道理です」

「纏《まと》めれば、〝助けください〟が全く同一の文字列であるからこそ、フリック入力ならではの、全く同一の間違いが生まれる——少なくとも生まれやすい」

「はい署長。そしてそのことは、実はM_4・M_6・M_{10}・M_{12}からも補強できると考えます」

「――すなわち？」

「すなわち。

私達警察官が誰かを〝さがす〟なら確かに〝捜〟の文字を用います。これは捜査、捜索等の意味合いを持つ、ある種の専門用語ですから。しかし常識的に考えて、通常一般人がわざわざこの字を選択するとは思えません。〝さがす〟なら〝探す〟という一般用語で必要十分ですし、社会における使用頻度《ひんど》からしてそれが最優先の候補として提示されるはず。

ところが、紅露寺嬢《じょう》のメールにおいて〝さがす〟は一貫して〝捜〟の文字で変換されています。それは何故か？　全く同一の文章だからです。飾りである〝どうか〟の有無を措《お》けば、全てが〝捜そうとしないでください〟なる全く一緒の文字列だからです。

だからM_4・M_6・M_{10}・M_{12}の場合は――こっちは間違い・ミスではありませんが――フリック入力ならではの、全く同一の文字選択が為《な》される道理」

「纏《まと》めれば――

①結子ちゃんのメールは、全く同一の文章について、全く同一の手癖《てくせ》を示している。②それも、M_4・M_6・M_{10}・M_{12}と実に四箇所にわたって。③まして専門用語を選択しながら。④それはフリック入力ならではの手癖だ。⑤なら、M_1及びM_7においても同様の手癖が発揮されたに違いない。⑥よって、M_1及びM_7の〝て〟の脱字は、打ち手の手癖によるものである。これでよいかな？」

「そのとおりです。なお重ねて臆断・確率の問題になりますが……論理ではありませんが」

「いやそれはかまわない。だが副署長の解析結果を採用すると、結局の所、M_1及びM_7の〝て〟の脱字には意味が無い――そうなるね？」

「はい。フリック入力のミスあるいは手癖ゆえ、いわば『過失』。故意はないでしょう」

「成程《なるほど》、成程《なるほど》……」僕は大いに頷《うなず》いた。「……するとそれに関連して検討したい論点が浮かぶ。頭に浮かんだ順に述べれば、『このメールを実際に打ったのは誰か？』だ。いやそれはまだ正確じゃないな……正確には、『このメールの文章は、結子ちゃんの実際の意思・口調を再現しているか？』だ。もっと言えば、『このメールの文章は、結子ちゃんの自由意思に基づくものか？』だな」

「ええと……」吉田副署長はしばし首を傾《かし》げる。「……『このメールを実際に打ったのは誰か？』という御質問なら理解できます。それはこの場合、①紅露寺嬢《じょう》か、②犯人らでしかあり得ませんから。仮に全く善意の第三者がいるとしても、それは被害者である①と一緒に括《くく》れます。

仮に全く悪意の第三者がいるとしても、それは被疑者である②と一緒に括れます。

――しかし今現在、紅露寺嬢《じょう》以外の被害者は認知されていませんし、いるのならこのメールで何らかの情報が示されているはずです。何せ、身《み》の代金《しろきん》目的ですから……なら善意の第三者など存在しないと決め打ちをしてよい。加うるに、悪意の第三者とはすなわち共犯です。それが存在しようがしまいが、事実上②に含まれます」

「纏《まと》めれば、①②以外の第三者のことは想定しなくてよい。議論に全く影響しない」

「そのとおりです、司馬署長。よって重ねて、このメールを実際に打ったのは、①紅露寺嬢《じょう》か、②犯人らか、そのいずれかと考えてよい」

「なら、副署長はどちらだと思う？」

「犯人らの立場に立ってみれば、②でしょう。拉致した被害者に、まして本人のスマホを自由に使わせてしまっては……どれだけ監視をしていようと、何を発信されるか分かりません。特に緊急通報、就中《なかんずく》一一〇番など瞬時に発信できますし。

だから犯人は紅露寺嬢《じょう》のスマホを手に、いわば口述筆記をしたのではないかと。

その場合、フリック入力のミス・手癖は、犯人らのミス・手癖という事になりましょう」

「ただ、そうだな……例えば機内モードにした上で監視しながら打たせる。例えばウチの役所のように電波を通さない室のあるところで打たせる。いや単純に、電波の届かない地下でもいいな。要は『電波対策』『発信対策』を講じていれば、①でも安全なのでは？」

「冷凍室なり冷蔵室なりが理想的ですね。ただそのような施設が御都合主義的《ごつごうしゅぎてき》に利用できるかどうか……それに署長、御存知《ごぞんじ》でしたら恐縮至極《きょうしゅくしごく》ですが、たとえ機内モードにしても一一〇番の発信は可能です、機内モードは総じてそういう仕様になっています」

「あっそうか、そうだった」僕は顔を顰《しか》めた。「一一〇番警察。一一八番海保《かいほ》。一一九番消防。緊急通報仲間に関しては、機内モードは無力だったな……

だがしかし。

僕が考えるに、実は①が正解で、メールを実際に打ったのは結子ちゃんなんじゃないかと――いやこれこそ僕の臆断で、確率の問題なんだが」

「署長は何故《なぜ》そうお考えなのですか？」

「第一に、文章量。

それぞれ六文もあって、しかも長文を含む。これを犯人が彼女の――だから人様《ひとさま》のスマホで打つのは面倒だし厄介だよ。一般論としては、人様《ひとさま》のスマホって使い難《にく》いもんね。だからもし②だったら、犯人は文章をもっと少し刈り込んじゃうか、いっそ自作しちゃうかすると思うんだ。

また第二に、作成時刻。

正確には着信時刻だが、それぞれ午前10時18分と午前10時38分。一見、二〇分ものラグがあると思ってしまうが……ところがどうして、午前10時33分には同じスマホから『脅迫状』が送信されているからね。特に『脅迫状』の送信から次のメールまでは、実に五分のラグしかない。まして第一で述べたとおり、結子ちゃんの二通のメールって、いずれもボリュームがあるもの。ならいずれも同様の作成時間を要するもの。その片方を五分以内で作成できたというのなら、その早業《はやわざ》からして②の『口述筆記論』は――重ねて臆断と確率の問題だが――ちょっと厳しいんじゃないかなあ。人様《ひとさま》のスマホだものねえ。

なお第三に、これは当然のことだが、結子ちゃんの二通のメールは彼女の言葉遣いをそのまま表現したものだ。それは文章の質感から自明だ。だからこそ副署長も先刻、『口述筆記』なる言葉を用いた。そうだよね？」

「そのとおりです、署長。

どんな編集が在ったか無かったかは別論、また①②のいずれにしろ、犯人が紅露寺嬢《じょう》の言葉遣いを再現しようとしているのは議論の大前提です、それは読めば解りますから」

「なら〈基本ノーカット＋不審な箇所《かしょ》は削除〉という方針で、彼女自身に打たせたという議論の方が比較的、説得力にとむ。他の可能性としては『音声入力』があるが……あれはむしろ脱字はしない、手入力よりしない。あれがするなら誤変換による誤字だ。僕自身、一時期ハマったのでよく解る。持病の腱鞘炎《けんしょうえん》があるのでね」

「ああ、そういえば司馬署長は楽器を嗜《たしな》まれるのでしたね」

「下手《へた》の横好《よこず》きさ。かつて某《ぼう》県の警察音楽隊に仮《かり》入隊して、大いに恥を掻《か》いたものだ……い、いやそれはともかく、加うるに。

加うるに、僕が比較的①を推す理由として――

〝司馬さん助けください〟〝捜そうとしないでください〟〝どうか捜そうとしないでください〟〝一瞬で〟〝差し当たり〟といった『重複』が自棄《やけ》に多いよね。もし犯人が打ち、そして無論チェックをしたというのなら、口述筆記の内容をもう少し添削《てんさく》できたんじゃないかと。常識的に考えて、犯人にとって無駄に冗漫《じょうまん》な長文はリスクしか生まないしね」

「すると司馬署長が仰有《おっしゃ》りたいのは、きっと――」吉田副署長が考え考えいった。「――少なくとも、

①の可能性が排除できないほど、紅露寺嬢《じょう》のメールの自由度はたかい」
「あっ、そうそう、まさにそう!!」要は、この①②の議論は実は、①②を断定するための議論ではない。さすがに吉田副署長は鋭い。「上手く言葉にできなかったけどまさにそれ」

「すると、それを先刻の署長の御質問を踏まえて、さらに換言《かんげん》すれば。

少なくとも、①の可能性が排除できないほど、紅露寺嬢《じょう》のメールの文章は『彼女の意思・口調を再現している』し、『彼女の自由意思に基づくものである』――御趣旨《ごしゅし》はこれでよいでしょうか?」

「うんうん、まさしくまさしく、まさしくだ。

するとと副署長、そのことから更に何が言える?」

「彼女は何かを仕掛けている」

「そうだ、ならその反撃内容を解読する必要がある。これが今《いま》確定した。

副署長あとは?　何が言える?」

「犯人の監視なり監禁なりの態様は……ぶっちゃけヌルい」

「そうなるよねえ。

Ⅰ　リスクある冗漫な形式を許している点からしても

Ⅱ　リスクある自由意思の伝達を許している点からしても

Ⅲ　リスクある反撃の余地を許している点からしても

著しくヌルい犯行で、著しくヌルい犯人だねえ。

　また先に検討したとおり、

Ⅳ　リスクある一一〇番発信の機会を許している点からしても

犯罪者としては問題があるよ。まあⅣはまだ可能性の問題に過ぎないが、客観的に言ってⅣの可能性が排除できない時点で、既に犯罪者としては問題があるよね。

——さて、するとだ。

結子ちゃんは何かを仕掛けている。それはこれから解読する。それが彼女の仕掛けたものだというのなら、僕は経験上、それを必ず解読できると確信している。それはこれからする。実はさして時間を要するとも思えない。それが彼女の仕掛けたものだというのなら。

だから、僕の取り敢えずの疑問は。そうこのテクスト全体から感じる、総論としての疑問は。

何故本件の犯人は『こうもヌルいのか』『こうも優しいのか』——だが？」

「それは犯人の資質と能力によります。このメールのみによって解析することは無理です」

「そうだろうか？

——例えば現在の所、掻《か》き集めている防カメ動画はどれも犯人の姿を捕捉《ほそく》してはいない。この現状と結子ちゃんのメールを掛け合わせれば、ボンヤリと見えてくる事もあるよ」

「先刻の署長の御言葉《おことば》を借りれば、〝よほどの玄人《くろうと》〟だと言うことでしょうか……？

でもそれだと、署長御指摘《ごしてき》の『ヌルさ』『優しさ』とは真逆の犯人像が浮かびますが。

まして防カメ動画の本格解析はこれからですし、そもそも吉祥寺における防カメ捜査に限界があることは、恐縮ながら署長御自身が認めておられます。これすなわち、議論の素材も前提も不十分で」

「いや吉田副署長、そうではない。僕が言いたいのはそういう事ではない……

僕が言いたいのは『映っていない』という結果ではない。

僕が言いたいのは『映ってもかまわない』という心情だ。これすなわち、ヌルい心情だ」

「ええと、署長の仰有《おっしゃ》っていることが、私には俄《にわか》に解りませんが……」

「警察が何処《どこ》の防犯カメラを利用できるか、いや、そもそもこの吉祥寺の何処《どこ》に防犯カメラが設置されているのかなんて、僕を含む我が吉祥寺警察署の警察官とて分かりはしない。正確に言えば、関係書類等を調べなければ分かりはしない。まして通常一般人としては、それを確実に調べる術《すべ》がない。

そして無いことの証明はできない。なら通常一般人としてはこの御時世《ごじせい》、在ることを前提に犯罪をするはずだ。

　ところがこの犯人は、結子ちゃんの自由意思に基づく証言からすれば、

　　今朝がた背後から一瞬で身動きできなくされました（M_8）

　　一瞬でフードみたいなもので覆われ手も動かせなくなりました（M_9）

なる、極めて野蛮かつ大胆な犯行に及んでいる。まして結子ちゃんの拉致に成功した後《のち》も、

　　この朝誘拐され長時間引き回されました（M_2）

なる、極めてリスクマネジメントを欠いた行為に及んでいる」

「成程《なるほど》、M_8及びM_9が『何処《どこ》に在るのかも分からない防カメ無視の蛮行』であることは否定できませんが……でも、M_2の何処《どこ》がリスクマネジメントを欠いているのでしょう？」

「この台風気味《ぎみ》の、雨冷《あまび》えのする秋の驟雨《しゅうう》」

「え？」

「この台風気味の荒天《こうてん》もあって、吉祥寺駅界隈《かいわい》では、吉祥寺名物の恒常的大渋滞が発生している。そう、バスレーンを使える路線バスでさえ二〇分三〇分と脚止めを食らうほどのキツい渋滞だ。これは我々の仕事にも直結する、物語の大前提。

　加うるに。

本件拉致《らち》がその『吉祥寺駅界隈《かいわい》』で敢行されたことは論を俟《ま》たない。被害者の居宅も、被害者の待ち合わせ場所も、被害者の目的地も全て『吉祥寺駅界隈《かいわい》』なのだから。これは吉田副署長自身も断言していた、物語の大前提。

　ましてや。

M_2の〝長時間〟〝引き回された〟なる表現からして、犯行に車両が用いられたのは確実だ。何故と

言って、①ペットの散歩じゃあるまいし、結子ちゃんを衆目《しゅうもく》に晒《さら》すことはできないのだから。②おまけに本日は荒天《こうてん》なのだから。③加うるに、結子ちゃんはわざわざ〝着換えの心配は全くありません（M$_3$）〟なる、拉致された人間としては不要不急の文脈から浮いた言葉を用いているから。要は驟雨《しゅうう》に濡れてはいないと告げているのだから——

④いやそれを言うなら〝長時間（M$_2$）〟そのものすら面妖《おか》しいがね。まこと面妖《おか》しい。だって、結子ちゃんが最初の救いを求めたメールが午前10時18分着信だろう？　いやいやちょっと待てと。指折り数えろと。僕との待ち合わせ時刻から、たったの二十三分しか経過していないじゃないかと。そのどこが〝長時間〟なんだと。いやいや、ここも犯人の検閲《けんえつ》が実にヌルいよ……この〝長時間〟がまるで矛盾であり、よって敢えて挿入されたことに彼女の『下心』があると、そう検閲《けんえつ》できなかったのがヌル過ぎる。

まあ、検閲がヌルいのは実は全文を通じてなんだが、それは後刻にとっておくとして。

僕がここで指摘したいのは、以上四点から、結子ちゃんが〝引き回された〟のは動く密室である車両によってだ——という事実。

またそこから指摘したいのは、当該《とうがい》車両は物語の大前提からして、絶対確実にキツい大渋滞に巻き込まれた——という事実。

さらにこの事実を展開すれば」

「……成程《なるほど》、犯人は極めてリスクマネジメントを欠いていますね」副署長はたおやかに頷《うなず》いた。「大渋滞に巻き込まれた際の、防カメやドラレコに撮影されるリスクを考慮していない。台風気味の天候不順など、週間天気予報で確実に把握できるのに何の備えもない」

「だよね。これすなわち、ヌルい心情だ。

これで、犯人の不可思議《ふかしぎ》なヌルさについての議論は出尽くした。再度纏《まと》めておけば、

Ⅰ　メールの冗漫さを許可
Ⅱ　自由意思を尊重
Ⅲ　検閲《けんえつ》不足あるいは検閲ナシ
Ⅳ　一一〇番通報のリスク甘受《かんじゅ》
Ⅴ　防カメ・ドラレコに撮影されるリスク甘受

の五点を指摘し終えたことになる。

　ここで、これらを論じる契機となった疑問を再度述べると――

　そう、僕が先に述べた、取り敢えずの疑問を再度述べると。

　何故本件の犯人は『こうもヌルいのか』『こうも優しいのか』？」

「ええと、申し訳ありません司馬署長」副署長はゆっくりと嘆息《たんそく》した。「どこかしら堂々巡《どうどうめぐ》りのような……『犯人はヌルいからⅠ〜Ⅴをした』『犯人はⅠ〜Ⅴをしたからヌルい』の循環《じゅんかん》のような。語弊《ごへい》がありますが、議論がくるくる回るばかりで新事実が無いような」

「うーん」僕は頭を掻《か》いた。「疲れているのかなあ。何か解ってもよい気がするんだが。答えは眼の前にある気がするんだが……たとえボンヤリでも」

「えっ新事実が、ですか？」副署長は呆《あき》れた顔で。「このⅠ〜Ⅴから、ボンヤリと？」

「感じない？」

「いえ別段……」

「ならメールの文章M_1〜M_{12}の各論に入る前に、総論の仕上げをしておこう。

　すなわち改行だ。

　――副署長、再確認だが、結子ちゃんの二通のメールに改行は何箇所ある？」

「二箇所です。第一のメールに一箇所、第二のメールに一箇所」

「具体的な文章でいうと、どれ？」

「ええと、署長のペーパーで言う所の、そうM_4とM_{10}ですので——

ここですね、改行マークを付して頂いたところです」

〝捜そうとしないで⏎
ください監禁場所のセキュリティは完璧です〟（M_4）

〝差し当たり常識を尊重して取り扱ってもらっていますがどうか捜そうとしないで⏎
くださいぶかぶかの袋を被せられて拘束されています〟（M_{10}）

「まさしくだ。実は原文が、これ以外に改行のないベタ打ちであることも既述《きじゅつ》のとおり。

さてここで、議論の冒頭を顧《ふりかえ》ると。

M_1とM_7の脱字すなわち〝助けください〟はフリック入力の『過失』によるのであって、そこに『特段の意味は無い』——というのが僕らの暫定的《ざんていてき》な結論だった」

「はいそうでした。無論憶えております」

「ならば、だよ副署長。

それはこの、二箇所の改行についても同様だろうか？　言い換えれば、これらの改行もまた『過失』によるのであって、そこに『特段の意味は無い』のだろうか？」

「……やはり臆断《おくだん》で、確率の問題ながら、私としてはやはり『過失』『無意味』かと」

「そうかなあ……」

「署長に対し逆問《ぎゃくもん》をして、大変恐縮なのですが。

署長は何か、これらの改行に意味を見出《みいだ》しておられるのですか？」

「まあね」

「それはどのような」

「彼女は一字も容赦《ようしゃ》しないからさ」

「――――は？」

「彼女と僕はしばしば、何と言うか……偶然出会った市井《しせい》の人々の何気《なにげ》ない発言について……そう文字にして四〇字ないし五〇字ほどのありふれた発言について、『その真意を論理的に突き詰める』という勝負あるいは遊技を行ってきた。あ、ユウギはウチの会社でいう遊技《ユウワザ》の方ね。端的《たんてき》には大人の勝負だ。それは例えば通行人某《ぼう》さんの『九マイルは容易じゃない、ましてや箱の中となると尚更《なおさら》だ』といった発言を素材に、その真意と真実とを論理のみで導いてみよう、証明を先に終えた方が勝ち――という勝負なんだが。

　僕らはそんな勝負・遊技をこの九箇月間、幾度もしてきた。それはもう、執拗《しつよう》に」

「司馬署長が彼女と会われるのは、確かフランス語のレッスンの為《ため》だと側聞《そくぶん》しましたが……」

「それはそのとおりなんだが、この遊技と外国語学習とはさして矛盾しない。というのも使い物になる外国語の学習というのは畢竟《ひっきょう》、語と文の論理的解析の訓練に尽きるから。例えば、〝疑う《douter》〟一語あるいは一文の論理的解析で、世界が変わることもあるんだ。

　だから僕は彼女の……いや彼女と僕の、でもよいんだが……信仰する教義を知っている」

「し、信仰ですか？」吉田副署長は数瞬、愕然《がくぜん》として絶句した。「きょ、教義？」

「いや大袈裟《おおげさ》な言葉遣いじゃない。というのも事は遊技《ユウワザ》だから。遊戯ではないから。

　すなわち大人が真剣勝負をするその際に彼女が信仰する教義、それは〝神は細部に宿る〟あるいは〝悪魔は細部に宿る〟という教義だ。さらにすなわち、十七歳にして既に警視庁警視正を手玉にとる論理的魔女である紅露寺結子は、四〇字なら四〇字、五〇字なら五〇字のテクストの、いっさいの細部を容赦しない。その一字一句を容赦しない。一字のゆらぎも許さない。全ての文字の解釈に王手を掛け王手詰めにするのが彼女の流儀《りゅうぎ》で矜恃《きょうじ》で、だから信仰する教義だ」

「信仰」彼女は呆《あき》れ果てた感じで、あたかも失笑を抑える如《ごと》くに手を口に当てる。「教義」

「いや何故、いきなり意味不明なナレーションを展開したかというとね……

一字も容赦しない紅露寺結子とは詰まる所、句読点も鉤括弧《かぎかっこ》も容赦しない紅露寺結子だ。いや段落頭のスペースその他の空白すら容赦しない紅露寺結子だ。そのやりくちは副署長、先に例示した〝長時間〟〝引き回された〟から嫌というほど解るだろう……すなわち」

「署長の御指摘を前提とすれば……改行すら利用する。改行ひとつにすら神を宿らせる」

「まさしくだ。一字も容赦しないということは、一字も無駄打ちしないということ。まして、このメールがどのみち彼女の自由意思に基づくことは既に立証済みだしね」

「ですが署長、そうしますと、紅露寺嬢《じょう》が二箇所の改行で意味したかったこととは？」

「執拗《しつよう》に繰り返すが、彼女は一字も容赦しない。彼女は一字も無駄にしない。そして本件テクストは書き言葉《エクリチュール》だから、詰まる所は彼女は一字も無駄打ちしない。こうなる。するとここで、これまで延々と検討してきた事柄《ことがら》が役に立つ。すなわち、『犯人の不可思議《ふかしぎ》なヌルさ』。彼女の視点から言い換えれば、『彼女がこのテクストによって反撃するチャンスを獲《え》たこと』――要は彼女には仕掛ける余地があったこと。では彼女は何を仕掛けたのか。彼女は犯人の何に乗ずることができたのか。僕はずっとこれを言いたくて、先のI～Vのヌルさ各論を導いてきた。

ここまで言えば吉田副署長ならきっと解ってくれると思うが、改めて問おう。

彼女は犯人の何に乗ずることができたのか？」

「I～Vの各論を前提とすれば」副署長は冷静さを取り戻しながら。「例えば冗漫な、長いメールを打つことを許されたこと――でしょうか？　その理由や背景は解りませんが」

「そうなるよね。付言《ふげん》すればそれが自由意思でできたことだし、更に付言《ふげん》すれば犯人の検閲《けんえつ》がザルだったことだが、いずれにしろ冗漫さ・長さというのは彼女のメールの最大にして本質的な特徴といってよい。なお議論を先取りすれば、副署長が指摘してくれたヌルさの『理由・背景』って、実は先のⅣ・Ⅴと関連してくるんだが——そのことについては、今は注意を喚起《かんき》するにとどめる。

今《いま》大事なことは無論、『改行の意味』であり『彼女の謀《たくら》み』だ。

そう、彼女は犯人のヌルさに乗じて謀《はかりごと》をした。

具体的には、冗漫で長いメールを打った。これは現物が眼の前にあるから客観的事実。

ただしここで。

これは彼女の絶対の信仰・教義、例えば眼前の〝長時間〟〝引き回された〟にすら明確に現れている絶対の信仰・教義と矛盾する。そう、わずか数文字にギリギリの、詰めに詰めた、追い込んで刈り込んだ意味を持たせているほど一字に容赦ないのに、他方で、思いっきり字数を遊ばせている無駄な重複がある。これはあからさまな矛盾だ。

念《ねん》の為《ため》だが副署長、その無駄な重複とはすなわち——」

「——〝司馬さん助けください〟〝捜そうとしないでください〟〝どうか捜そうとしないでください〟〝一瞬で〟〝差し当たり〟ですね署長。これらはまさに字数を遊ばせている無駄な重複です。私には紅露寺嬢《じょう》の信仰なり教義なり、そんな厳《いか》めしく大仰《おおぎょう》なことはまるで理解できませんが……しかしこれらの無駄な重複が、例えば〝長時間〟三文字の質感とは全然違うことくらいは、どうにか理解できます」

「そう、字数の遊びにして無駄な重複。ましてそれが、御丁寧《ごていねい》にも五箇所ある。もっと厳密に言えば、副署長が今《いま》指摘してくれたとおり、〝司馬さん助けください〟〝捜そうとしないでください〟〝どうか捜そうとしないでください〟〝一瞬で〟〝差し当たり〟の五箇所が、そう御丁寧にも一字一句違わず二度ずつ繰り返されている。

これは矛盾だ。

彼女の絶対の信仰とこれらの意図的なリフレインは真正面から矛盾する。

そしてこの矛盾こそが彼女の謀《はかりごと》、謀《たくら》みだ。

だから其処《そこ》には確実に欺瞞《ぎまん》がある。詐術《さじゅつ》があり嘘がある。

なら、正面衝突しながら矛盾する『彼女の信仰』と『彼女の冗漫さ』の、どちらが欺瞞《ぎまん》で詐術《さじゅつ》で嘘なのか、と言えば――

「――もちろん彼女の冗漫さです。論理的に言って嘘が無いから、し、信仰なのですから」

「そうなる。

よって彼女のメールの冗漫さは欺瞞《ぎまん》、冗漫さこそ彼女が知って仕掛けたことだ。

それが詐術で嘘だということは、詰まる所、そこに真剣な意味など無いということだ。

それは要は、一字を容赦せずだから一字も無駄打ちしない彼女が、敢えて、意図的に、執拗《しつよう》に五箇所も用意した〈無駄打ち〉で、だから〈字余り〉だということだ。重ねてそこに真剣な意味などあるはずがない……

おっと、そうは言っても〝司馬さん助けください〟は特殊だがね。というのもこれは、①〈字余り〉の役目も果たせば、②既に検討した〈脱字強調〉なる役目も果たすから。だから字余りとしては無意味だが、脱字があることそのものには意味がある」

「む、難しくなってきましたね……」

「いやいずれにしろ議論の本質は変わらない。重複部分五箇所は、欺瞞《ぎまん》で詐術《さじゅつ》で嘘だ」

「……ですが署長、それが〈無駄打ち〉で〈字余り〉だというのなら、そうそこに真剣な意味など無いというのなら、その……解析なり解読なりをする意味も無い、ということにはなりませんか？」

「いいや、そこが彼女の小憎《こにく》らしくも悪辣《あくらつ》なところでね……いよいよ達人《たつじん》・名人の域だな……彼女が今般このテクストで試みたのは、いわば〈無意味の意味〉〈真空のポテンシャル〉〈虚数の活用〉だ。

ううむ、余白にこそ意味を持たせた新境地《しんきょうち》だなあ……フランス語の宿題にも、これくらい真剣に取り組んでくれると嬉《うれ》しいんだが……」

「無風流《ぶふうりゅう》な刑事上がりの私にはよく解りませんが……」

「いや失礼。

要は彼女は、『無駄に意味を持たせた』『無意味に意味を持たせた』ということだ。

その意味というのは当然、日本語の意味内容を真剣に・真摯《しんし》に表現するものではない。

詰まる所、結子ちゃんは一字一字を記号として用いたということだ。

重ねてそこに日本語としての真剣な意味は無い。

そこにあるのは〈全角記号としての物理的な文字〉という意味だけだ。

もっと解りやすい言葉を遣えば、それは単純に〈字数稼《かせ》ぎ〉〈穴埋め〉だ。

更に解りやすく言い換えれば、それは冗漫さ・長さを維持するため適当に投げ込まれ嵌《は》め込まれたダミー、お飾りに過ぎない。そう、冗漫さ・長さそれ自身が彼女の目的。彼女はできるだけテクストをだらだらさせるその為《ため》にこそ、まるで不要な〈全角記号〉〈文字列〉をくっつけた。それが重複の、だから字余りの正体で本質だ。念《ねん》の為《ため》だがこれはもう証明されている——先刻の『矛盾論』と『何が欺瞞《ぎまん》か？』の議論から証明されている。

もっとも、本件テクストに即して付言《ふげん》すれば。

本件テクストはどのみち犯人の検閲《けんえつ》を受けるのだから、彼女は例えば『○〒♯△□㎝☆♪……』なる〈全角記号〉をくっつける訳にはゆかない。そこは当然、日本語として自然に意味の通る〈全角記号〉をくっつける必要がある。ただそれは大した問題じゃない。現に彼女の〈字数稼ぎ〉は——まあ犯人の検閲《けんえつ》がヌルかったという原因もあるが——不自然とまでは言えないかたちで成功しているからね。

以上を纏《まと》めれば。

重複五箇所は全て意味ある字余り、価値ある無駄。オモテムキの意味内容はフェイク。

ホントの意味内容は長さそのもの。字数稼ぎ……

ここでようやく『改行二箇所』の検討に入れる。テクストを確認しよう。副署長、改行のある文章をピックアップして、〈字余り〉〈無駄〉〈字数稼ぎ〉を取っ払ってくれないか?」

「了解しました」

~~捜そうとしないで~~⏎
~~ください~~監禁場所のセキュリティは完璧です。(M_4)

差し当たり常識を尊重して取り扱ってもらっていますが~~どうか捜そうとしないで~~⏎
~~ください~~ぶかぶかの袋を被せられて拘束されています。(M_{10})

「この見《み》え消《け》し修正でよろしいでしょうか?」

「重畳《ちょうじょう》。

すると見えてこないかい? 一字を容赦しない、一字も無駄打ちしない彼女が、これらの改行でホントは何を言いたかったか」

「……いいえ司馬署長、私にはまだ解りません。

というのも、見え消し後のM_4とM_{10}はまるで意味を成さなくなりますから。M_4に至っては『改行から始まる文章』なる意味不明なものになり、M_{10}でも『……もらっていますが⏎ぶかぶかの……』とこれまた文意も改行の趣旨もまるで意味不明なものになります」

「うんどちらも意味不明で、だからどちらにおいても『彼女がホントに言いたかったこと』は一緒になるんだが——しかし特にM_4が解りやすい。

すなわち。

「……副署長の今の指摘どおり、改行から始める一文なんて、書き言葉《エクリチュール》でも話し言葉《パロール》でもあり得ないよね。いや文書の体裁を整えるために上に一行空ける――みたいなときはそりゃそれでいいよ。けど書き言葉《エクリチュール》でも話し言葉《パロール》でもまさか〈⮤〉なんて文字は文字として遣わないし、そんなものの意味なんて認識されない。

だけどここが紅露寺結子の悪辣《あくらつ》なところだ。

それはまさに、テクストを見え消しにしたからこそよく解る――

今や僕らは〈字余り〉論を解明したからよく解るけど、彼女はあたかも〈⮤〉が文字として意味を持ち文字として存在していることを知らしめる為《ため》に、そう、普段は見えない〈⮤〉を可視化《かしか》する為《ため》に、敢えて重複部分を作ったんだ。

この重複部分の仕掛けに気付き、なるほどじゃあそれを消してみようと思い至れば当然、『行頭にいきなり⮤が来るのはあり得ないだろ!!』『未完成の文章を何故か⮤がぶった切っている!!』と違和感を持つことになる。『ならこれらの不可思議な⮤の役割は何だ?』と疑問が持てるようになる。いや、〈⮤〉が確たる役割を担っていると感じるようになる――だからこそ僕は、このA４ペーパーに、敢えて原文に無いこの記号を付した」

「ですが署長、行頭の⮤なり文の途中の⮤なり……そんな記号にどのような意味が？」

「彼女は一字を容赦しない。〈字余り〉にさえ、だから無駄にさえ意味を持たせる。そんな彼女が〈改行〉に、まして可視化《かしか》された〈改行マーク〉に意味を持たせないはずがない。

そして副署長、答えは実にシンプルだよ。

――メーラーにしろワープロソフトにしろ、そこでの〈改行マーク〉の意味とは？」

「いやそれは改行することでしょう。文章をいったん終えて、次の段落に移ること」

「言い方に途惑《とまど》うが、何と言うか、それを物理的に表現すると？」

「物理的に……物理的に。そうですね、物理的には……一定量続いてきた文字列を断ち切り、いわば折り返し点を設け、次の行頭から文字列を続けること、でしょうか？」

「ああ『折り返し点』か、上手い言葉だ有難い。

ならその『折り返し点』をM10の如《ごと》くに、そう本来は連続すべき一文の途中に設けるとすれば、それは物理的にはどう表現できるだろうか？」

「ええと……難しいですね……ええと、まさに署長御自身が指摘しておられましたが、要するに……一定量続くべき文字列を『ぶった切って』……意味の無いところで『折り曲げて』、意味の無いところから次の行の文字列を続けること」

「うん、『折り曲げる』か。それもピンポイントな言葉で有難い。

詰まる所、彼女のメールに即して言えばそれは無意味な『折り返し』『折り曲げ』だね？」

「はいそうなります」

「折り返し、折り曲げ。これらを同義置換《どうぎちかん》すれば——

折ること、あるいは〈折る〉〈折〉。これは間違っていないかな？」

「はい間違っていないと思います。ホントに同じ意味で言い換えただけなので」

「それこそが⮤の一字を容赦しない、紅露寺結子のホントのメッセイジだと僕は思うね」

「……ですが、しかし」副署長は疲労の色を強めながら。「その、メッセイジの意味は？」

「ここで副署長。副署長は和歌に造詣《ぞうけい》はあるかい？」

「ワカ」吉田警視は一瞬、絶句した。「あの五七五七七の、百人一首とかの和歌ですか？」

「まさしく」

「いえ残念ながら。

ちょっと私的生活でも極めて多忙な時期が続いていますので、そのような雅《みやび》な趣味は」

「そうか。ならここで、僕らが暫定的《ざんていてき》に『単なる過失』と結論付けたあの脱字、そうM_1及びM_7の〝司馬さん助けください〟を顧《ふりかえ》ってみよう。〝て〟の脱字ね。何故と言って実はこれ、改行問題と密接極まる関係があるから――

まず。

事《こと》ここに至り、紅露寺結子の信仰する教義が明確になった以上、そう一字を容赦しない執拗《しつよう》で粘着的なやりくちが明確になった以上、僕らの暫定的な結論は撤回せざるを得ない」

「……そうですね。

一字の無駄打ちもしないということは、ひとつのミス――に見えるもの――すら無駄にはしないということですから。それは紅露寺嬢《じょう》が〈字余り〉〈字数稼ぎ〉すら無駄にしなかったという客観的事実、そう既に証明された客観的事実からして自明です」

「言い換えれば、M_1及びM_7の〝て〟の脱字にも意味はある。まさか過失ではない」

「署長の御言葉《おことば》を借りれば、それもまた『紅露寺嬢《じょう》が知って仕掛けた』謀《たくら》みでしょう」

「では彼女はこの〝て〟の脱字によって何を仕掛けたか？　〝て〟の脱字の真意は？」

「……それも申し訳ありません司馬署長。私にはまるで見当も付きません」

「いや副署長、答えはまたもやシンプルだよ。辞書どおりだと言ってもよい。

スマホを持っていたら、ブラウザで検索してくれないか――〝脱字〟の意味を」

「少々お待ちください」吉田副署長は私物のスマホを採り出し、画面上にその女刑事らしい指をすべらせる。無論、検索行為は数秒で終わった。便利な時代だ。「複数の辞書サイトを当たりました。公約数的には――『文章に書き落とした文字』『あるべき文字が抜けていること』『文章や印刷物で文字が欠けていること、またその欠けている文字』等々となっています」

「誤字脱字と、一言《ひとこと》でいうことが多いが――

誤字の方は書き間違い・変換ミス。脱字の方は要は抜け落ち、欠落だね？」

「はい署長」

「文字が欠けていること／欠けた文字のことだ」

「はい署長」

「有難う。彼女がホントに伝えたかったメッセイジはそれだ」

「え？」吉田副署長は、そろそろ焦《じ》れてきたような声を出した。「すみません意味不明です。文字が欠けていることはM_1及びM_7の字面《じづら》を一瞥《いちべつ》すれば誰にでも分かります。ましてその意味内容はまさに〝文字が欠けていること〟それだけ。だから先の〈改行マーク〉以上に意味不明というか解析不能です。それ以上の意味があり得ないのですから」

「いいや違う。見えない〈改行マーク〉が〝折る〟〝折〟を含意《がんい》している様《よう》に、消された〈脱字〉にも明確極まる含意がある。そして実は、〈改行マーク〉〈脱字〉を組み合わせてこそその含意が明確になる。何故と言って結子ちゃんは、①あからさまな五箇所の重複→②字余りの重要性→③見え消しによるキーポイントの可視化《かしか》→④無駄で無意味な一字の重要性、というかたちで、読み手である僕らの思考をあざやかに誘導しているからね。なら、⑤消された〝て〟にも必ず明確極まる含意がある。そうなる」

「ならその意味とは⁉」

「から衣《ころも》きつつなれにしつましあれば　はるばるきぬるたびをしぞ思ふ——在原業平《ありわらのなりひら》」

「は⁉」

「花の色はうつりにけりないたづらに　我が身世にふるながめせしまに——小野小町《おののこまち》」

「五七五七七……そ、それらの和歌が紅露寺嬢《じょう》のメールとどう関係するのです⁉」

「若い人の、そうデジタルネイティヴ世代の遊びに『縦読み』なるものがある。ネット時代では基本、文章を横書きにするからこの様《よう》な呼び方になったのだろうが……しかしその手の遊戯は古今集《こきんしゅう》の昔から、そう平安の昔から連綿《れんめん》と行われている。

要は、隠されたメッセイジを読み解く言葉遊びだ。

在原業平の例で言えば、五七五七七の各頭《かしら》文字《もじ》を拾ってゆくと『かきつはた』、杜若《かきつばた》が現れる。『かきつはた』が秘《ひそ》かに織り込まれ、あたかも各頭《かしら》文字《もじ》直後であるいは五七五七七の末尾で『折り返して揃《そろ》え直して』、そうやって読む様《よう》になっている。まさに改行だね。これは若い人の『縦読み』と全く変わらない。縦書き横書きの違いがあるだけだ。

もっとも、この遊びには在原業平のような『頭文字利用型』のみならず、『各末尾《まつび》利用型』といったヴァリエイションが複数あるんだが……だからその解読には一定の苦労があるんだが、しかしこうして解読すべきテクストそのものが我々の眼の前にある以上、総当たりで解読を試みれば、正解はたちまち解る道理だ」

「……その遊びとやらと」副署長の瞳が僕の瞳を射る。「改行なり脱字なりが、どう」

「この遊びは伝統的に〈折句《おりく》〉というんだよ。

そして改行マークの含意《がんい》は〝折る〟〝折〟だったね。確か副署長も同意してくれていた」

「…………………」

「加うるに、和歌に隠されたメッセイジを読み解く言葉遊びは何も〈折句《おりく》〉だけじゃない。むしろ此方《こちら》の方が有名なんだが――掛詞《かけことば》なる手法もある。要はダブルミーニングだ。

――小野小町の例を見てみよう。〝ながめ〟は情景の長雨《ながあめ》と動作の眺《なが》めの両方を意味している。また〝ふる〟は時が経《ふ》ることと長雨が降ることの両方を意味している。成程《なるほど》、一字を容赦しないというか、一字の無駄も許さない美学があるねえ。結子ちゃんに比べて甚《はなは》だ雅《みや》びで情感《じょうかん》にあふれてはいるが、しかし結子ちゃんは無論拉致《らち》被害者ゆえ、いささか詩情に欠けることがあっても、それはやむをえないだろう……

とまれ、重ねて、このダブルミーニングの遊びを伝統的に〈掛詞《かけことば》〉という。

あっは、かけことばだ。

そして脱字の意味は〝文字が欠けていること〟〝欠けた文字〟だったね？　これについても君は既に同意してくれている」

「そんな下らない駄洒落《だじゃれ》みたいなものが、拉致被害者の真剣なメッセイジだと？

それに頭文字を拾っていっても、必ずしも明確な語句にはなりませんが？」

「いや僕はこうした遊戯を下らないとは決して思わないが……仮にそう思うこととしても、それは手段が下らないだけであって、内容が下らないことにはならないだろう？　まして紅露寺結子は君が今《いま》指摘したとおりの拉致被害者なんだから、どんな下らない手段を採ってでも真剣なメッセイジを送ろうとするのが、むしろ自然で妥当な流れだろう？　そう、本件において〈折句《おりく》〉〈掛詞《かけことば》〉は手段としての遊戯だが、〈救出要請〉〈秘密の伝言〉は目的としての遊技《ユウワザ》だよ。というのも当然、これは命懸けの勝負になるのでね……

そして蛇足《だそく》だが、『縦読み』が流行《はや》っている以上、ワンクッション置くのは命懸けの拉致被害者としては当然だろう？　そして彼女が置いたワンクッションとは、①『重複であるM_1及びM_7が捨て石としてダミーとなる』というものでもあれば、②『そもそも一定の知識がなければ解読できなくしておく』というものでもある。そしてこれらのワンクッションが成功している以上、彼女の指《さ》し筋《すじ》はまさか下らないものではない――そうだろう？」

「私には、命懸けの勝負どころか、どこか徹底して揶揄《からか》われている気がしてなりません」

「いや安心していいよ。それは僕がこの九箇月間、ずっと感じ続けてきたことだから……」

V

「――おっと吉田さん、その風呂敷《ふろしき》包みに手を伸ばすのはやめて欲しいな。ちょっと独特の油が匂う、その風呂敷包みには……

それはちと困るんだ。

警視正署の署長室で、まして大《だい》警視庁の警視正署の署長室で、よりにもよって警察署長と副署長が、拳銃実射訓練だの逮捕術訓練だの、人質たてこもり犯《はん》制圧訓練だのをやらかしたとくれば……

僕はわずか四十歳過ぎにして、退職金を一、〇〇〇万円すらもらえず――たぶん五〇〇万円くらいかなあ、懲戒《ちょうかい》処分を免《まぬか》れたならだけど――街のフランス語学校でひとコマ二、〇〇〇円非常勤講師のバイトをするか、光艾社さんでコピー撮りと台車係と宅配業務とお掃除のバイトをするかして、静かに余生《よせい》を送るしかなくなっちゃうもの」

――王手で、王手詰みだ。

吉田警視としては此処《ここ》で投了《とうりょう》せざるを得ない。理由は明白だ。

【午前10時18分】
司馬さん助け　ください。（M_1）
この朝誘拐され長時間引き回されました。（M_2）
身の上は安全で食事や着換えの心配は全くありません。（M_3）
捜そうとしないで
ください監禁場所のセキュリティは完璧です。（M_4）

理由がどうあろうとそうこうしている近い内に殺されてしまいます。(M_5)
あたしの位置がどれだけ遠くても近くても位置情報はとれません捜そうとしないでください。
(M_6)

【午前10時38分】

司馬さん助け　ください。(M_7)
今朝がた背後から一瞬で身動きできなくされました。(M_8)
一瞬でフードみたいなもので覆われ手も動かせなくなりました。(M_9)
差し当たり常識を尊重して取り扱ってもらっていますがどうか捜そうとしないで⇧
くださいぶかぶかの袋を被せられて拘束されています。(M_{10})
捕まってからは差し当たり女だからといって軽視されることなく丁寧に監視されています。
(M_{11})
監禁が長くなれば殺されるでしょうどうか捜そうとしないでください。(M_{12})

こみさりあ。

けいさつかん。

倉庫、地下、上司を尊重（して丁寧な取扱い）、部下、警視。なお掛詞《かけことば》ではないが、女。

ここで紅露寺結子と僕なら、こみさりあが commissariat であることが瞬殺《しゅんさつ》で解る。

そして中学英語でも police station は出るだろう。まして彼女は僕をしのぐ仏語使いだ。

——いやそれを措《お》いても、こんな奇妙な語法に充ち満ちたテクストだ。〝どうあろうとそうこうしている近い内に〟〝どれだけ遠くても近くても〟〝どうか捜そうとしないでくださいぶかぶかの袋を……〝差し当たり女だからといって軽視されることなく〟〝長くなれば殺されるでしょう〟に真っ当な意味があると考える方がどうかしている。

なお無論、先のⅠ～Ⅴにまとめたとおり彼女の取扱いは丁重《ていちょう》で、まあヌルい。ヌル過ぎる。それもまた証拠で、メッセイジだ。吉田警視が――無意識に――〝犯人ら〟〝犯人ら〟と繰り返してしまったとおり、実行犯は複数。彼女はそれを元々知っていた。それは初手《しょて》から僕の違和感を掻《か》き立てたが、折句《おりく》と掛詞《かけことば》が解れば何の不思議もない。彼女が主犯で部下職員複数が実行犯。警察官らが実行犯。なら官房長官令孫を無下《むげ》に取り扱えるはずもなし。そもそも犯罪に不慣れである点からしても、犯罪に対し本能的な忌避感《きひかん》・軽蔑を感じる点からしても、公務員・役人として命令ナシ前例ナシで積極的・大胆な行為には出にくいという点からしても、権力とその報復の恐ろしさをリアルに想像できる点からしても、実行犯らのヌルさには大いに理由がある（なお、仮に検挙された後は地獄の責め苦となる『元警察官の刑務所ライフ』が待っている）。

蛇足《だそく》だが無論、一一〇番通報のリスク（Ⅳ）や防カメ・ドラレコ動画のリスク（Ⅴ）を甘受できたのも警察官ゆえ、しかも管轄警察署の警察官ゆえ。何故と言って、それらを実際に処理するのは管轄警察署自身だから。そこは当署№2の吉田警視ならどうとでもなる――実際の所はまるで警視庁本部への報告だの応援要請だのをしていなかった吉田警視ならば。そう、彼女が略取誘拐《りゃくしゅゆうかい》なる突発重大事案の真っ最中にもかかわらず、署長室にこもって署長の求めるまま、延々とメール談義に耽《ふけ》っていたのはそもそも危機管理上面妖《おか》しいし、すべて不自然なことには理由がある。この場合は、僕をこそ署長室に閉じ込めて、署長室外の様子を――それが例えば地下倉庫だろうと、あるいはまるで応援が来ていない刑事課だの会議室だの訓授場《くんじゅじょう》だのだろうと――一切現認《ゲンニン》させない様《よう》にするその為《ため》だ。

他にも付言《ふげん》すべきことは多々あるが、もう王手詰めだからいいだろう。

（……つまらん対局だったな）改めて、紅露寺結子の鋭利な頭脳に思いを馳《は》せる。（実は〝一瞬で〟

の三文字にも意味はある様《よう》に、彼女は〈折句《おりく》〉〈掛詞《かけことば》〉以外にも複数の仕掛けを施している。そう、一字を容赦しない彼女ゆえ)

　これすなわち、折句《おりく》・掛詞《かけことば》ルート以外の王手詰めもできたということだ。

　これまでどおり、各文の、一字一句の論理的解釈に命を懸ける指《さ》し筋《すじ》も確かにあるのだから。

……もし対局者がこれまでどおり紅露寺結子だったなら、こんなつまらん棋譜《きふ》のまま投了《とうりよう》となるはずもなし。彼女は全ての攻《せ》め手《て》を封じられ刀折《かたなお》れ矢《や》尽きるまで、絶対に逆王手《ぎゃくおうて》をやめないはずだ。いやそもそも、紅露寺結子の一人称は物語上自明なとおり『私』であって、ならM_6文頭の『あたし』が奇妙だと数秒で気付かないなんてことは無い。

(ところがどうして。

　対局冒頭、敢えて行頭に注目させるため、わざわざメール原文を転記した理由すら解ってもらえなかったとは……初手《しょて》からしてつまらなかった。副署長として、警察官の先輩として敬意は払うが、しかし今日の対局は残念だったという外《ほか》ない。まさに遊戯の方だ)

「そう吉田警視、重ねて言うが、その風呂敷包みを開かれては困るんだ。

　そのままだったら、誰にも中身は分からないままだから。なら存在しないも同義だから」

「……そう言う司馬署長もまた、御自分の拳銃をちゃっかり用意しておられると」

「さあどうだかねえ」

「煙草はどこから採り出されたのです？

　庁舎内全面禁煙ゆえ、中学生よろしくソファに隠匿《いんとく》しているその煙草を」

「いや、僕は市民の尊い税金で買った武器を尻に敷《し》いたりはしたくないよ？

　関連して言えば、詐欺被害者の尊い私財である八、五七二万円をボーナスとして出す気もないんだ……ねえ、いったい何処《どこ》のカルト団体だい？　優秀な副署長であり優秀な刑事でもあった君をスカウトし、私的生活でも極めて多忙な時期が続くほど扱《こ》き使い、まして、片腕をもぎとられる僕を寂しがらせる悪い奴等《やつら》は？」

「……最初から御存知《ごぞんじ》だったのですか？」

「団体名までは知らないが、まあそうだ。

……申し訳ない、これ物語上自明なんだが、警視庁本部の人事と監察《かんさつ》のまあ情報提供と御命令とで、最初から君をそういう目で監視していたのは事実だ。そう君の着任当初から。

そして今日、僕自身もそれを確信できた。というのも僕がいささか強引に〝信仰〟〝教義〟なる言葉を多用したその時、君のリアクションはそれはまあ過敏なものだったのでね。

まして、現役の上位警察官＝上位公務員が八、五七二万円なり一億円なりを手にしたとして、この防犯カメラ全盛の御時世《ごじせい》、また本人確認全盛の御時世《ごじせい》、まさか逃亡犯を一箇月続けられるはずもなし。そりゃそうだ、車両も公共交通機関も市役所も銀行も病院も歯医者も使えないんだから……だから、もし君の逃亡生活が成功するとするならば、君がそれを織り込んでいるとするならば、それは『団体』『組織』の徹底した支援がある場合でしかないよ。悲しいかな実例も複数ある。僕自身、極左《きょくさ》だのカルトだのの支援による、二〇年三〇年単位の逃亡生活が成功した実例を熟知している。

詰まる所、君のこの『大胆な犯行』と『大胆な要求』もまた、君の動機なり背景なりを、確信水準で証明してくれた」

「すると何やら警電《ケイデン》をコソコソと架けていたのは、人事と監察に即報《ソクホウ》して私を売るため？」

「同時に、まあ僕はいつか君が指摘してくれたとおりの警備警察バカなもので、まあちょっと、まあ職員名簿や警電《ケイデン》番号帳や配席表には載らない、まあ隠微《いんび》な陰謀仲間とつきあいが深いのでね……まあ詳細は措《お》くが、まあ非公然の荒事《あらごと》が大好きな陰謀仲間だ。

ここまで言えば察してもらえると思うが、まあその」

「要するに、紅露寺結子はとっくに解放されている。署長室の扉の外には署長の私兵《しへい》がいる。私を東京湾のお魚にしようと。そうですね？」

「いや僕のじゃなくってお国の私兵なんだけどね。

で、そんな荒事師《あらごとし》どもを発砲音とかで吃驚《びっくり》させたくないから、どうかもう一度、僕の大好きな吉田副署長にもどってはくれないかなあと。そりゃ君の早期退職は既定路線だが、お魚コースはそうでもないよ。まさか結子ちゃんも紅露寺官房長官も、本件略取《りゃくしゅ》事件を公《おおやけ》にするつもりは無かろうし、事件処理の責任者である僕自身とて、君には倹《つま》しくも平穏な余生を送ってほしいのでね。そう、表返《おもてがえ》った吉田副署長からはいろんな話が聴けるだろうし、もしいろんな話を聴かせてくれるというのなら、警備警察もその都度《つど》八万五、七二〇〇円くらいは出すだろう。

ね、そんなところでどう？

それとも、どうしても僕の脳漿《のうしょう》が飛び散るところを現認《げんにん》したい？」

「この土壇場《どたんば》で、何処《どこ》までもしれっとしたことを。だから警備公安警察は大嫌いよ。

せめて監督責任をガッチリ問われる、自分の首が可愛いと言ってはどうです？」

「僕は刑事警察って大好きだけどなあ……そして無論、僕も残余《ざんよ》二〇年ほどは警察官を続けないと元が取れないし食っていけないので、若者のささやかな職業人生のため、どうか先輩警察官として恩を売っていただきたいなあと思います。このとおり伏《ふ》して願います」

「……ものすごくムカつきましたが、ハイ負けました、負けました。

署長お好みの言葉を遣えば、投了《とうりょう》します」

吉田警視が、右胸の銀の副署長徽章《きしょう》を外し、僕に差し出したその刹那《せつな》――

無駄に雄壮な署長室のドアが、大きく開き。

僕の胸の私物スマホから室内の音声を聴き続けていた人々が、署長室に入ってきた。

それは無論、吉田警視を確保する為《ため》だが、しかし――

「また非道《ひど》い対局でしたね」紅一点《こういってん》となっていた、紅露寺結子がいった。何も被害者本人が検挙現場に来る必要は無いと思うのだが……「まさか真正直に〈折句《おりく》〉〈掛詞《かけことば》〉から一点突破するだなんて。そんなのクイズパズルの類《たぐい》で論理じゃないわ。仕掛けた私が吃驚《びっくり》です」

「そんな……またそんな非道《ひど》いことを!!」僕は天を仰《あお》いだ。「き、君のことが心配だったから!! 一分一秒が惜《お》しかったから!! 電撃戦で、最短ルートで終わらせないと君に危険が及ぶから!! ああ紅露寺くん!!」

「そんなヘタクソな絶叫芝居をしても駄目《だめ》です。午前一一時前《まえ》すなわち対局開始前、既に私を解放する手立てを終えていた訳ですから。急ぐも最短も電撃戦も何もありませんよ」

「なら正直に言うけどさ。

僕ももう四十歳過ぎで、君の伏線を全部回収するの、ぶっちゃけ体力的にキツいんだよ」

「なら河岸《かし》を変えましょう。そのような脳の老化と疲労には、ぶっちゃけ糖分が必要です。今日はそもそも授業の日ですし。テーマは確か、前未来形と条件法過去形でしたよね？」

「……えっこれから」僕は心底恐怖した。「まさかして喫茶『リラ』でございましょうか」

「だって、ラブホテルでもハプニングバーでもないでしょう？」

「児ポル法違反かよ。まして公然わいせつかよ。一難《いちなん》去ってまた一難かよ。

何で皆《みんな》でよってたかって僕を職業的に殺そうとするんだよ。厄日《やくび》かよ。天中殺《てんちゅうさつ》かよ。

……いえ、そもそもですね。

そもそも御嬢様《おじょうさま》は、心身に甚大《じんだい》なダメージを負われた犯罪被害者でいらっしゃいます。よって、取り敢えず吉祥寺赤十字病院で諸《しょ》検査を受けていただいて、一週間ほどは御入院いただいて、病室の窓の外の最後の一葉《いちよう》でも眺《なが》めつつ、ヒトは何処《どこ》から来て何処《どこ》にいて何処《どこ》に行くのか等々、十七歳女子高生らしい青春のざわめきを独り噛《か》み締めていただければと、小職《しょうしょく》はそう愚考《ぐこう》するのでありますがハイ」

「絶対に許さん。なら今日のこと全部お爺《じい》ちゃんに言い付けるぞ」

「えっそれじゃあ東京湾でお魚になるのは僕だよ!!

……いや完全に素《す》に戻って訊くけどさ、官房長官まだこの事件知らないよね、君まだお耳に入れたりしていないよね。だって本件事件は吉田警視の配慮で、世にもめずらしい『被害者の実家に何の対策もしない略取事件《りゃくしゅ》』なんて突飛《とっぴ》なものになっているんだから」

「ほら、そうこう言っている内に『未回収の伏線』がぽろぽろ零《こぼ》れ落ちてくるでしょう？

ともかくも、吉祥寺警察署長・司馬達《とおる》警視正。

ええと、何だったかしら、どこかのパンフレットやACの広告で言っていたアレは……そう、被害者のこころを癒《い》やす。被害者によりそう。被害者とともにある――これ何？」

「被害者対策の基本のキの字にして、警察及び警察官の基本のキの字であります」

「本件事件と本件被害者とを管轄する警察署と、その責任者は？」

「本件事件と本件被害者とを管轄するのは吉祥寺警察署、責任者は不肖本職《ふしょうほんしょく》であります」

「被害者とともにあれよ」

「ハイ」

「四〇秒で支度《したく》しなさい」

「……十七歳女子高生さん、でよろしかったですよね？」

Ⅵ

当該《とうがい》土曜日、一三三〇《ヒトサンサンマル》弱。

場所は無論、喫茶『リラ』。

より具体的には、紅露寺結子と僕の定位置。

すなわち店舗いちばん奥、気取らないアンティークの品々に埋もれているボックス席だ。

（三時間そこそこで舞い戻ってきたことになるな……制服の早《はや》着換えなんて、警大《ケイダイ》以来だ）

「天気予報、当たりましたね司馬さん」

「ああ、紅葉《もみじ》を濡らす驟雨《しゅうう》も終わりだ。これぞ台風一過《いっか》の秋晴れ」

紅露寺結子は夏場までの常態《じょうたい》と異なり、絹の如《ごと》き御自慢のロングロングストレートを、シュシュでポニーテイルにしている。彼女の秋のマイブームだ。あと瀟洒《しょうしゃ》な黒白モノトーンのセーラー服に令和の女子高生らしい大きなリュック、エジプトのアビシニアン猫を思わせるしなやかな躯《からだ》と挙措《きょそ》、そしてぱっつん前髪の下の大きな瞳……そうとても濃い瑠璃紺《るりこん》の瞳が、彼女を特徴付ける容姿顔貌《ようしがんぼう》である。

「――司馬さん、私の顔にクリームでも付いていますか？

そんなに魅入《みい》られると、砂糖菓子のように溶けて無くなってしまいそう」

「いやはや、また未成年者らしい可憐な物言いだ。

僕はまあ、その未成年者らしい旺盛《おうせい》な食欲に讃歎《さんたん》してしまってね」

……ボックス席のテーブルには、まず僕の灰皿とアッサムがあるが、それはまあ居候《いそうろう》みたいなものだ。テーブルの主役は、結子ちゃんのダージリン＋そのガムシロ満載版アイスティー、そして喫茶

『リラ』名物大阪風ミックスジュース＋タラコスパゲティ（大盛り）、加うるに、秋季限定メニューである特製いちじくとぶどうのパフェである。大ぶりにドカドカ、ざくざくと盛られたいちじくの紅と黒、そしてマスカットの緑と紫が、なんとも秋らしく、なんとも瞳に美しい。パフェグラスのスポンジケーキは淡《あわ》く朧《おぼろ》な午後の日射しのようで、パフェグラスの生クリームは気の早い雪のよう。それらを着々と破砕してゆく彼女の頬《ほお》は、ほのかに紅潮し、元々月の雫《しずく》の如《ごと》き白い肌が、月の光に焼かれたかの様《よう》にほんのり朱《しゅ》を浮かべている。ここで僕は気付いた。成程《なるほど》、僕は確かに魅入《みい》っていたようだ。僕は強いて咳払《せきばら》いをし、本題に入る――

「といって、僕が君の顔を観察していた理由はそれだけじゃないよ。
　君の容姿が本件略取《りゃくしゅ》事件において重要なファクターだったからさ」

「あらそうなんですか可愛くない。これすなわち？」

「……これすなわち、君の容姿が、僕をして吉田副署長を疑わしめた理由の第一だから。より具体的には――それこそ僕が吉田副署長を疑う理由となった、君のメール以外の理由の第一だから。といって、気付いた順番なんて記憶していないから順不同《じゅんふどう》だけどね」

「ああ成程《なるほど》――」彼女は悪びれもせず唇のクリームを舐《な》めた。「――序盤戦として、先《ま》ずはテクスト以外から獲《え》られた情報を整理しようと。それって、いつもどおりですね」

「いや序盤戦も何も。これ感想戦だから。そもそも今般は僕らふたりの対局じゃないから。恒例の論理的対局はまさにワン・オン・ワンのリアルタイムの決闘だけど、今般のは……そうだなあ……君が突然、詰《つ》め将棋《しょうぎ》の問題を投げ込んできた様《よう》なものだから。すなわち今般は、出題者と解答者の盤外《ばんがい》戦《せん》。勝負のスタイルが全然違うよ」

「あっ、なら大事なことを確認しておきますが」彼女は超絶的に負《ま》けず嫌《ぎら》いである。「今般のバトルは流局《りゅうきょく》というかノーカンですよね？　断じて司馬さんが私に勝ったのではなく、勝負不成立でノーカンですよね？

　もちろん、これからのこの感想戦で、司馬さんが大ポカをしなかったらの話ですけど」

「もちろんノーカンでいいよ。まさか引き分けでもないしね」

「ええと、それなら私達の勝敗は、この九箇月を通じて私の八五勝七敗二分け……」

「……いやそんな秘《ひそ》かに嫌味な数字を使ったでっちあげはともかく。さあ感想戦として、君のメール以外から僕が吉田副署長を疑った理由を、順不同で整理してみよう。

　第一、今《いま》し方《がた》述べたばかりだが君の容姿顔貌《ようしがんぼう》。こうした略取《りやくしゆ》・誘拐事件の捜査において、その起ち上がりにおいて、肝腎要《かんじんかなめ》の被害者の今の顔写真なり動画なりを入手しようとしないなんて狂気《きようき》の沙汰《さた》だ。いくら君が管内の重要人物であってその個人情報が警察署にファイリング・集積されているとしても、そりゃどう考えても過去のもの。実際、今般だとこの夏場時点のものだった。また実際、君はこうして秋のマイブームとして髪型を大きく変えている。まして君の今日の所持品・荷を確認しないなんてあり得ない。いくら君の常態《じようたい》がその黒白モノトーンの制服であったとして、今日は土曜日なんだから私服の可能性だって大いにあるだろう？　とまれ、そうしたイロハのイを、刑事上がりの優秀なベテラン警察官である吉田警視がすっかり忘れているはずもなし。ところが僕に、そして御実家に何の確認もしないとなれば、そりゃ『先刻御承知』『訊くまでもない』ってことでしかないよ。

　これに強く関連して、第二。先刻《さつき》署長室でも触れたが、『被害者の実家に何のアプローチもしない略取・誘拐事件の捜査』だなんてこれまたあり得ないよね。第一の如《ごと》くに今の君の写真・動画は絶対必要だし、今の君の性癖・生活習慣・立ち回り先・交友関係等々を徹底的に聴取して精査しなければならないはずだ。またそもそも僕は君の親族でも何でもないんだから、犯人の要求・指示は被害者の実家にゆくと考えるのが道理。実際、身《み》の代金《しろきん》の要求があったのだから、被害者の実家と協議しなければならない事柄《ことがら》は無数にある。あと実務的なことを述べれば、この種事件における定番の手法＝警察犬の投入を図るとき（雨や水辺には弱いんだがね）、まあ王道としては君の靴がほしいところだ。そしてそんなもの僕が持っているはずもないし、そんなことを刑事上がりの吉田警視が知らないはずもない。なら吉田警視はそもそも『捜査の必要を感じていない』ということになる。

　またこの実家対策の論点において大事なのは、脅迫メール・要求メールが僕にしか届いていないということだ。重ねて僕は君の親族でも何でもない。国家公務員だからまさか石油王でもカリスマYouTuberでもIT長者でもない。そんな僕に〝御令嬢を預かった〟〝一億円を用意しろ〟も何も無いだろう。少なくとも、そんなメールは君の御実家へ同時並行で送信しなければならないだろう（無論メール以外の手段でもよいが）。ところが君の御実家には何の音沙汰《おとさた》も無い。吉田警視はまるでそれを報告してこないばかりか、これまた写真・動画・靴同様、君の御実家に何の確認もしようとしない。これすなわち『実家を巻き込まなくとも目的は達成できる』『実家を巻き込むとむしろ危険』なる判断があるということだ。言い換えれば、『司馬達と紅露寺結子の関係性を熟知している』『吉祥寺警察署のみで要求金額は支弁《しべん》できる』なる判断があるということだ。そしてそんな判断ができるのは、①署長の近くにいる吉祥寺警察署員であって、②吉祥寺警察署の金庫番である者だけ。そうだろう？

　これに強く関連して、第三。当該《とうがい》〈脅迫メール〉。〝御令嬢を預かった〟の面妖《おか》しさについては触れたが、〝一億円を用意しろ〟も極めて面妖《めんよう》だ。というのも既述《きじゅつ》のとおり、これは僕だけを狙ったものだから。そしてやはり既述《きじゅつ》のとおり、僕にそんな金子《きんす》の調達能力は無い。常識論で解る。しかしそれでもなお僕だけに一億円を要求するということは、そりゃもちろん勝算があってのこと。となれば犯人は僕個人でなく僕の吉祥寺警察署を狙っていると考えるのが筋。ところがノーマルな犯人に――いやノーマルな市民でもいいけど――『警察署にはいったいどれくらいの現金があるんだ？』なんてことが分かるはずもなし。そりゃそうだ。警察署に捜査費なり旅費なりが今現に実際にどれだけあるのかなんて、言い換えればある警察署が犯罪捜査等のためどれだけの現金を有しているのかなんて、犯罪者や犯罪組織に絶対に知られてはならない手の内で秘密だもの。もし秘密じゃないとするなら、犯罪者や犯罪組織が金欠《きんけつ》の時期を狙って悪事を為《な》すに決まっているだろう？　そんなわけで、警察署の現実のお財布事情なんてまさか公開しやしない絶対の秘密だ。ならそれを知っているのは警察署員だけだ。まして今般は、偶然にもとある詐欺事件の検挙に伴い、八、五七二万円もの巨額の現金が我が署に保管されていた。そのことも無論、捜査上の秘密だ。ならそれを知っているのは警察署員だけだ。そしてこの『八、五七二万円』と要求金額の『一億円』とを突《つ》き合《あ》わせてみたとき、『おっ、上手いタイミングで絶妙の金額を提示してきたなあ……』と考えない方がどうかしている。要するにこの『一億円』なる三文字が打てるのは、吉祥寺警察署のお財布事情に精通した者でそれしかない……

　加うるに、犯人の〈脅迫メール〉いわく、〝分かったなら、玄関先の警察官を二人にしておけ〟とのこと。いやもうこの時点で莫迦莫迦《ばかばか》しかったので無視したけど、これまた真正直な犯人というか……いや警察官には真剣な犯罪はできないねえ……そもそも『警察署の入口を警戒する警察官は何人なのか？』『零人《ゼロにん》のときは無いのか？』『交代・強化・繁閑《はんかん》の別はないのか？』等々の疑問は、当該《とうがい》警察署の警察官でなければ絶対に解決できない疑問だよ。僕だって吉祥寺駅前の五菱《ごりよう》ＵＦＪ銀行の警戒態勢なんて知りゃしない。そりゃ当該《とうがい》銀行の現実の勤《つと》め人《にん》でなきゃ分かりゃしない。なら〝玄関先の警察官を二人にしておけ〟なる一五字が打てるのは吉祥寺警察署の署員だ。あとこれは蛇足《だそく》だが、〝警察官〟なる丁寧《ていねい》な言葉遣いも微妙な違和感を生んだ……というのもこれ、実は法令用語にして部《ブ》内《ナイ》用語なのでね。要は、警察官は自分のことを警察官という。いやこれアタリマエな無駄話のように聴こえるけど意外に大事だ。何故と言って、警察官は自分のことを『警官』とは言わないから。警官は一般用語にして口語だから。まさか社内では使わない。これ、ほとんどの警察小説でも誤用されている大事なポイントなんだが、とまれ、〝玄関先の警察官を〟なる律儀《りちぎ》な言葉遣いは、僕に微妙な違和感を感じさせた。

あと〈脅迫メール〉の論点として、〝後の手順は追って知らせる〟なる第四文が挙げられる。僕はこれを読んだときぶっちゃけ、『ああ、大変ですねえ……』と思ったよ。同情したと言ってもいい。何故と言って、この位置情報探索《イチタン》全盛の時代、犯人は君のスマホも自分のスマホも容易に使えないもんね。ところが固定電話も論外だし、パソコンからのメールも論外だ。宅配の類《たぐい》も論外。紙の手紙やレターパックとて、防カメ・ドラレコ全盛の時代にどこで投函するというのか……例えばわざわざド田舎の郵便ポストを使うとして、ド田舎なら車両を用いるしかない、ならNシステム等に引っ掛かる。僕が考えるに、安全な連絡手段などもう存在しないよ。ところが犯人は自信満々で〝後の手順は追って知らせる〟と断言している。なら犯人には安全な連絡手段がある。絶対にメッセイジを僕のところに届ける、安全な手段が。そしてその安全な手段とは僕が考えるに、吉祥寺警察署員を身方《みかた》に付けることしかなかろうよ。連絡行為についての捜査を抑止するという意味においても、また、最も安全な放置・投げ込みあるいは手渡しの手段が可能になるという意味においてもね。そう、犯人は吉祥寺警察署員をスカウトするしかない。すなわち、どのみち吉祥寺警察署員が一枚噛《か》んでいることに変わりはない……

　そしてええと、ああ、〈脅迫メール〉最後の論点。これ今般の君の流儀《りゅうぎ》にならって、空白・余白に意味を持たせるとしようか。すなわち空白の第五行。差出人の名が無い。脅迫者の名が無い。それは面妖《おか》しいんじゃないかなあ。偽名でも仮名でも記号でも何でもいいけど、脅迫者を特定できる情報がないと、脅迫者自身がそれは困るだろうよ。だってこの場合、僕や警察と連絡をとるその都度《つど》――重ねてどんな手段によるか甚《はなは》だ疑問だが――本人確認のため、事実上、『玄関先の警察官二名の者だが……』と喋《しゃべ》らざるを得ないもの。それ以外の情報はあまりに一般的過ぎて、犯人だけが知っている秘密とはまさか言えないもの。いや『玄関先の警察官二名の者だが……』が好きならそれはそれでいいんだ、趣味と主義の問題だから。ただ、反吉祥寺革命戦線とか吉祥寺いのちの教会とか、何でもいいから適当な数文字を五行目に付すだけで、グッと取引はシームレスになる。その数文字を惜《お》しむ理由は僕には解らない。解らないから違和感を感じたし、まして『犯人は警察とシームレスに取引できる』『犯人は警察と安全・確実に取引できる』と感じた。そしてそのような不可思議《ふかしぎ》な自信を有する者は、吉祥寺警察署員を身方《みかた》にしているばかりか、『実際に捜査あるいは捜査の指揮に当たっている吉祥寺警察署員』をこそ身方にしていると感じた。この思考経路は前述のものと一緒だ。

――ふう、これで〈脅迫メール〉の四行いや五行の全てをやっつけたな」

「以上を纏《まと》めると」結子ちゃんはミックスジュースのお代わりを頼んだ。「司馬さんが吉田副署長を疑い始めた理由であって、私のメールの解析結果以外のものは、現在のところ三点。〈私の最新の姿を確認しなかった〉〈私の実家対策をしなかった〉〈脅迫メールが特殊な警察官の関与を示していた〉

――の三点」

「まさしくそのとおり」

「それ以外にもありますか？」

「うんある。

カンタンな方から挙げれば、そう連番にして理由の第四。

そもそも今日は土曜日だ。事実、警察署長の僕ですら私服で吉祥寺駅界隈《かいわい》にいた。それは無論、警察署の責任者として指揮すべき事件事故災害が発生していなかったからだ。それは僕の右腕でもある署No.2の吉田副署長とて同様のはずだ。なら彼女が、本件略取《りゃくしゅ》事件の発生を知らなかった彼女が、事件認知＝午前10時18分の約一五分後にはもう登庁していたことも不思議なら、既にしてバッチリ制服姿だったことも不思議だった。いやその時点では不思議に思ったのみで、違和感までは感じなかったよ。残業の仕方・休日出勤の仕方は人それぞれだものね。だが。これが違和感を過ぎ越して疑惑にまでたかまった瞬間があった。それは彼女自身の〝私的生活でも極めて多忙な時期が続いています〟

なる言葉を聴いた瞬間だ。あっ、この言葉を含む署長室での全てのやりとりは、僕のスマホを介し、結子ちゃんもリアルタイムで傍受《ぼうじゅ》できていたと思うが——」

「はいしっかり聴いていました。今回は出番が少なく暇《ひま》でしたので」

そして成程《なるほど》、私的生活でも極めて多忙な時期が続いている吉田警視が、指揮すべき事件事故災害もないのに、わざわざ制服に着換える手数まで掛けて、土曜日の朝の一〇時あたりから休日出勤をしている——というのはまあ、奇妙ですね」

「それが彼女を疑った理由の第四。

そして理由の第五は、吉田警視が『君のメールの原文を読もうとしなかったこと』『僕のスマホ画面で君のメールの原文を確認しなかったこと』だ」

「ああそれも成程《なるほど》……司馬さんが吉田警視に見せたのは、私のメールのそれぞれをA4一枚紙に転記したもの。まして司馬さんは幾度も、それが転記であってしかも自分の編集が入っている旨《むね》を告げている。特に原文はほぼベタ打ちであること、だから二箇所の改行が特異であることを執拗《しつよう》に警告した。

ここで、吉田警視は刑事上がりの優秀なベテラン警察官。そう、確か決裁書類の誤字を一つも許さない管理職。ならそもそも最重要の証拠である、犯人からの原文を確認しないのは奇妙。また吉田警視は司馬さんを補佐する立場。上司の転記に誤字その他のミス/脱字その他の漏れがないかどうか、司馬さんのために確認する立場。だのに原文を求めないのはやはり奇妙。いえそもそも司馬さんが我流の転記などすること自体が不自然なのだから——ぶっちゃけ私達のような論理的対局でもしないかぎり無意味ですし、見やすくするというなら印字するか原文ママで転記すればよいだけ——その不自然さに対し、自然と『元々のメールも拝読できますか？』といった一言《ひとこと》が出ないのはやっぱり奇妙です。最低限、執拗《しっこ》く念を押された『原文の改行状況』と『転記の改行状況』は、自分の瞳《め》で比較検討しておきたくなるはず。いえ原文がベタ打ちというのならなおのこと、実際にはどこで行が折れているのか、それぞれの文末の句点の処理はどうなっているのか等を、スマホ画面に映ったメールで確認したくなるはず」

「すなわち彼女は実はメールなど読むまでもなかった。すなわち彼女は当事者だった。これが吉田警視を疑った理由の第五になる。

　続いて理由の第六。第五の原文問題に似ているが、彼女の不作為《ふさくい》あるいはサボタージュ。

　彼女は僕との事件検討の初期段階で、犯人が何者かを想定している。それを口に出している。すなわち〝何らかのテロ組織か、何らかのカルト集団か、何らかの反社会的勢力か……〟と発言している。

これにはさすがに強い違和感を感じた。感じざるを得ない」

「それは、私という被害者の属性を前提とした違和感ですね？」

「引き続き鋭い。まさしくだ。君は十七歳女子高生。今日も制服を着て外出している。あと……まあ客観的事実だから指摘してもコンプライアンス上問題はなかろうが、君は美少女だ。物語上自明だが、吉祥寺駅界隈《かいわい》の群衆の中でも容易に識別できるほどの特異な美少女だ」

「好きになってもいいんですよ？」

「いや公務員はその様《よう》な便宜供与《べんぎきょうよ》を受けない。国家公務員倫理法違反で懲戒処分《ちょうかい》だ」

「だってお爺《じい》ちゃん言っていたもの。あと五年もすれば結子の婿《むこ》養子にして衆議院議員の地盤を継がせるって。だから司馬の小僧には女関係を綺麗《きれい》にしておくよう厳命しろって」

「いや便宜供与のレベル上がってますし。まして不当で不名誉な誤解までありますし」

「だって私お爺ちゃんから聴いて知っているもの。司馬さんが二十五歳の頃、瀬戸内の某《ぼう》県でどんな一大スペクタクルラブロマンスを、素敵なピアノを弾く小柄な彼女さんと……」

「おい警備公安警察かよ‼　いやそれより質《たち》が悪いな‼　我が国の官邸はどうなってる⁉」

――と、ともかくも、ええと何だったっけ、そう君は特異な美少女だ。それが略取《りゃくしゅ》なり誘拐なりされてしまった。ならこのとき刑事上がりのベテラン警察官たる吉田署長が、『性犯罪』を想定しないことも面妖《おか》しければ、『性犯罪者』『性犯罪虞犯者《ぐはん》』を想定しないことも面妖《おか》しい。彼女自身の断言によれば、彼女は君の容姿その他のプロフィールを熟知している訳だから、要は特異な美少女だと知っている訳だから、話はよりいっそう面妖《おか》しい……駄目押しをすれば、微妙にコンプライアンス上問題があるが、彼女もまた女性だからね。女性が拉致されたとの一報を受けたらば、そりゃ女性警察官としても女性副署長としても、『性犯罪』『性犯罪者』のことをすぐ考えるだろう。しかし彼女はそれを想定した捜査をまるで意識していない。それを想定した捜査を命じようとも提案しようともしない、むしろそんな想定を全否定までしている。この不作為には強烈な違和感を憶えた。

また、同様に彼女の不作為の問題として。

君の御実家をまるで無視していることは既述《きじゅつ》だが、それに加え、なんと『犯行現場』あるいは『犯行現場付近』の捜査もサボタージュしている。無論、君が拉致された現場など特定できない。ただその可能性が少なくない場所なら分かる。位置情報の履歴で分かる。事実、彼女は君のスマホが最後に位置情報を送信した地点を僕に報告してくれた。なら何故、当該《とうがい》地点及びその周辺を捜査しない？　何故それを提案しない？　君のスマホが遺留されているかも知れないのに？　まして今朝方は台風気味の驟雨《しゅうう》だったよね？　そして犯人はそんな最中、君を車両に押し込めて引き回したんだよね？　なら真っ先に思い浮かぶのは、そりゃ『傘はどうなった？』じゃないかい？　いや押し込めの態様《たいよう》によっては、『靴』だって期待できるじゃないか」

「要は私の落とし物捜査ですね。あともちろん、現場周辺の目撃者さんの捜査とか」

「まさしく。初動《しょどう》の段階で現場において実施すべき捜査は腐るほどある。まして本件犯人は『警察に言うな』とは微塵《みじん》も言っていないのだから、大っぴらに、大々的に公開捜査して何の問題もありゃしない。それがなんと、現場をまるっと放置して署長室で茶飲み話とは。吉田警視の経歴からは考えられないド派手な不作為だ。

――以上、〈性犯罪の可能性を無視〉〈現場の捜査を無視〉が彼女を疑った理由の第六」

「引き続き重箱の隅《すみ》を突《つつ》くような陰湿で粘着的な論証がお好きですね？」

「いやはや吃驚《びっくり》、どの口が言うのか……まして君も聴いていたから解ると思うが、僕はその本家本元さんのこと、もっとステキな言葉でお褒《ほ》め申し上げたと記憶しているけどね？」

「えぇ……単にほんとうのことを指摘して、褒めたとかステキな言葉とか言われても……」

「僕は君のそういう性格はぶっちゃけ好きだよ。まあとにかくこれ、この重箱で陰湿で粘着的で執拗《しつよう》で小賢《こざか》しい流儀《りゅうぎ》、そう一字も容赦しない流儀、眼の前のお師匠直伝《じきでん》ですから。

と、言っている内に。

いよいよ僕が吉田警視を――君のメール以外の根拠から――疑った理由の最後にして第七。王道を最後に持ってきて悪いが、『彼女が犯人しか知らない秘密を知っていた』ことだ。その秘密とはまず既述《きじゅつ》のとおり、①犯人が複数であるという秘密。だって〝犯人ら〟〝犯人ら〟と指折り数えるのが面倒なほど連呼していたし、まして〝（犯人が）複数人で目立つ行動をしたとあらば……〟だなんてダイレクト極まる発言すらあったものね。また次の秘密として、②犯人が男性であるという秘密。だって〝犯人らが直ちに……そう例えば……性的虐待や強姦といった愚かな手段に訴えるとは思えませんが〟なんて決め打ちをしているものね。更に次の秘密として、③被害者＝紅露寺結子が吉祥寺警察署の近くにいるという秘密。だって要旨《ようし》、〝当署は三〇〇名規模の大規模署です。よって警視庁本部の応援を待つことなく、当署のみで電撃的な対処をすることも可能です〟〝ここ吉祥寺区は、隣接する練馬区・杉並区・世田谷区のいずれもより小さいですし〟……なんて感じで口を滑《すべ》らせているものね。いやいや、結子ちゃんのスマホの最後の位置情報が当署管内で発信されたとして、それだけじゃあ結子ちゃんが現に当署管内にいると判断する根拠にはならないよ。それこそ隣接する練馬区・杉並区・

世田谷区にいるかも知れないし、埼玉・千葉・神奈川にいるかも知れない。それが都内なら警視庁本部の仕切りは不可欠だし、それが都外なら関係県警察の協力が不可欠だ。そんなことが、僕の右腕にして番頭にして先輩である吉田警視に解らないはずがない。だのに彼女がらしからぬ失言をしてしまったのは、犯人として『知っている』が故に、副署長としての設定を混乱させたからだ。あと蛇足《だそく》として付言《ふげん》すれば、④今日土曜に仏語のレッスンが開講される予定だったという秘密。それは結子ちゃんと僕しか知らない。だってこの行事、不定期開催だもの。毎週の行事じゃないもの。なら吉田警視は『今日のレッスンは中止でしたか?』『今日は台風混じりですが予定どおりの待ち合わせでしたか?』と訊かなくちゃいけなかった。

——以上七点が、君のメールをまるで取り除くとしても、彼女を疑うに足る理由だよ。

総括すれば、〈結子ちゃんの最新の姿を確認しなかった〉〈結子ちゃんの実家対策をしなかった〉〈脅迫メールが特殊な警察官の関与を示していた〉〈謎の休日出勤を制服でしていた〉〈メールの原文を読もうとしなかった〉〈性犯罪の可能性と現場捜査を無視した〉〈犯人しか知らない犯人の数・犯人の性別・被害者の居場所・予定を知っていた〉——

まさかとは思ったが、論拠が七も重なるとなればね……こういう経験は前にもあるが」

「……司馬さんのお気持ち、お察しします。お勤《つと》め人《びと》としては、ほんとうに悲しいこと」

「あ、いや有難う」僕は驚愕《きょうがく》を懸命に隠した。彼女は成長している。「半年も一緒に戦ってきた右腕を失うのは、苦痛だ。ましてほんとうなら、僕はこうなる前に彼女を救わねばならなかった。彼女の事情の片鱗《へんりん》は知っていたのだから。これすなわち、全て僕の不徳だ。

ましてその不徳が、君を犯罪被害者にしてしまった。君をほんとうに恐ろしい目に遭《あ》わせてしまった。物騒《ぶっそう》な言葉は遣いたくないが、しかし予想外のことは起きるものだ、手違いで君が死んでしまう可能性も、君が死ぬより残酷な目に遭《あ》う可能性も大いにあった。十七歳なる時季にそんな経験をしてしまった君のこころの深手《ふかで》を思うと、どう詫《わ》びても詫び切れない。責任の取り方がない。このとおり頭を下げて、それでどうなるものでもない」

「私の経験について言えば、それは大袈裟《おおげさ》です」

「いやこの上ない事実だ」

「私は好事家《こうずか》です。おもしろい経験が好き。これも楽しんでいました。御存知《ごぞんじ》ですよね？」

「すまない、それは嘘だ」

「だとしても」紅露寺結子は大きな瑠璃《るり》の瞳《ひとみ》を静かに伏せた。「私は絶対に安全でした」

「……また何故？」

VII

「煙草」

「え？」

「全然吸ってないですよね？　特別に許可します。今日は本数制限なし」

「いや、ホントに嬉しいけど気持ちだけでいいよ。これまでどおり、1ターンごとに紙巻き一本。約束は神聖なものだ。それが女性との約束とあらばなおのこと」

「……司馬さんって、変に依怙地《いこじ》ですよね。可愛くない」

「実はそれ、二十五歳の頃からよく言われたんだよなあ……」

「そしてデリカシーも無い」

「なんだって？」

「此方《こちら》の話です。ともかくも感想戦、最終ターンに入りましょう。煙草吸うなら今ですよ」

「最終ターンか」僕はしかし煙を焚《た》こうとは思えなかった。「すなわち、結子ちゃんのメールの解析。それも〈折句《おりく》〉〈掛詞《かけことば》〉以外の、実質的な意味を持つ部分の解析だね」

【午前10時18分】

司馬さん助け　ください。(M_1)
この朝誘拐され長時間引き回されました。(M_2)
身の上は安全で食事や着換えの心配は全くありません。(M_3)
捜そうとしないで
ください監禁場所のセキュリティは完璧です。(M_4)
理由がどうあろうとそうこうしている近い内に殺されてしまいます。(M_5)
あたしの位置がどれだけ遠くても近くても位置情報はとれません捜そうとしないでくださ
い。(M_6)

【午前10時38分】

司馬さん助け　ください。(M_7)
今朝がた背後から一瞬で身動きできなくされました。(M_8)
一瞬でフードみたいなもので覆われ手も動かせなくなりました。(M_9)
差し当たり常識を尊重して取り扱ってもらっていますがどうか捜そうとしないで
くださいぶかぶかの袋を被せられて拘束されています。(M_{10})
捕まってからは差し当たり女だからといって軽視されることなく丁寧に監視されています。
(M_{11})

監禁が長くなれば殺されるでしょうどうか捜そうとしないでください。――（M_{12}）

「実質的な意味を持つものについて、順番に見てゆこうか。

M_2については一部既述《きじゅつ》だが、午前9時55分に吉祥寺駅で待ち合わせをしている君が、仮にその午前9時55分ギリギリに略取《りゃくしゅ》されたとしても――あり得ないがね――引き回された時間はたったの二十三分しかない。なら〝長時間〟は矛盾だ。まして、〝引き回されました〟なる時間的概念を含むフレーズを用いるのなら、実は〝長時間〟なる三文字は要らない。もろ重複になる。一字を容赦しない君が、こんな無駄な重複を許すはずもない。すると重複のうちどちらかは捨て石だ。そしてM_2において自然に削除できるのは〝長時間〟の方だ。まして〝引き回されました〟は実は車両使用を含意《がんい》しているのだから、その意味でも削除できない。よって捨て石は〝長時間〟と決まる。ではこの捨て石の意味は何か？　この捨て石はメールにおいてどんな意味を持つ？　無論、①解読者に『校閲《こうえつ》して削除すべき無駄があるメールですよ～』と告げ知らせるとともに、②検閲《けんえつ》する犯人に『自分はだらだらした文章を書く人間ですよ～』と告げ知らせる意味を持つ。これで全体を冗漫にできる。

M_3についても一部既述《きじゅつ》だが、これは着信が午前10時18分のメールの内容なのだから、〝食事〟は明らかに煙幕《えんまく》で偽装で穴埋めだ。それは、これを削除して〝着換え〟単独にしてしまうと俄《にわか》に唐突さ・違和感が生じてくる点からも説明できる。すると〝食事〟は削除可で本命は〝着換え〟。無論この三文字が言いたいのは『驟雨《しゅうう》に濡れていない』『車両使用』『車両からの乗降でも驟雨に濡れない』という事実。すなわち、君が乗せられた車両は屋根のある駐車場・屋内駐車場・地下駐車場に入ったという事実だ。

M_4の〝捜そうとしないでください〟が削除可であることは既述《きじゅつ》だが、しかしM_4は新規の重要な情報を胎《はら》んでいる……セキュリティが〝完璧〟とはどういう日本語だろう？　この世に、拉致《らち》実行犯にとって〃完璧〃に安全な場所があるのか？　ましてこの言葉の受信者は僕だ、警察官だ。警察官に対して〃セキュリティは完璧です〃と断言するなど余程《よほど》のことだ。そして警察官としての僕が思うに、犯罪者にとってほぼ〃セキュリティは完璧〃なのは海外、完全に〃セキュリティは完璧〃なのはそりゃもう警察施設内、多くとっても監獄内だよ。だって我が国に留まるかぎり、犯罪者が検挙される恐怖を感じなくともよいのは留置場・刑務所しかないんだから。

念《ねん》の為《ため》だがM_5及びM_6は死文。それは論じたとおり折句《おりく》と掛詞《かけことば》を目的とした死文。

ただM_6について付言すれば、『結子ちゃんのスマホが犯人に管理／処分されること』など自明だし、語順があからさまに奇妙だから、強いて言えばM_6によってやはり『校閲《こうえつ》の必要がありますよ～』『私はだらだらした変な長文を書きますよ～』という点がアピールされる。まあ、拉致されて引き回された被害者の心情を踏まえれば、おかしな文章を打つ方がむしろ自然だしね。

二通目のメールに移ってM_8だが、これは僕が思うに出色《しゅっしょく》の出来映《できば》え。〃背後から〃〃一瞬で〃〃身動きできなくされました〃……それどんな神業《かみわざ》で名人芸なんだ。どうやら怪我《けが》をした／怪我をさせた様子もない。〃背後から〃だから凶器も見えない。しかし凶器による『死』『重傷』の恐怖を感じなければ、〃身動きできなくされました〃とはならない。なら結子ちゃんには凶器が分かったんだ。見えもしないのに分かったんだ。視覚情報によらずして分かったんだ。なら聴覚・嗅覚・触覚で理解したんだ。なら凶器は刃物じゃない。一般論としては音も立たなければ匂いも無いから。たとえナイフをパチリと出しても、残念ながら〃今朝がた〃は秋の驟雨《しゅうう》、音が聴こえるかどうか疑問だし、金属製の刃物がコツリと背に当てられたとして――切《き》っ先《さき》でも刀身《とうしん》でもいいけれど――〃一瞬で〃その恐怖を理解することができるかどうか。まして結子ちゃんは絶対に傘を持っている。これは犯人にとっての大前提。なら傘による死《し》に物狂《ものぐる》いの抵抗は当然に予想される。そんな結子ちゃんを〃一瞬で〃無力化して拉致する際、市販のナイフだの包丁だのに頼るかどうか。ましてこのM_8は僕に対してのメッセイジなんだ。結子ちゃんは警察官に対して、『ヒトを背後から恐怖で一瞬にして身動きできなくする、そんな音や匂いや感触を持つ凶器ってな〜んだ？』と問うている訳だ。いやいや、M_8こそは恒例の論理的対局にこそふさわしい出色《しゅっしょく》の出来《でき》映え。じっくりと吟味《ぎんみ》すれば〝背後から〟〝一瞬で〟〝身動きできなくされました〟の一九字は『油が匂う拳銃を、撃鉄をガチャリと鳴らされながら突き付けられたホールドアップ』を意味すると解る……

M_9もよく練られている。そもそもM_8〝身動きできなくされました〟が既出《きしゅつ》だから、M_9の〝手も動かせなくなりました〟は重複なんだ。そして結子ちゃんの重複に無駄はない。なら〝手〟を強調したいことは明白。まして〝フードみたいなもので〟〝覆われ〟も重複だ。フードはそもそも覆う物なんだからもっと刈り込める。ならこの重複にも意味がある。〝フード〟をどうしても言いたいし、〝覆われ〟も〝手〟も不可欠なんだ。ましてこれも〝一瞬〟の内のこと……さて、『手を固定する』『一瞬で固定する』『それをフードで覆う』。これも謎々だね。この状況・状態が意味するものは？　いや、君が何故かM_9で頑《かたく》なに隠している、〝一瞬で＋フードみたいなもので覆われ＋Xによって＋手も動かせなくなりました〟のX、すなわち固定具とは何か？　これもホールドアップ同様、絵面《えづら》が瞳《め》に浮かぶなあ。だって誰だってニュースやドラマで視たことあるもの。もう語るも烏滸《おこ》がましいが、Xは手錠だ。結子ちゃんはこれを言いたいが為《ため》に、重複でしかないM_9の字面・配字をでっち上げたんだ。

M_{10}は折句《おりく》と掛詞《かけことば》のための死文だが、ただ〝拘束〟なる小難しい二文字には『縛られてはいませんよ、拘束具は縄じゃありませんよ、手錠ですよ』と駄目押しする意味がある。

M_{11}もまた死文だが、どうにも〝差し当たり〟が浮いている。何が差し当たりなのか、何故差し当たりなのかサッパリ解らない。そもそも語順に疑問がある。これも『校閲《こうえつ》してくださいアピール』の一環だね。

最後のM_{12}も、M_{11}と同様だ。〝どうか捜そうとしないでください〟が執拗《しつこ》すぎる。何度言えば気が済むんだと。これが既述《きじゅつ》のとおり『削除してください』『刈り込んでください』と訴えていることは自明で、むしろ君のメールを読んだとき、いちばんあからさまに『私の文章は変です』と主張しているのはこの〝捜そうとしないでください〟系のリフレインだよね。

――以上、これらが君のメールの実質的な意味だ。ああC《セー》.Q《キュー》.F《エフ》.D《デー》.」

C.Q.F.D.――Ce qu'il fallait démontrer. 証明終わり《スクイルファレデモントレ》、だ。だがしかし。

「王手です」

「……は？」

「私の王手で、しかも王手詰め。司馬さんの負けです」

「意味が解らない。今のこれは勝負じゃない。少なくとも僕らの勝負じゃない。百歩譲ってそうだとして、一手目が王手でまして王手詰めだなんてあり得ない」

「嘘です」

「い、いや常識論だろ……」

「神は細部《デユウスカツシユダンレデタイユ》に宿る。まして今、神は空白の細部《デユウスカツシユダンレデタイユヴイツド》に宿る。どうしても白《しら》を切り投了《とうりょう》しないと言うならこう言い換えましょう――

何故いま、司馬さんはM_1及びM_7を解析せずに無視したんですか？

司馬さんが、私のメールの十二文のうち、敢えて二文だけ手も触れなかったのは何故？

それは御自身が署長室で仰有《おつしや》っていたとおりです。

すなわち〈無意味の意味〉〈真空のポテンシャル〉〈虚数の活用〉――

そう、余白にこそ意味を持たせた新境地《しんきょうち》です。

よって**最終定理、司馬さんは私のメール十二文のうち最も重要な二文を理解している。**

すなわち、M_1及びM_7とは」

「それこそ言葉にしなくてもいい余白じゃないか？」

「なら投了しますか？」

「負けました」

「やっと勝てた……この九箇月間で、やっと一勝。

私《わたし》戦利品として、井の頭公園での紅葉狩《もみじが》りを希望します!!　もちろんボートも!!」

「是非《ぜひ》もない」

Ⅷ

錦秋《きんしゅう》。

紅葉《もみじ》の錦《にしき》。

吉祥寺を象徴する井《い》の頭《かしら》公園は、春の桜も見事だが、秋の紅葉もまた絶品だ。

モミジの紅《くれない》。イチョウの金。

ソメイヨシノやハナミズキ、ドウダンツツジ等々が赤の無数のヴァリエイションを織り。

シラカバ、カラマツそしてカツラ等々が金の無数のヴァリエイションを織る。

紅《くれない》、赤、朱、桃、橙《だいだい》、ピンク、金、山吹《やまぶき》、檸檬《れもん》、土、茶……

その妙《たえ》なる錦《にしき》が、常緑樹の緑をアクセントに、僕らの瞳《ひとみ》をいよいよ秋色に染め上げる。

秋の錦は自らを大きな大きな井《い》の頭池《かしらいけ》に映し出し、湖面に幻想的な鏡紅葉《かがみもみじ》を描く。

（雨後《うご》の紅葉《もみじ》とは、かくも美しいものか。艶《つや》やかに濡れた秋の錦の、なんと蠱惑的《こわくてき》なこと）

僕が、金木犀《きんもくせい》と桂《かつら》の香りに酩酊《めいてい》していると。

僕の一歩前を先んじて歩いていた紅露寺結子が、黒い蚕《かいこ》、黒い繭《まゆ》、黒い絹を連想させる繊細な黒髪のポニーテイルを、いさぎよく大きく掻《か》き上げた。秋の香りが彼女の香りに道を譲る。旧知の異国の甘苦い檸檬《れもん》のような香りが、金木犀《きんもくせい》と桂《かつら》の香りを、いや紅葉の錦をそして鏡紅葉を、たちまちのうちに上書きしてゆく……

（二十五歳の、あのとき……）僕は彼女の背を見遣《みや》った。（……自然な流れで身を固めていたとしたら、まさにこんな娘が持てた勘定になる。僕のようなエゴイストが、まさか子を持てなかったことを嘆《なげ》くとは。ヒトは変わる。人間生きていれば、思いがけない心模様《こころもよう》の変化があるものだ。あるいはそれが老いなのか）

「黄昏《たそが》れていますね」彼女は髪を大きく跳ね上げて顧《ふりかえ》る。「とっしょりさん？」

「そうかもね。井の頭公園でも僕でも、夏が過ぎれば秋が来、そして冬を迎えるから」

「そうしたらまた春が来ます」

「それは二十五歳の、いや十七歳の特権さ」

「――そういえば」

「ん？」

「肝腎《かんじん》のフランス語のレッスン、すっかり忘れていました。

せっかくですから、五分ほど御指南《ごしなん》いただけませんか？　そうですね、仏作文を」

「それは全然かまわないけど――歩いたままでかい？」

「はいお願いします。私が仏語で喋《しゃべ》りますから、ミスを添削しつつ和訳してください」

「今の君の実力からしてミスを犯すとは思えないが、おもしろい、いいだろう」

「じゃあいきますよ――Après la pluie, le beau temps」

「雨の後にはよい天気。〝艱難汝《かんなんなんじ》を玉《たま》にす〟〝人生捨てたもんじゃない〟かな」

「Il faut de tout pour faire un monde」

「世界に無駄なパーツは無い。強いて言えば〝どんな経験も宝〟〝人は宝〟だろうか」

「次はちょっと長いですよ、分けてゆきます。

Quand même je marcherais au milieu de l'ombre de la mort…」

「ええと……〝私が死の陰《かげ》の只中《ただなか》を歩くときでさえ〟」

「…je ne craindrai aucuns maux」

「〝私はどんな悪も恐れはしない〟」

「Parce que vous êtes avec moi」

「〝何故なら私には……〟

いや御免《ごめん》、ちょっと解らないや、意味が」

「白紙答案ですか。また真空のポテンシャルにして白地《しろじ》の意味？」

彼女は故意《わざ》と大きく微笑《ほほえ》んだ。

それはそうだ。

〝何故なら私にはあなたがいるから〟——それこそまさにM_1とM_7の意味だから。

M_1とM_7は、脱字さえ作れるならあとは死文。なら内容なんて何でもいい。例えば名宛人《なあてにん》の名前だけでも、差出人の名前だけでも、いや極論、『前略』『日付』だけでもいい。しかし彼女は……唾棄《だき》すべき赤の他人複数に読まれることを重々承知で、あんな赤裸々《せきらら》な言葉を紡《つむ》いだ。誇りたかい、人に膝《ひざ》を屈することなど是《ぜ》としない彼女が。恐怖に一所懸命耐えるなかで。一字一文を容赦しない彼女の、それが真っ先に訴えたかった心の叫び……

（まして事件被害者たる彼女はM_1とM_7で、僕を警察官とも警察署長とも扱わなかった。

それが〝さん〟の二文字に宿った彼女の神）

「Parce que vous êtes avec moi. だから私は今日絶対に安全でした。先刻《さっき》断言したとおり」

「──あっそういえば結子ちゃん、〈人生時計〉って概念、聴いたことある？」

「あからさまな誤魔化《ごまか》しで逃げだと思いますが、まあ乗りましょう。断乎《だんこ》知りません」

「それが若さ。人生時計っていうのはね、人生を一日に喩《たと》えたとき、『自分は今何時《なんじ》を迎えているのか？』を表してみる概念。その計算方法はシンプル。今の年齢を3で割る──

だから。

結子ちゃん、君はまだ午前六時すら迎えてはいない。君の春はまさにこれからだ。

他方で僕は、もう午後二時を過ぎ午後三時すら視野に入る。そろそろ店仕舞《みせじま》いの時。

だから。

愛情にも様々な質感があるし、まして、愛情と友情とを混同するミスを……」

「Les grands diseurs ne sont pas les grands faiseurs」

「〝口を動かすより手を動かせ〟……っていやそりゃマズいだろ」

「そして、著名な格言にして今日の最終定理。

Ce que femme veut, Dieu le veut」

「〝女が欲することは、すべて神の欲すること〟……すなわち、女性には叛《さか》らうな」

「なら司馬さんが為《な》すべきことをしてください、今」

（……最終定理）僕は彼女にむきなおり、彼女の手をとり、彼女の瑠璃紺《るりこん》の瞳を見詰める。（Il n'y a pas d'âge pour réapprendre à vivre, on ne fait que ça toute sa vie. 〝人生を変える好機はいつも今日。人生は変える為《ため》にある〟）

僕は彼女の顔に自分の顔を寄せ。

その美しい額《ひたい》にそっと接吻《くちづ》けた。

C.Q.F.F.《セーキユーエフエフ》──Ce qu'il fallait faire. 状況終了《スクイルファレフェール》。僕としては、任務完了だ。

「……かなり違いませんか？」

「いや精一杯がんばったよ？」

「野暮《やぼ》」

「神と君とが欲することは、君の人生時計が午前八時近くになったら再考しよう」

「あっそれってシンデレラみたい!!」

「えっそうかな？　ちょっと趣旨が解らないが……」

俄《にわか》に喧燥《はしゃ》いだ彼女の左瞳《ひだりめ》から、僕には絶対に意味を解析できない涙が一粒、落ちた。

――――終幕

冬の章

I

とある土曜日。

東京都・吉祥寺《きちじょうじ》区。

時刻は、午前一一時を過ぎたあたり。

場所は、もう一年以上もお世話になっている喫茶『リラ』。吉祥寺駅から徒歩一〇分強。

――そうだ。

私が吉祥寺警察署長・司馬《しば》達《とおる》警視正とここを用いる様《よう》になって、もう五つめの季節を迎える。最初にこの不思議な警察官僚と出会ったのが、冬。あれは師走《しわす》のことだった。あれは東京らしからぬ、大雪の日のことだった。

だからよく憶えている。

どこか役人らしからぬ、どこか文学青年のような、どこか自分も他者もどうでもよい感じで浮世離《うきよばな》れした、その第一印象も。出会いの日の言動の端々《はしばし》がさっそく醸《かも》し出した、まさか歳《とし》の頃《ころ》四十を過ぎたところとは思えない、その稚気《ちき》と童心《どうしん》と諧謔《かいぎゃく》も。

ほんとうによく憶えている。

というのもそれは今、出会って五つめの季節を……だから再びの冬を……迎えている私が、ずっと変わらず感じていることだから。私はふと窓の外を見遣《みや》った。折《おり》しも雪が舞っている。そう、再びの冬。ただこの再びの冬も暦《こよみ》の上では遠からず終わる。だからだろうか、出会ったあの日そのままのような大雪じゃない。まるで何かの舞台のしめやかな情緒のごとき、深々《しんしん》と、切々とふる大人しい雪だ。

（冬が過ぎ、また冬が来、それもじき去ってゆく――）

……私は感傷的な人間じゃない。時々、自分でも嫌になるほど。時々、自分は何かを欠損《けっそん》した異常者なのだと思えるほど。そう、私は論理的でありたい女だ。非論理的なことは、いっそ不正義だとも思う。ただしかし。

（それがひょっとしたら幼さで、だから私が世界を知らない子供だ……ということかも知れない。

それを私に感じさせたのは、眼の前にいる不思議な官僚だ……大人だ）

ひとが大人か子供かは、私思うに年齢とはまるで関係が無い。ひとの精神の成熟は、実際の歳月そのものによらずその密度による。だから、私はこのひとが歳《とし》の頃《ころ》四十過ぎだというだけで成熟を、つまり大人であることを感じたりしない。当然、私が十七歳の女子高校生だというだけで未熟を、つまり子供であることを感じたりしない。まさかだ。世間と世界がどう認識しているかは別論、私が精神的には四十歳過ぎどころか更に老成している、と自認している。傲慢《ごうまん》に断言すれば、私は私ほど老成しているひとにこれまで出会ったことが無い――このひと、司馬達《とおる》警視正をのぞいては。司馬達の前で私は、あるいは司馬達のことを考えると私は、突然に幼くなる。幼くなってしまう。

「ん？　どうしたの結子《ゆいこ》ちゃん？」すると眼前の司馬さんがいった。「僕の顔に生クリームでもついている？」

「そんな莫迦《ばか》な」

――私は失笑してしまった。テロリスト数多《あまた》の取締りに辣腕《らつわん》をふるった、警備公安警察のスペシャリストがいう言葉ではない。私はこの惚恍《とぼ》けた官僚のプロとしての顔を知っている。それはそうだ。私の祖父は内閣官房長官、我が国危機管理の大元締《おおもとじ》めだ。

「司馬さんの顔に生クリームがついているとしたら、それはお仕事で必要なときだけでしょう。司馬さんの言動に無駄なことなんて無いんだから。この一年強で痛感しています」

「お褒《ほ》めに与《あずか》り光栄……って、いや僕はそんな人を食った陰険なおとこじゃないよ？

この一年強、ここ喫茶『リラ』で君の家庭教師を務めてきた身の上としては、いささかならず悲しい評価だなあ。達《とおる》ちゃん泣いちゃう、ぐすんぴえん」

「そういうところが人を食っているんですよ」

「ともかくも今日の実力テスト、あと五分未満で採点が終わるからしばしの猶予《ゆうよ》を。

あっ、全然遠慮していないとは思うけど食べて食べて。せっかくの喫茶『リラ』冬季限定メニュー二品だ。恩着せがましくいえば僕の奢《おご》りだから!!」

——店舗いちばん奥の、気取らないアンティークの品々に埋もれるようなボックス席。そこが司馬さんと私の、もうすっかり定着した定位置だ。そしてボックス席のテーブルには成程《なるほど》、司馬さんが率先して頼んでくれた特別メニューが二品ある。〝とちおとめとあまおうの黒糖カスタードタルト〟と〝アプリコットと檸檬《れもん》ジャムの紅玉アップルパイ〟だ。そして既に一年強、この喫茶『リラ』に通っている私は、ここの季節限定メニューがいずれも女子高生を殺しかねないほどの匠《たくみ》の絶品であることを知り尽くしている。しかしながら私は未《いま》だ、二品のどちらにもフォークを入れていなかった。

何故と言って。

「司馬さん」

「——何？」

「私、今日は何か御褒美《ごほうび》をいただけることとしましたか？

季節限定メニューだなんて、ここでの仏語テストで余程《よほど》の結果を出したときか、私達のあの遊技で余程《よほど》の対局がたのしめたとき——そんなときしか御馳走《ごちそう》していただけないのがここ一年強の慣《なら》わしでしたが？」

ここ喫茶『リラ』に私達が通うのは、私の家庭教師たる司馬さんから、私の留学にむけたフランス語のレッスンを受けるため。これが主目的。そのレッスンは月に二、三度と決めていたから、ここ一年強でもう四〇回近い数をこなしていることになる。けれど実は、私が途方もなく楽しみにしているのは、今《いま》私が触れた〝私達のあの遊技〟の方なのだった。

すなわち、私達のいう〈論理的対局〉。

これはフランス語のレッスンとはまるで関係ない。正確に言えばほとんど関係ない。

具体的には、その日たまたま耳に挟むなどした、興味深い日本語の特定のフレーズをピックアップして、当該《とうがい》フレーズから、論理のみで驚嘆すべき結論を導き出す——という推理遊技だ（ただ司馬さんは何故か〈推理〉という言葉がどうにも嫌いのようだ。警察官なる職業と何か関係があるのだろうか？）。

——この〈論理的対局〉の例を挙げよう。例だから何でもいい。例えば今《いま》し方《がた》私が発言した〝私、今日は何か御褒美をいただけることとしましたか〟でもいい。あるいは司馬さんの発言した〝恩着せがましくいえば僕の奢りだから〟でもいい。こうした短いフレーズから、その論理的解析から、発言者の真意を、しかも途方もない真意を推理……いや証明してゆこうというのが、私達のいう〈論理的対局〉だ。

そうした短いフレーズの一言一句を分解し篩《ふるい》にかけ精査して再構築し、『エレガントな証明』をして、発言者が隠している『エレファントな結論』を見出《みいだ》す。フレーズを幾つかに分け、小フレーズごとターン制をとり、司馬さんと私が代わる代わる先手後手《せんてごて》を務め、代わる代わる対局相手を説得してゆく。最終的には、自分の証明こそが正しいと対局相手に認めさせる……無論、自分の証明する『エレファントな結論』こそが真実であると認めさせる……

人様《ひとさま》からすれば酔狂《すいきょう》極まる、それはまさに字義どおりの遊技だ。

ただしかし、実はフランス語のレッスンと全く無関係という訳でもない。

というのも、司馬さんと私は語学あるいは言語について、一緒の信条を分かち合っているから。これすなわち〝神は細部に宿る《デユウスカツシユダンレデタイユ》〟……いや〝神は一語に宿る〟である。一言一句を疎《おろそ》かにする者は語学をやる資格が無い。言語に対し真摯《しんし》でない。なら人間に対し真摯でない。何故ならヒトの想いとはこれすべてコトバだからだ。ヒトとヒトとが解り合おうとするのなら、それはすべてコトバによるしかないからだ——それが司馬イズムであり、今や紅露寺《こうろじ》結子イズムともなっていた。

（といって。

絶対に口に出したくないけど、この一年強での〈論理的対局〉の勝敗は無様《ぶざま》なもの……司馬さんときたら、絶対に口には出さないけど間違いなく憶えている筈《はず》。

すなわち私達の対戦成績は、一勝六敗で私の大負け）

——よって今日あたり、どうしても対局を挑んで二勝目を捥《も》ぎとりたい。

私の留学は、海外留学の常として夏からだ。半年後からだ。だから喫茶『リラ』でのフランス語のレッスンの機会はまだまだあるけれど、一年強で七戦のペースなのだから、残り半年で三戦できるかどうか……いや絶対にあと六戦はしたい所だけど、兎《と》にも角《かく》にも今日、対局を挑まないことには機会が惜しい。ところが。

（司馬さんは奇異なことに、確かもう二、三回あとで実施するはずだった、実力テストをいきなり仕掛けてきた。そう、司馬さんからもらって、今やボロボロになるまで使い倒している仏語原書のテキストには、まだ終えていない単元が幾つかあるにもかかわらず……抜き打ちの実力テストを仕掛けてくるだなんて、この一年強で初めてのことだ。

だから今日は、何のレッスンも無かった。

まして心なしか、その実力テストを採点する挙動《きよどう》もどこかしら焦燥《しようそう》を、ううん緊張を感じさせる。この飄々《ひようひよう》としたひとのこんな様子、この一年強で一度、在ったか無かったか。そう、私がとある犯罪の被害者になってしまったあの日あの時以来の、この緊張感……）

おまけに既述《きじゅつ》のとおり、まだレッスンや対局で何の結果も出ていないのに──例えば実力テストは今まさに採点中だ──喫茶『リラ』の季節限定メニューがしかも二品、いきなり注文されるだなんて。

（ここに来る前、そう今朝、祖父が独りブツブツと新聞を読みつつ呟《つぶや》いていたあのフレーズと併《あわ》せ、奇異なことだらけ。

そして不可解なことにはいい全て理由がある――

これもまた、司馬さんと私が分かち合っている大事な信条だ）

……それは犯罪被害者だった私の命を救った信条でもある。だから私は急いで訊《き》いた。

「司馬さん、今日は何か御用事でもあるんですか？」

「ええっ、というと？」

「どこかしら普段と違う感じだから、諸々《もろもろ》」

「ああ!!」司馬さんは採点に勤《いそ》しみながら、瞳《ひとみ》を伏せたまま答える。「生徒に気を遣わせる様《よう》では、僕も人様《ひとさま》の教師としてまだまだだね。不快な思いをさせて御免《ごめん》。実は今日、これからここで片付けたい役所仕事が唸《うな》るほどあって。我が社の諸々《もろもろ》の書類、年度末にむけて作成整理しなきゃいけない諸々《もろもろ》の書類、急に締切を早めなくちゃいけなくなって。署長としての宿題だね。それで今日、ほらこうして鞄《かばん》にたくさんの書類を詰めてきたんだ」

どことなく分かる。仕事関係で何かあるのはホントだろうけど、言葉の端々《はしばし》に嘘《うそ》が匂う。

「そうなんですか。それ、その黒い鞄、待ち合わせでも道すがらでも気になっていました。

この一年強、司馬さんがそんな剛毅《ごうき》な鞄を持ってくるの、一度も見た事がないから。ましてこの一年強、司馬さんがそんな丁寧に三《み》つ揃《ぞろ》いのアイロン掛けをしているの、一度も見た事がないから」

「いやスーツの方は、独身の勤め人《にん》としてまさに土曜にクリーニング行きだから、ドレスコードにいささか反しているのは御容赦《ごようしゃ》いただきたく。君の着た切りす……じゃなかった君の常装《じょうそう》にしてトレードマークである、その黒白モノトーンのセーラー服みたいな訳にはゆかない……」

ただ鞄の方は、まあそうだよねえ、こんなフラ」

司馬さんは採点を終えたか、赤のペンをぽんと置き、いったん言葉を切ると胸元の煙草《たばこ》を捜す。司馬さんは無類の愛煙家だ。

「フランス語の教材が二〇冊は入ろうかという無粋《ぶすい》な鞄、とても普段遣いはできないね」

「ホント重そうですね？」

「いや、こう見えて飛行機にも持ち込みできるギリギリのサイズ。すなわち手荷物だ。だから見た目ほど重くはならないし事実さほど重くはない」

「ともかく、御用事がおありなら今日は早仕舞《はやじま》いでしょうか？」

「実はそうしたい」司馬さんは警察官ゆえか、決断も決断を告げるのも速い。そうした変な遠慮の無さも、私がこのひとに……まあ、懐《なつ》いている所以《ゆえん》だ。「今現在、一一一〇《ヒトヒトヒトマル》。普段ならば正午過ぎに、ランチを終えるまでがレッスンだが、今日はこの実力テストのフィードバックを終えたらその時点で締めよう。そして君を先に帰す。僕は独りで宿題をこなすよ」

そもそも街は雪景色、大雪ではないにしろ渋滞気味。東京が雪に弱い街だというのは、純血種《じゅんけつしゅ》の東京っ子にして純血種の吉祥寺っ子である結子ちゃんがよく知ってのとおりだ」

「……解りました」

私の家は吉祥寺駅西口から直線距離で約八〇〇ｍに過ぎないが、司馬さんは私の靴や服や髪のことを心配してくれたのかも知れない。

（特に髪は――これまた私のトレードマークであるロングロングストレートは――秋のマイブームだ

ったシュシュのポニーテイルをやめ、冬らしいカチューシャ姿に変えている。それくらいは、幾ら何でもとっくに気付いていているだろうから）

　とまれ、『雪が強まるかも』という危機管理もまた司馬さんのお仕事だ。警察署長は受け持つエリアについて常時・無限の治安責任を負うから。司馬さんがレッスンを早仕舞いすることには理由がある。だから私は苺《いちご》タルトとアップルパイの処理速度を速めた。

「司馬さん、食べながら訊いて御免《ごめん》なさい。実力テストの方、結果はどうでした？」

「いや見事なもんだ、結子ちゃん。結果はなんと九八点。やや苦手だった冠詞も、ケアレスミスが目立った条件法も、ほとんど教えていなかった単純過去形もまるで問題がない」

「えっ、ならマイナス二点って何ですか？」

「単語の綴《オルトグラフ》りが五箇所間違っていたから――これはあからさまに油断――僕の悲しい心境の値段が、まあ二点。五点を引くには忍びない感じなので。

　ただフランス語の勉強って、結子ちゃんも骨身に染みているとおり、書き取り《ディクテ》に始まり書き取り《ディクテ》に終わるんだ。よって綴《オルトグラフ》りのミスって実は致命的なバロメーターではあるんだよね。同音異義のまあ多いこと多いこと――」

「すなわち、神は一語に宿る」私は私達の信条を口にした。「とりわけ、三年の大使館勤務をこなされた司馬警視正にとっては」

「いやたかが三年程度で言語を論じる資格などありはしないが、ましてたかが仏検準一級でしかないから尚更《なおさら》だが、ただ神が一語にそして一字に宿るのは、疑うべくもなく世界の真実だよ。一字を見逃す者は、疑うべくもなく世界を見逃す者だよ。

　とはいえ――

僕の小賢《こざか》しさあふれる意地悪な試験で実質パーフェクトとなれば、準一級レベルであることは確実だし、教科書的な内容のみならず生活常識的な内容もできるだけ伝えてきたから、もう一級に近いと自信を持っていい。要するに君は今や聴く・読む・話す・書くのオールラウンダーだし、語彙《ごい》とて余裕で六、〇〇〇語に達するはず。夏からの留学だけど、現地での生活＋学問に大きな不自由は感じないはず。これすなわち」

「これすなわち？」

「現地での生活＋学問に大きな不自由がないこと。そのレベルにまで到達させること。これこそ僕が紅露寺《こうろじ》官房長官と約束したミッションだった。今とうとうそのミッションが果たされたということさ。頑晴《がんば》ったね、おめでとう」

Ⅱ

「……そ、そんなに率直に褒《ほ》めてくれるの、初めてですね」

「かも知れない。僕はひとに気に入られたくて教師を務めている訳じゃないから」

「率直に嬉《うれ》しいです。御褒美《ごほうび》に次の春休み、いよいよパリで実地試験をさせてください」

「――なんじゃとて？」

「いえ春休みといわず、私の方は今日只今《こんにちただいま》でも飛べますが」

「そ、そりゃ官房長官令孫《れいそん》の結子ちゃんなら資金には不自由ないだろうけど――」司馬さんは煙草に火を着けるのも忘れ狼狽《ろうばい》した。「――で、でも時間に不自由はあるだろう。まだ高校二年の三学期が残っているし。だろう？」

「いえ私は重ねて準備万端です」

「そ、そうだねえ……」司馬さんは火のない煙草をただ咥《くわ》えながら。「……全国を渡り鳥する役人の僕が、吉祥寺警察署長を拝命《はいめい》して一年四月かあ。ならそのプランも無下《むげ》に却下できないかな。いやそうでなくとも、現地の後輩にお世話させることはできるだろう、ちょうど信頼できる、適任の女性がいる。といって暇人《ひまじん》ではないから、時期はしっかり調整しないと迷惑になるがね。重ねて、君にはまだ高校二年の三学期が残っているし」

「もし御紹介いただけたら私、リモートで相談したいです早速」

「当該《とうがい》後輩の女の子に？　春休みとかの渡仏のことを？」

「そもそも司馬さんが信頼なさる方《かた》なら、渡仏のことを別論としても、現地の暮らしとか時事問題とか、留学準備に役立つお話を伺《うかが》えそうですから。いえ、この日本で日常的に仏語を話すひとを見出すのはかなり難しいので、ただ単に仏語でお喋《しゃべ》りをさせて頂くだけでもとてもよい勉強になります。もし御迷惑でなかったら、書き取り《ディクテ》の練習だってできる」

「成程《なるほど》、至極御尤《しごくごもっと》もだ。重ねて彼女は暇人《ひまじん》ではないが、時間の都合が調整できたなら、この店で君と僕とが取り組んできた、これまでの様《よう》なレッスンとはまた違った有意義な学習ができるだろうね。いや君の渡仏がどうなるかは兎《と》も角《かく》、うん成程《なるほど》、至極御尤《しごくごもっと》も……

さて、そうすると。

結子ちゃんの希望もあるし、実力テストもバッチリだったし、長官からのミッションも果たせたしで、これまでの様《よう》なレッスンは締《し》め括《くく》ってよいだろう。なら春休みにしろ何時《いつ》にしろ、次に会うときはもうその制服姿じゃないかも知れない。

だから重ねて言うよ。この一年強ほんとうによく頑晴ったね。君は自分を誇っていい。

そして君のような生徒を持てたことは、確かに僕の誇りだ。誇りをくれてありがとう」

……私は断じて感傷的な人間じゃない。時々、自分でも嫌になるほど。

ただ私は褒められて育った人間でもない。代議士令孫《れいそん》なんてそんなもの。だから……

「司馬さん」私はハッと瞳《ひとみ》を伏せ目を瞑《つむ》った。紅露寺結子は人様《ひとさま》にこんな瞳を見せはしない。それにしても〝誇り〟だなんて。なんて私に効く一語。「て、テーブル、テーブルのスマホ、ぶるぶる震えていますよ」

「……ああいけない、電話だ」そして司馬さんも瞳を伏せ煙草に着火する。その挙動《きよどう》は雄弁だった。なんて陳腐《ちんぷ》なメロドラマだろう。まったく私達らしくない……「失礼してここで受けるね、しばし御《ご》免《めん》」

思わず洟《はな》を啜《すす》り上げようとした私。

まるでその音を隠すかの如《ごと》く、とても明朗快活に電話を受ける司馬さん――

「ああもしもし司馬です。

いや大丈夫。宿題は今《いま》終える所だ。まさか忘れちゃいない。だから君も予定どおり、時間どおりでいい。そうそう。もう締切も締切。むろん今日渡さなきゃいけないし、むろん今日引き継ぎたい事柄《ことがら》もある。存外、コメントが多くなりそうだ……あと、かえって君には迷惑かも知れんが、警察は儀式好き儀典《ぎてん》好きな役所だ、僕の方で粗品《そしな》を用意させてもらった。ま、引っ越し挨拶のタオルみたいなものだね。いや実際、つまらないものだから気にしないでいい……

えっコゼニ？　ああ小銭。小銭《こぜに》ね。今は全く持ち合わせがないが、署長官舎にはそれなりにある。キレイに大掃除をしたばかりだから間違いない。諸々《もろもろ》と一緒に処分を頼まなくてよかった……署長官舎はタクシーで五分程度だから、配車アプリで車を呼べばすぐ回収できる。そりゃそうだ、小銭がたくさんあるに越したことはない。駅だのバスだのですぐ必要になるもの。そう、まごまご荷を転がして列車へ乗り継いだりするのはとても物騒だ、ましてや国鉄駅が絡《から》むのならなおさらだ。小銭がたくさんあるに越したことはない……ただね、時代がかった昔々の硬貨ばかりだったら堪忍してくれ。というのも僕、二十歳代の若い頃からその都度《つど》その都度《つど》貯金箱に入れておいたものだから、あっは、今現在じゃあもう、両替することすら無理かも知れないな。

あっそうそう、署長官舎といえば住まいの件だが……って!! うわっと!!」

「司馬さん煙草の灰!! 三《み》つ揃《ぞろ》いを爆撃しちゃいます!!」

司馬さんは灰のブリッジが落下限界点を迎えている煙草をあわてて灰皿に投じた。この常時しれっとした警察官僚もさすがに吃驚《びっくり》したか、発話のペースが奇妙に乱れる。無類の愛煙家としてはめずらしいことだ――ここまで明朗快活に人と喋ることも、だけれど。

「て、鉄路の新幹線で二時間の地方とくれば、なんく……難癖じゃないが何区《なにく》にせよ住宅情報が乏しい。存外、ホテルかアパートホテル暮らしが長引くかも知れない。役所に頼るわけにはゆかないし、諸事《しょじ》お役人大国のやることだ……

だって例えば、そうあの警視庁に行政手続の申請書類を提出したって、どのみち何の連絡も返ってきやしないんだもの。痺《しび》れを切らして此方《こっち》から出むけば、『そんな申請は受理していません』とか『その申請はまだ審査中です』とか『あと半年は覚悟してください』とか平然とのたまう。非道《ひど》い仕事さ。そんなお役人大国だもの。

なら此方《こっち》も鷹揚《おうよう》にかまえて、住まいのことも諸手続《しょ》もそう、月単位で考えるしかないね。検事さんみたいに一箇月もあるなら別論だが、僕らときたら十日もありゃしない。僕なんぞ、御用納《ごようおさ》め発令で御用始《ごようはじ》めに赴任した経験がある。あのときは業者の怒ったこと怒ったこと……」

この後しばし、会話のターンが電話の相手方《あいてかた》に移ったようだ。うん、うん、そうだね等々と、司馬さんが相槌《あいづち》を打つだけの時間が長くなる――司馬さんはようやく態勢を立て直した感じで、新しい細身の煙草に火を灯《とも》した。

そこに油断があった。すなわち。

いよいよ通話が五分を超えようとしたとき、だから司馬さんの相槌も尽きた感じになったとき、だから、通話者双方が必要な情報交換を終える雰囲気が伝わってきたとき——

詰まる所、どうでもいい時候の挨拶《あいさつ》等々で電話を締めるべき段階に至ったとき。

私の鼓膜《こまく》は司馬警視正が発したとある一文をとらえた。とらえてしまった。

〝……ならなおさらだ〟

文の語尾までを聴き終えた、そのときの私は。

自分の瞳《ひとみ》の内で、そう司馬警視正がよく〝とても濃い瑠璃紺《るりこん》の瞳〟〝サファイア顔負けに輝く瞳〟と無駄なお世辞をいうそんな瞳の内で、青い青い炎が一気にきらめいては直ちに眼球すべてで激甚《げきじん》に燃え猛《たけ》るのを感じた。その制御できない戦意の焔《ほむら》は、瞬時の内に、私の脳内で何度も何度も繰り返して当該《とうがい》とある一文をあざやかに再生させ続ける。

〝……ならなおさらだ〟

——この一文は、油断だった。

司馬警視正の油断以外の何物でもない。何故と言って。

(私が今《いま》感じた、この感覚。私が今《いま》感じたこの衝撃。

これこそは神が宿るフレーズの感覚にして衝撃だ。

細部に意味が充ち満ちている様《よう》な文。真実への道を突き詰めてみたくなる様《よう》な文。

……司馬さんと私がこの一年強、合計七戦を戦ってきた論理的対局の数々で、その口火となった数《あま》多《た》の、神宿るフレーズとまるで一緒のこの質感《マチエール》)

「さて、取《と》り敢《あ》えずの打合せは、まあこんなところかな」そして成程《なるほど》、司馬警視正は締めに入った。

ここまで油断しているのなら、マジメに話すべき内容など既に無い。「最後の確認だけど、宿題は今《いま》終える所。まさか忘れちゃいない。だから君も予定どおり、時間どおりでいい。この程度の雪なら、渋滞も心配ないだろうから。どのみち終点まで。間違える心配も無い。

それじゃあ遠からず。諸々《もろもろ》頼むよ、どうもありがとう」

司馬警視正は電話を切り、スマホをサッと撫《な》でるやそれをテーブルに置いた。

そしてそのまま、安心したかのように大きく紫煙《しえん》を吸い込み、宙空《ちゅうくう》に紡《つむ》いでゆく。

この一年強ずっと変わらない、私の顔や髪を徹底して避けるベクトルで。

……ただ今の私は、司馬警視正のそんな仕草がむしろ挑発にすら思えた。

いい、もし私の直感が正しければ、そんな仕草も今日の言動も、全てが悪辣《あくらつ》極まる挑発なのだ。

まだ十七歳の私にとって、一年強はまさか短い歳月じゃない。

そしてこの一年強は、まさか淡泊《たんぱく》な歳月じゃなかった。

このひとの存在が、このひとの作用が、それを途方もなく濃密にしてしまったのだ。

(もし私の直感が正しければ、司馬警視正は……)

「結子ちゃん?」

(……無論、この油断の一文を、神宿る一文の真実を論理で王手詰めにする必要はあるが)

「結子ちゃん?」

(まして、そうだ、ここに来る前の今朝のこと。

何の偶然だろう、祖父もまた奇異なフレーズを発していた。

何の偶然なのか、司馬警視正の今のフレーズと酷似する構文をとる、奇異なフレーズを。

今朝の段階では、文脈が無かったから何の衝撃も受けなかったけれど……

『司馬警視正の言動』なる文脈が補われた今、祖父のフレーズもまた神宿るものとなる。

神宿る、ふたつのフレーズ。酷似する構文をとる、ふたつのフレーズ。

偶然は、掛け算されれば必然になるのだ。ならこのふたつのフレーズは、必然的に発されたものなのだ。必然的に発された、神宿る不可解なフレーズ……

そして。

不可解なことには全て理由がある。この場合挑発的な理由がある。

ならば。

私の採るべき行動はたったのひとつ……）

「……結子ちゃん？」

「あ」

「と、突然どうしたの？　上《うわ》の空《そら》で、何か難しいことを考えている様《よう》だったけど……？」

「思わず長考《ちょうこう》に入るところでした」

「いや入っていた様《よう》な。今日の実力テストで何か解らない箇所でも？」

「いえ、不可解なことは自分で王手詰めにします。私、今日はそう決断しました。

司馬さん曰《いわ》く、そう〝これまでの様《よう》なレッスンは締《し》め括《くく》ってよいだろう〟とのことですし、〝今日はこの実力テストのフィードバックを終えたらその時点で締めよう。そして君を先に帰す。僕は独りで宿題をこなすよ〟とのことですから、私はこれで失礼します」

「えっ、まだ苺タルトもアップルパイも、どっちも半分以上残っているのに？

成程《なるほど》、僕にはこれから仕事があるが、でもあとちょうど三〇分は、だから一一時五五分までは一緒にいてくれて全然大丈夫だけど……結子ちゃんが喫茶『リラ』の季節限定メニューを完食しないだなんて、そりゃ雪でもふる椿事《ちんじ》……いや、だからもうふっているのか？」

「司馬さんにもさほどのお時間は無いでしょうが、よろしかったら食べてしまって下さい。

それではいったん失礼します。また遠からぬ内に」

「あっ結子ちゃん!!」憤然《ふんぜん》と立ち上がったかも知れない私の顔を見上げ、司馬警視正はどこか焦燥《しょうそう》した声を発した。「な、なら一分くれ。頼み事がある」

「――何でしょう」

「いやね、今その大きなリュックに仕舞《しま》った、君のその仏語のテキスト。嬉しいほどボロボロになるまで使い倒してくれている、その原書の教科書なんだけど。

僕は家庭教師をする土曜日が来る都度《つど》、いいや授業準備とかで君のことを考える都度《つど》、あまりにボロボロなその様子を思い浮かべては、とても誇らしく思ったものだよ。それが君にとって大事なものだというのは当然だけど、実は既に、僕にとっても大事なものなんだ。そうだね、紅露寺結子を象徴するもの、とでも言おうか……

だから。

もし不都合がなかったら、それをしばらく僕に貸してはくれないか。ちょっと思う所があって。ただ勉強に支障が出るのなら、家庭教師として無理にはお願いできないが」

「……返してはくださるのですか?」

「返す……ああそれは当然だ、君の大事なものだから、君の手元に残るようにする」

「いつ」

「ええと……返す時期?」

「はい」

「それは、遠からずだ」

「遠からず、ですか」先刻から誰もが多用している。便利な言葉だ。「解りました、どうぞ」

「ありがとう。誓って大切に扱う」

「それはそうでしょう。まだ何か御用《ごよう》がありますか?」

「今日この日には、もう無い」

「……雪で足元が悪いです。どうぞお気を付けて。

今後の予定をどう組むのか解りませんが、実は私にも宿題ができました。すぐにでも取り掛かるべき課題が。その成果・結果は遠からず、お会いして報告できると思います。

それでは」

「寒いから躯《からだ》に気を付けてね」

「はい」

Ⅲ

私は喫茶『リラ』を出ると、祖父譲《ゆず》りのコートを思いきり翻《ひるがえ》して吉祥寺駅に赴《む》かった。

成程《なるほど》、このくらいの雪であれば非道《ひど》い渋滞の心配はない。なら私のルートは定まる。

——そもそも、目的地はこの上なく明確だ。この上なく明確に特定できる。

(よって私が採るべきルートは、たったのふたつに締《しぼ》られる)

私は喫茶『リラ』から徒歩一〇分強の距離にある吉祥寺駅に、徒歩五分強で飛び込んだ。私は純血種の吉祥寺っ子だ。地上も地下も、どのコースが最短かは肌身《はだみ》に染み着いている。駅構内またしかり。

私は駅に突入してから二分を掛けず、目指すホームへ駆け上がった。

断而敢行《だんじておこなえば》、鬼神避之《きしんもこれをさく》。

そもそも私は〝今日只今《こんにちただいま》にでもパリにゆける〟なんて提案をするほど、まあ、せっかちなおんなだ。年若いから短慮《たんりよ》なのだと自覚してはいるが、でも年若いからこそ巧遅《こうち》より拙速《せっそく》をえらべるのだ。とっしょりの手札には巧遅しかないのだから。小僧小娘の立ち位置なら、迷ったときは直球勝負。指《さ》し筋《すじ》ならいつも攻め手《せ て》。目的のためシンプルに、ストイックに。それが十七歳の特権だろう。詰まる所、私は司馬警視正よりずっと強引な手段に訴えることができる――年若いから。この弁解を今の歳《とし》、そして今《いま》使わずしていつ使うというのか？

そう、断而敢行《だんじておこなえば》、鬼神避之《きしんもこれをさく》。

恐らくは論理の神の御加護《ごかご》ゆえ、私が駅ホームへ駆け上がった刹那《せつな》、オレンジ色の快速電車がするとすべりこんで来た。雪の土曜日なので激しく混んでいるが、今惜《いま》しまれるのは時間。レモン色の各駅電車では話にならない。私はドアも選ばず電車内に押し入ると、押しくら饅頭《まんじゅう》の傍《かたわ》ら、すぐスマホで路線検索を開始した。すぐに電車も動き出す。

（私に許された、ふたつのルート。詰まる所は、山手線内回りか外回りかの選択に尽きる。いずれも、所要時間なら約一時間と一緒だが――

スマホによればこの時刻、微妙に『山手線外回り』の方が速い。七分速いと出た）

これで私の下りるべき駅、使うべき駅も決まった。

これから三〇分はこの電車に乗り続けることも決まった。

これすなわち、これから三〇分は熟考できることが決まった――

（無論、〈論理的対局〉の熟考が。

私の直感が確かなら、私達の最終戦となる〈論理的対局〉の熟考が。

……最終戦にするなんて絶対に許せない。まして勝ち逃げするなんて死んでも許せない）

そんな私がこの三〇分で断行すべきことはひとつ。

（一人将棋の、目隠し将棋――）

司馬警視正が盤《ばん》の前にいない以上、私が先手後手《せんてごて》のいずれをも務める一人将棋しかない。生《なま》の言葉が紡《つむ》がれ記憶に刻まれない以上、脳で棋譜《きふ》を想像してゆく目隠し将棋しかない。

――上等だ。

独り立ちというのなら、この〈論理的対局〉最終戦、私独りでやってやる。司馬警視正とのどんなキャッチボールもなく、最も美しい棋譜、最も短い手数で王手詰めにしてやる。

（そう、一人将棋の目隠し将棋だ。

司馬警視正には全くそんなつもりなど無かったろうけど――実はこれが、これこそが、今日の抜き打ち実力テストの真打《しんう》ちになる。ならば私は一二〇点満点をとる。負けましたと、投了《とうりよう》ですと、衆人環視のなかで土下座させてやる。

――私をこうまで子供扱いして見括《みくび》った報《むく》いを受けさせてやるんだ）

私はこの決意に満足しつつ、しかしそれが私憤《しふん》であること……要は私が怒っていることに、激しい途惑いと羞恥を憶えた。それは神宿る文が焚《た》きつけたあの青い青い炎でなく、知らず両頬《りようほお》を紅潮させているとおりの赤い赤い炎だった。私はその赤い炎を認めたくなかった。だから強いて、あの青い炎を思い出しそれに意識を集中させた。細部に意味が充ち満ちている様《よう》な文、真実への道を突き詰めてみたくなる様《よう》な文が焚きつける、理性と合理の炎の方へと強いて意識を集中させた。

（先《ま》ずはテクストを固着させなければならない。テクストを客観化・固定化しなければ）

Ⅳ

〈論理的対局〉の前提として、いわば〈対局前整理手続〉が行われなければならない。

私達の〈論理的対局〉は、①興味深い特定のフレーズをピックアップし、②当該《とうがい》フレーズから論理のみで驚嘆すべき結論を証明する――という推理遊技だから、そもそも証明の基盤・土台となる特定のフレーズが、可能なかぎり客観的かつ明確に書き起こされなければならない。要は、これからいじくりまわす日本語のテクストが、可能なかぎり『固定』『セッティング』『数式化』されなければならない。証明問題の問題文がそもそも間違っていたら、証明するも何もないから。

そうしたテクストの客観化・固定化を図るのが、〈対局前整理手続〉だ。

そして今回――物語上自明のことだが――この手続の対象となる文はふたつある。

無論、私の内に青い炎を灯した、司馬警視正が発した文。

あと喫茶『リラ』に出掛ける前、今朝祖父が発した文。

――取り敢えず前者をT_x、後者をT_yと置こう。

これまで私の記憶の内にしか無かったT_x（司馬文）・T_y（祖父文）を改めて脳に書き付ければ、それぞれ次の様《よう》になる。

T_x――〝冬が七時間か八時間かはもう忘れたけど、男でもまるまる十五時間は長すぎる。ましてやビジネスにしないならなおさらだ〟

T_y――〝二年以上もやるビジネスなのに一週間とは短い。ましてや表紙が緑ならなおさらだ〟

（……先刻《さっき》感じたとおり、偶然だとは思うが、ほんとうに構文が酷似している。ましてや共通する単語があるばかりか、共通する概念もある）

言うまでもなく、共通する単語は『ビジネス』、共通する概念は『時間・期間』だ。

ただその精査・解析は対局本番でやる。

整理手続で必要なのは、書き起こしたテクストが、ほんとうに発話されたテクストそのものかどうかの見極めだ。ここで特に漢字表記の妥当性や、同音異義語の処理が問題になる。時として――話し言葉では常に量子論的に揺らいでいる――句読点の位置や有無も。とはいえ……

（これも論理の神の恩寵《おんちょう》か、T_xもT_yも極めて『安定』している。極めて固着している）

T_xの冬、七時間、八時間、忘れた。T_yの二年以上、一週間、短い、表紙、緑。まさか同音異義語はなく——強いて言えば〝表紙〟には〝拍子〟があるが緑の拍子などこの世に存在しない——よってそれらを漢字で表記してしまっても問題ない。

ここでT_xについて、『発話者の司馬警視正が各単語をひらがなで喋ったのか漢字で喋ったのか？』は、それこそ当人のみぞ知る脳内処理だが……しかし健全な社会常識で考えて、T_xの各単語は私が今《いま》思い浮かべているとおりに漢字変換されるしかない。強いて言えば〝まるまる〟を〝丸々〟とした可能性や、〝ましてや〟を〝況してや／増してや〟とした可能性、〝長すぎる〟を〝長過ぎる〟とした可能性、そして〝なおさら〟を〝尚更〟とした可能性は残るが……たださいわいなことに同音異義語が無いのだから、漢字にしていようがひらがなにしていようが文は同義。テクストの客観化・固定化に何の支障も及ぼさない。あと下らないことだが、〝ビジネス〟に同音異義語はないしこれをカタカナで脳内処理しないことはあり得ない。更に下らないことだがそれは英単語でなく日本語の単語である——そんなの実際の発音からして当然の事理《じり》だ。そう、〝おとこ〟が例えば〝音斗子《おとこ》〟でないことも。

加えてT_y（祖父文）についても同様の整理をすると、やはり健全な社会常識で考えて、T_yの各単語もまた、私が今《いま》思い浮かべているとおりに漢字変換されるしかない。無論、〝ましてや〟〝なおさら〟はT_xとどんぴしゃりで一緒の問題を胎《はら》むが……でもT_xとどんぴしゃりで一緒の解決ができるから、結果何の支障も生じない。それはそうだ。構文が酷似しすぎているから一緒の問題が生じるのだ。当然の事。

（ただこれ、この酷似。

どう考えても偶然の一致とはいえ——司馬警視正には今朝私の家でどんな会話がなされたか知る術《すべ》はなく、特にその節回《ふしまわ》しを知る術《すべ》などない——でも何と言うか、あまりに『出来過ぎている』。ニッキー・ウェルトが聴いたら泣いて喜びそうだ）

とまれこの祖父文T_yは、司馬文T_xより遥《はる》かに『固着』している。日常会話で〃緑〃を〃碧〃と脳内変換する確率が零《ゼロ》に近しい以上、漢字・ひらがな・カタカナの脳内変換に、私の案以外の方法はあり得ないからだ。そもそもT_xさえ揺らぎが少ないが、このT_yにあっては揺らぎを許さないほど客観化・固定化されている。あとやはり下らないことを執拗《しつこ》くいうと、T_yの〃ビジネス〃問題についても、T_xとどんぴしゃりで一緒の解決ができる。言うまでも無いが。

（――よし、これで整理手続は終わりだ。だから両文は、書き言葉《エクリチュール》としても定まる）

私の原案と結論は一緒だが、もう一度整理手続を終えた両文を脳内に書き付けておこう。

T_x――〃冬が七時間か八時間かはもう忘れたけど、男でもまるまる十五時間は長すぎる。ましてやビジネスにしないならなおさらだ〃

T_y――〃二年以上もやるビジネスなのに一週間とは短い。ましてや表紙が緑ならなおさらだ〃

ここで更に、句読点について検討しておく。といって、『発話者が脳内で句読点を打ったかどうか？』は検討する必要がないし検討する実益もない。それは音としてのリズム、書としての区切りの問題に過ぎないから。要は文の意味内容に深刻な影響など及ぼさないから。だから、ここで私が句読点について検討したいのは『発話者が脳内で文をどう分割していたか？』である。

それは当然、テクストを適正・適切なフレーズにまで分解し、よって『困難を分割する』為《ため》だ。比喩《ひゆてき》的に言えば、物質を分子にまで――性質維持上、もう分割不可能な最小単位にまで――分解し、それら個々の性質を検討するほか、それら相互の作用を検討する為《ため》だ。物質からトップダウンで演繹的《えんえきてき》に導かれる意味内容と、分子からボトムアップで帰納的《きのうてき》に導かれる意味内容のいずれもを、動的に・力学的に検討する為《ため》だ。

要は、『全体から個へ』＋『個から全体へ』――このダイナミックな論理的操作が、私達の論理的対局では欠かせない。それは司馬警視正と私がこの一年強、七度の対局で執拗《しつよう》なまでに実戦・実証してきたとおりだ（なお今《いま》し方《がた》の比喩を用いれば、個々の単語は原子になると言えるだろう。これが、フレーズなる分子を構成する訳だ）。

そうした戦術から、先《ま》ずは困難を分子にまで分解してみる。

そこでは、発話者が脳内で打った句読点が手掛かりとなる。

まず司馬文T_xだが、私は、司馬警視正が句読点を二箇所打ったと解釈した（文末の句点《くてん》はカギカッコ内では用いられないことから省略）。だから、司馬警視正がT_xを3の分子に分解したと解釈した。

そして結論から言えば、社会通念上それが妥当で正解である。T_xに3あるどのフレーズにしろ、それ以上句読点を打って分解すれば、もう分子でなくなる。性質維持ができなくなる。例えば〝冬が、〟〝七時間か八時間かは、〟〝もう、〟〝男でも、〟〝ましてや、〟〝しないなら、〟等々と読点《とうてん》を打ってしまえば、これらだけではフレーズの性質維持ができなくなる。ここで無論、『性質維持』というのは日本語としての意味の維持、伝達すべき情報の維持のことだ。〝冬が〟〝もう〟等々だけでは解釈もへったくれもない。それはもう分子でなく原子だ。原子では、分子の性質も物質の性質も解りはしない……

次に祖父文T_yだが、これまたテクストが異様に酷似している以上、検討すべき内容と検討しおえた結果は、司馬文T_xとほぼ一緒である。T_yの脳内句読点は一箇所。だから分子たるフレーズは2。それ以上の分解は原子を生むだけで、意味解釈の実益がない。

（そうすると、司馬文T_xと祖父文T_yは結局、次のように分割できる。

テクストを構成する分子たるフレーズをそれぞれT_1、T_2、T_3等と置けば、要は——）

【司馬文T_x】

〝冬が七時間か八時間かはもう忘れたけど〟————T_1

〃男でもまるまる十五時間は長すぎる〃――――T_2
〃ましてやビジネスにしないならなおさらだ〃――――T_3

【祖父文T_y】
〃二年以上もやるビジネスなのに一週間とは短い〃――――T_4
〃ましてや表紙が緑ならなおさらだ〃――――T_5

整理手続が、終わった。

証明すべき真実の土台となる『お題』『設問』『出発点』が今、固着したからには。

（いよいよ最終戦、司馬達《とおる》との対局開始だ。

第八局、持ち時間二三分……

いや五分以内に終わらせてやる。九五手《て》で君の負けだ、吉祥寺警察署長・司馬達《とおる》くん）

V

大前提として、司馬文T_xと祖父文T_yは連動していない。連携していない。

理由は言うまでも無いが、①両文は別個独立の機会に発されたものだし、②発話者両者の同席のもと発された訳ではないから。駄目押しするのなら、③祖父文は『独りブツブツと新聞を読みながら呟《つぶや》かれていた』もの。独り言に他者との連携があろう筈《はず》もない。例えば孫の私がそれを聴いていたという確証すら持てはしない。

――と、すれば。

(取り敢えずの所、T_xとT_yは別個独立に解析してゆく必要がある。

言い換えれば、一方の意味内容の解釈に、他方の意味内容を用いるのは禁じ手だ。

とはいえ……

九五手での投了図《とうりょうず》。もし私が直感的に描いたこの対局の終わりが正しければ、別個独立した連携なき両文は、偶然にもどんぴしゃりで一緒のイベント、一緒の物語についてコメントをしたものだと証明される……筈《はず》だ。この意味において、別個独立に解析してゆくべき両文は、それぞれを適切・正確に解析し終えたとき、そうそのとき初めて、あざやかな連動・連携を見せるだろう。

換言《かんげん》すれば、各個撃破を終えたそのとき、両者の相乗効果が生まれる筈《はず》。

裏から言えば、その相乗効果が見出せないとなれば、私の証明が誤りということになる)

――とまれ、今の最優先課題は各個撃破だ。私はさっそく、T_xの解析を開始した。

句読点の検討で、既に困難は分割されている。

しかしT_xの文意解釈はいまだ困難だ。一読しただけではまるで意味が解らない。

なら、更に困難を分割する必要がある……

(ここで着目すべきは、原子としての〝ビジネス〟だ)

無論のこと、司馬警視正は警察官、公務員である。そして私はこの一年強で知っている。警察官は職業柄、身分を秘するため日常会話では警察組織を『我が社』と呼びがちだ。他方で、警察の仕事のことをまさか『ビジネス』とは呼ばない。これは私の経験論に過ぎないが、経験論以上の論拠も出せる――健全な社会常識からして、そもそも公務員は営利を目的としないし、そもそも警察官は犯罪の犯人や犯罪の被害者と恒常的に接する特殊な公務員。犯人の検挙も被害者の保護も、まさか『ビジネス』ではない。もし警察官が、まして警察署長がそれらを『ビジネス』と呼ぶのなら、バレたとき舌《ぜっ》禍《か》として職すら追われるだろう。狡猾《こうかつ》な司馬警視正はまさかそんなリスクを冒しはしない――私という純然たる一般市民の前ではなおのこと。まして、このことについては実に新鮮な傍証《ぼうしょう》さえある。先刻《さっき》喫茶『リラ』で、宿題がある宿題がある云々《うんぬん》とのたまっていた司馬警視正は、警察のビジネスについてハッキリと〝仕事〟という用語を用いていた——しかも複数回。

（なら結論として、**T_3の原子〝ビジネス〟は、司馬警視正の『仕事』のことではない**）

するとこの〝ビジネス〟は他者の仕事のことか？　例えば、電話の相手方《あいてかた》の？

——否《いな》だ。私は否と解する。

というのも、原子〝ビジネス〟を含む司馬文T_3は、明らかに司馬文T_2と直接連動しているからだ。

ここで、T_3とT_2とを掛け合わせれば、シンプルな言い換えで、

　もしビジネスにしないときは＋男でもまるまる十五時間は長すぎるのに＋もっと長すぎることになる

と同義置換《どうぎちかん》できる。この同義置換に誤りは無い。副詞〝ましてや〟が『よりいっそう』『さらに』『もっと』という意味であることは日本語の字義そのままだし、接続助詞〝なら〟が『仮定』『条件』『理由』を意味することも日本語の字義そのままだから。しかし。

（……これ、ほんとうに奇妙な文だ。〝ビジネスにしないとき→十五時間は長すぎる〟）

このままではまるで意味が解らない。ならこの数式を変形する必要がある……

どう変形するか？

例えば、さかしまにしてしまえばどうなるか？

『AでないときBだ』なら、『AのときBでない』となる筈《はず》だから、T_2とT_3は要は

　もしビジネスにするときは、男でもまるまる十五時間は長すぎず、もっと長すぎることもない

という文になる。この変形・操作に誤りは無い。そして。

（うん、やっぱりこの〝ビジネス〟は他者の仕事のことではない。よって電話の相手方《あいてかた》の仕事のことでもない。まるで否《いな》だ）

――仕事をする勤《つと》め人《にん》が、〝まるまる十五時間〟も要するタスクを、自分の判断で『ビジネスにする』『プライヴェートにする／非営利にする』選択権を持っている筈《はず》がない。いや、念《ねん》の為《ため》に可能性をつぶしておけば、仕事をする自営業者であっても、ううん自営業者であるならなおのこと、取引先との契約等を無視して『プライヴェートにする／非営利にする』ことなどできはしない。

億を譲《ゆず》って――勤め人でも自営業者でもいいが――もし仮にそんなデタラメな選択権を有しているとして、①ビジネスとしてやるタスクに要する時間と、②プライヴェートで／非営利でやるタスクに要する時間が、まさかどんぴしゃりで一緒の〝まるまる十五時間〟である筈《はず》もなし。何故、プライヴェートで／非営利でやるタスクを〝まるまる十五時間〟固定の所謂《いわゆる》縛りプレイでこなさなければならないのか。もし自由な選択権があるのなら、〝まるまる十五時間〟なる用語がまるで意味を成さなくなる……

（よって結論。

T_3の原子〝ビジネス〟は、電話の相手方《あいてかた》を含む他人一般の『仕事』のことではない）

要は、この〝ビジネスにしないなら〟（T_3）の〝ビジネス〟は、社会通念でいう仕事をまるで意味しない。では何を意味するか？『仕事でないビジネス』なんて存在するのか？『仕事でないビジネス』なんて矛盾ではないか？

（ここで、この〝ビジネス〟を更にギリギリ詰める。

T_x全体を見渡したとき、否《いや》が応《おう》でも浮き彫りになる、非常に特徴的な用語を使って）

これすなわち、〝男〟〝男でも〟だ。

この原子〝男〟は刮目《かつもく》に値する。T_xの中でもトップクラスの実用性《じつようせい》を有するから。

どのような実用性か？

——確定的な対義語を有する、という実用性だ。

いやまだ言葉が足りない。確定的にして、最も代表的な対義語を有すると言わねばならない。試みにスマホで検索を掛けてみれば、対義語の例示としてはまずそれが出てくる。

当該《とうがい》対義語。すなわち〝女〟。

これに疑いの余地は皆無《かいむ》だから、先の同義《どうぎ》置換《ちかん》文は、更に次のように同義置換できる。

　もしビジネスにしないときは＋男でもまるまる十五時間は長すぎるのに＋女ならもっと長すぎることになる

——男にとっても〝まるまる十五時間〟は長時間。女にとっては〝まるまる十五時間〟はなおいっそう長時間。T_2×T_3の展開で、この解釈は正しい。するとこの〝まるまる十五時間〟とは何なのか？それは男も女も同様に体験するもので、かつ、女にとってはより負担・不便となるものだ。ここでそれが『負担』『不便』だというのは、〝長すぎる〟の語感から明確である。もし発話者が、その十五時間を有利で嬉しいものととらえているのなら、〝十五時間は長すぎる〟どころか〝十五時間もある〟〝十五時間も使える〟〝十五時間も余裕がある〟となるのが道理だろう。よってこの〝まるまる十五時間〟は、負担・不便となるネガティブなものである。執拗《しつよう》に確認しておくと、男よりも女にとってよりいっそう負担・不便となるネガティブなものである。

するとここで、これが一般論であることに注意する必要があろう。

ただ単に、裸で〝男〟なる一般名詞が用いられている以上（まして事実上〝女〟も用いられていると考えてしまってよい）、これは例えば、特定の個人たる山田太郎氏や佐藤花子氏について述べたものではない。男一般と女一般のまさに一般論だ。無論、T_xの発話者は男たる司馬達《とおる》警視正ゆえ、T_xなかんずくT_2は司馬警視正個人の主観を基準としたものだが——しかし絶対に、司馬警視正個人のみに適用される話をしていない。絶対に。というのも、それならばT_2は〝僕でもまるまる十五時間は長すぎる〟〝警察官でもまるまる十五時間は長すぎる〟等々となるからだ。するとここでの結論は

〝まるまる十五時間〟は、男一般・女一般にとって負担になる

〝まるまる十五時間〟は、男一般より女一般にとっていっそう負担になる

と、こうなる。これもまた同義置換《どうぎちかん》の範囲で、誤り無い。

（こと時間的負担について論じるとき、男一般と女一般で何が違う？

いや、そもそもこの世の一般論において、男と女の差異とは何か？）

まして〝ビジネスにしないなら〟（T_3）、女一般の時間的負担はより過酷《かこく》となるのだ。

そしてこの〝ビジネス〟が社会通念でいう『仕事』でないことはもう証明されている。

加えてこの〝ビジネス〟が、縛りプレイというか所与《しょよ》の前提・ルールとして確定的に〝まるまる十五時間〟を要することは、T_3・T_2本文と先の検討からもう自明。

（そしてつい先刻、司馬警視正が電話の相手方《あいてかた》にあれこれ伝えていた言葉。言葉の数々）

――私は喫茶『リラ』における司馬警視正の片言隻句《へんげんせきく》を幾つか思い浮かべながら――だから既にして〝ビジネス〟の真意を決め打ちで確定しながら――より客観的な補強証拠を求め、スマホで所要の検索を掛けた。

（国語辞書だと――〝ビジネス〟すなわち『仕事』『職業』『事業』『商売』とある。

ただ無論、これら全てはT_3にいう〝ビジネス〟ではない。

そこで事典にまで検索範囲を展《ひろ》げれば、これは……）

①『商談』『商取引』『売買』『商売』

②『仕事』『職業』『業務』

③『商業活動全般』『経済活動全般』

（これらも全て排除できるが……しかしそれゆえに、私の求める答えが明確になる）
④『接頭語として、仕事の用に供される物品、サーヴィスに付けて用いられる。ビジネスホテル、ビジネス便、ビジネスクラスなど』
――この補強証拠で、私は既に確信をいだけた。

ただ対局者・司馬達なら、紫煙《しえん》とともに冷笑するだろう。そして私のこの指《さ》し筋《すじ》を直ちに殺そうとする筈《はず》だ。これまで七局を戦い抜いてきた私には、その声も脳内で聴ける――『辞書にあるから僕の言葉がそれを意味するだなんて、本末転倒を飛び越えて既に博奕《ばくち》だねえ。まして、僕がそう指摘しなければしれっと指《さ》し進めようとするのはイカサマ博奕《ばくち》だ』とかなんとか。そしてその反駁《はんばく》・抗議には成程《なるほど》理由がある。私とて美しい棋譜《きふ》を目指す者。まさかそんな博奕《ばくち》だけに頼りはしない。無論のこと、更なる補強証拠がある。満を持して登場してくれる、決定的な証拠が……

（すなわちT_1、〃冬が七時間か八時間かはもう忘れたけど〃）

私が敢えてT_1に触れてこなかったのは、T_2×T_3の組み合わせ・掛け算をして初めて、そういよいよ（T_2×T_3）×T_1が計算できるようになって初めて、司馬フレーズT_1が意味を持つからだ。T_1そのものがまるで不可解な上、T_2・T_3にはもっとエッジの利いた、〃男〃〃まるまる十五時間〃〃ビジネス〃なる用語がある。なら、T_x全体を攻略しT_xを王手詰めにする際、（T_2×T_3）を足掛かりにして臨むのはこの局面での定跡《じようせき》といえよう。

そう、満を持して登場するT_1。

――ここで第一に、T_1にいう〃七時間〃〃八時間〃と、T_2にいう〃十五時間〃は、同じ『時間』なる用語を用いていながら、概念としてはまるで別の意味を有するものである。それはそうだ。既に証明済みだが、〃十五時間〃の方はタスク処理に要する時間。〃ビジネス〃に伴って要する長い時間。これすなわち、『四〇秒で支度《したく》しな』『私に一分間時間をください』等々と同様、一定のタイムスパンを意味するもの、何かの所要時間の一般論である。だから結局、『十五時間ずっと』と言い換えられるものだ。

しかし他方で——T_1の言い振りからもう明白だが——T_1にいう〝七時間〟〝八時間〟とは、一定のタイムスパンを意味するものではない。それもそうだ。何故と言って、

①T_1の時間は季節によって変動するものだから

同じタスク処理に要する時間が、季節なる要因で、しかも漠然とした〝冬〟なる幅広かつ不特定な要因で、一時間も変動するとは考え難い。ここで司馬警視正なら、『極寒なり積雪なり日照時間の不足なりの事情がある、からタスク処理時間が変動するんじゃないかい?』とでも攻めてくる所だが、そのときは『だったら〝冬が〟なる主語は珍妙ですよね、冬=七時間、冬=八時間、なる等式そのものが変。御指摘の場合は主語を省《はぶ》き、〝冬だと〟〝冬の場合〟〝冬だったら〟〝冬のとき〟といった条件節にしなければ意味が通りませんよ?』とでも返せば足りる。よって本筋に帰ると、理由の二として、

②T_1の時間は何かの所要時間の一般論ではありえないから

〝もう忘れたけど〟の七文字が雄弁に物語ってくれるとおり。もしそれが何かの所要時間の一般論だというのなら、まさか『もう』『忘れる』ことなどない。ゆで卵の茹で時間、会社への通勤時間、都心から吉祥寺までのタクシー乗車時間……等々は、その経験を有する者なら誰だって感覚と決め打ちで語れる。ましてここで、最大八時間というのならそれは勤《つと》め人《にん》の勤務時間にほぼ等しい。そして発話者たる司馬警視正はといえば、徹底的に謹厳実直《きんげんじっちょく》を求められる勤め人ちゅうの勤め人。八時間なり七時間四五分なりの勤務時間が、就職をした二〇年ほど前から肌身に染みている特殊な公務員。その司馬警視正がそのような、極めて身近で習慣的で常識的な時間感覚で計れるタイムスパンについて、選《よ》りにも選《よ》って一時間もの誤差を提示するなど……それは既に錯乱か世迷言《よまいごと》の類《たぐい》であろう。要するにT_1の〝時間〟とは、とりわけ司馬警視正にとって、まさか何かの所要時間ではない。

よって、いったんの結論として――

A　T_2にいう〝時間〟は**一定のタイムスパン**を意味するもの、**何かの所要時間**を意味するもの

B　T_1にいう〝時間〟はそうでなく、**何らかの要因によって変動するもの**、しかも**ヒトがあっさり忘れられるもの**

と纏《まと》められる。

ただ、そもそも論として……

スマホで辞書を検索すれば一発なのだが、そもそも『時間』なる日本語の意味は、大別してふたつしかない。それらはすなわち、

I　ある時刻とある時刻との間の長さ。ある長さを持つ時（＝タイムスパン）

II　時の流れの中のある一点。時刻（＝クロックタイム）

のふたつである。

これを踏まえて言えば、①T_2の〝時間〟がこのIであることは既に立証済み。②そのT_2とT_1の〝時間〟が違う概念であることも既に立証済み。なら残る問題は、③T_1の〝時間〟が果たしてIIなのかどうかの証明でそれだけだ。

よってT_1の検討の第二として、今や実は出落ちの感すらあるのだが、謎の主語〝冬が〟を突き詰めてゆこう。

――〝冬が〟が主語であることは論を俟《ま》たない。またT_1が「XはYだ」「司馬達《とおる》は警視正だ」なるタイプの文、そう中学英語で最初に学ぶbe動詞を用いる文であることも論を俟《ま》たない。このbe動詞の本質は等号《とうごう》、等式を成立させるもの。無論この場合は『X＝Y』『司馬達＝警視正』となる。だとすれば。

（T_1が〝冬が七時間か八時間かはもう忘れたけど〟である以上、このフレーズは要は『冬が七時間だ』＋『冬が八時間だ』＋『どちらかはもう忘れた』となり、よって無論『冬＝七時間』＋『冬＝八時間』＋『どちらかはもう忘れた』と変形できる）

そう、『冬＝七時間』『冬＝八時間』。

重ねてこれは等号を用いた等式なのだ。それがbe動詞を用いた文の不変の本質で必然。

事《こと》ここに至れば、このT_1の〝時間〟なるものが辞書にいうⅡ、クロックタイムの〝時間〟であってタイムスパンでないことは当然の事理《じり》となる。何故と言って、冬なるものはどう考えても七時間八時間のものではないから。七時間八時間の如《ごと》き短いタイムスパンを持つものではないから——結論として整理すれば、**T_1の〝時間〟はクロックタイムであり、時刻だ**。要は、パッと時計を見たとき一義的に定まる『点』としての時間で決まりだ。執拗《しつこ》いようだが幅としての時間（Ⅰ）ではあり得ない。

すると。

〝冬〟のクロックタイムが七時間又は八時間、というのはどういう意味か？

その真意は今や私にとって自明だが、駄目押しとして更にT_1の解析を徹底する。

すなわち、もしT_1が日本語として成立するのなら、当然に『春が七時間』『夏が七時間』『秋が七時間』なる日本語も成立する道理。おまけに、『春が七時間又は八時間』『夏が七時間又は八時間』以下省略の等式も成立する道理……

よってそれらの等式の意味は、言うまでも無いが**季節によってクロックタイムが変動する**ことだ。まして**七時間又は八時間のいずれかに変動する**ことだ。要は、特定の季節においてはクロックタイムの時計の針をズラさなければならないこと……

（これで駄目押しも終わる。T_1の〝時間〟は今、詰んだ）

季節による時間変動。特定の数値の時間変動。

そんなもの、この地球では夏時間《サマータイム》しかあり得ない。

よってT_1を素直で真っ当な日本語に置換《ちかん》すれば、結局こうなる。


冬時間だと時差が七時間なのか八時間なのかはもう忘れたが

（＝夏時間の時差が七時間なのか八時間なのかはもう忘れたが）


ならば。

日本との時差が、＋にしろ－にしろ『七時間』『八時間』である国は何処《どこ》か？

スマホによる検索結果から、『エジプト』『ギリシア』『南アフリカ』『スペイン』『フランス』『イタリア』『ドイツ』云々《うんぬん》と検討対象をピックアップしてもよいが……実はそれはエレガントでない。というのもT_1には、〝もう忘れたけど〟があるからだ。そう、発話者たる司馬警視正は〝もう〟忘れたのだ。夏時間による時計の針のズラし、夏時間による時差変動の数値を〝もう〟忘れたのだ。これすなわち、かつては憶えていたということ。そして健全な社会常識で考えて、①特定の国の夏時間を〝七時間〟〝八時間〟なる具体的な数値で憶えてはいたが、②今現在日本にいるときは〝もう〟忘れている……ならこの二点が物語るのは、①司馬警視正が当該《とうがい》どこかの国と密接な関係にあったということだし、②司馬警視正が日本にいる今現在はもう夏時間による時差をまるで考えなくなったということである。なら、③司馬警視正と当該《とうがい》どこかの国との『密接な関係』とは、司馬警視正が日本におらずして当該《とうがい》どこかの国に滞在していたことなのだ――と容易に導ける。

当該《とうがい》どこかの国とは？

司馬警視正は私に何の家庭教師をしてくれているのか？

先に喫茶『リラ』でも話題になった、司馬警視正の〝三年の大使館勤務〟とは？

――盤面《ばんめん》は既に王手詰みの段階にある。当該《とうがい》国とは無論、フランス共和国だ。

（これで司馬フレーズT_1が、『時差』『フランス』を本質的な要素にしていると解った。

だからいよいよ、『分子T_1＋分子T_2＋分子T_3＝物質T_x』の全てを解明する攻め筋《せすじ》が出揃《でそろ》った——終局《しゅうきょく》近し。終局近し)

T_1が『時差』『フランス』を本質的な要素としているのなら、その影響は無論T_2・T_3に及ぶ。T_1・T_2・T_3は分子ゆえ、連動・連携して物質T_xの性質を決定づけるからだ。

そして既に証明済みの結論は、次のとおり。

〝ビジネス〟は、電話の相手方《あいてかた》を含む他人一般の『仕事』のことではない

〝まるまる十五時間〟は、男一般・女一般にとって負担になる

〝まるまる十五時間〟は、男一般より女一般にとっていっそう負担になる

ここで終《つい》に、謎の〝ビジネス〟の真意が固着する。

というのも、①それは『時差』『フランス』なる要素と連動・連携するものであり、②タイムスパンとしての〝まるまる十五時間〟なる要素と連動・連携するものであり、③男一般・女一般の『負担』なる要素と連動・連携するものであり、かつ、④今日只今《こんにちただいま》リアルタイムの話題として登場したものだからだ。④を更に同義置換《どうぎちかん》すれば、まさに今日、まさに今朝、そう仕事休みの休日の土曜、勤め人が金曜日までの仕事を終えた土曜に、『時差』『フランス』の話題とともに登場したものだからだ。

ならば当然。

(T_3の〝ビジネス〟とは、飛行機の『ビジネスクラス』であることが論理的に確定する)

そしてこれが確定すると、連動・連携して〝まるまる十五時間〟の真意も論理的に確定する。既にして多言《たげん》を費やすまでもなく、それは〝まるまる十五時間〟のフライト時間だ。念《ねん》の為《ため》スマホでパリ便のフライトスケジュールを検索する。誤り無い。東京－パリ間の所要時間は——まさにタイムスパン——今日現在の往路《おうろ》の数値で、約十五時間である。

(王手だ)

T_xを構成する全ての分子・原子の真意は立証された。よって極めて不親切な日本語、文脈を知らなければ不可解極まる日本語であるT_xを、素直で真っ当な日本語に翻訳すれば、それは詰まる所、次の様《よう》になる——

【T_x改】

〝フランスとの冬時間の時差が七時間なのか八時間なのか今は忘れてしまっているが、まるまる十五時間のフライトは男にとっても長すぎる。ましてやビジネスクラスに格上げしないなら女性にとってはいっそう負担となる〟

今、テクストT_xから、そうテクストT_xからのみの論理的操作で、T_x改は確定する。

そしてこれ以上の検討・証明は必要ない。

ただ——

もしこれが一人将棋の目隠し将棋でなく、対局者である司馬警視正がいつもどおり眼前にいてくれたなら、感想戦ができたはずだ。ならその感想戦で、テクストT_xが論理的に教えてくれている情報以外の、そうテクスト外の情報もふんだんにあったことを私は指摘しただろう。無論〈論理的対局〉の作法としてそれを証明に用いることはできないが、そう、司馬警視正の失言が正解T_x改をいっそう補強してくれることを指摘できたろう。

——それはすなわち、電話における発話内容であって、テクストT_x以外のもの。

その全ては列挙できないが、しかしフェイタルなのは〝小銭〟〝駅だのバスだの〟〝荷を転がして列車へ乗り継いだり〟〝国鉄駅〟〝時代がかった昔々の硬貨〟〝両替することすら無理〟の類《たぐい》である。これらはフェイタルな補強証拠になる。何故と言って、これらはあからさまに『旅』を指向する言葉であり、まして『海外への旅』を指向する言葉だからだ。それどころか、小銭・両替云々《うんぬん》なる発言箇所からは、旧フランスフランがユーロに変わった歴史を容易《たやす》く連想できるし、〝国鉄駅〟だなんて海外にしか存在しない。あと治安水準が悪いことまで述べていた。それらのキーワード・キーフレーズは重ねて、テクストTx外《がい》の要素ゆえ、〈論理的対局〉における持ち駒として盤面《ばんめん》に置くことはできないが、しかし私にTxの真意を直感させるには――だから証明の方向性を見極めさせるには――充分過ぎる補助線で失言だった。

（王手詰み……

ただ。

一人将棋もさることながら、感想戦すらできないというのも歯がゆく物足りないものだ）

Ⅵ

Txだけで、私を路傍《ろぼう》の石の如《ごと》くに扱う、とても非礼で侮辱的な最終定理が導かれる。

しかし司馬警視正の破廉恥《はれんち》はそれだけじゃない。加えて、司馬警視正の今後を突き詰めて考える必要もある……いや、祖父が年甲斐《としがい》もなく夢想している様《よう》に、私は司馬警視正との、そう例えば婚姻などは、まあ多分、いやきっと、そこまでは未来予想図として描けないが、描けない筈《はず》だが、だとしても代議士たる内閣官房長官が乞《こ》うて紅露寺家への婿《むこ》入りを働き掛けている以上、一端《いっぱし》の官僚としても一端《いっぱし》の社会人としても、もっと真剣な、真摯《しんし》な態度をとるべきではないか。だが証明済みのTx改が意味するのは、極めて不真面目で不誠実な裏切りである……フランス語の家庭教師としても、政治家からの縁談話が持ち上がっている上級官僚としても、だ。

（私はともかく、そうきっと私はともかく、そう私は断乎執拗《だんここだわ》ってはいないのだから私自身は全然ともかく、お祖父ちゃんの夢を弊履《へいり》のごとく無下《むげ》にするのは許せない。そして無論、これは義憤《ぎふん》であって私怨《しえん》じゃない、絶対に違う……）

だから私は、一人将棋の目隠し将棋を再開した。

普段の〈論理的対局〉なら証明対象のテクストはひとつ。だから普段の〈論理的対局〉なら、今T_xの真意を証明して王手詰めにした時点で私の勝利だ。だが今般は、証明対象のテクストがもうひとつある。祖父文T_yだ。そして私が既に直感するところ、このT_yはT_xと、どんぴしゃりで一緒の物語について語るもの。これらは別個独立した連携なきものでありながら、T_yはT_xの犯罪性をなおいっそう補強するものだ——私の勘《かん》から発するこの赤い赤い直感が確かならば。

(そうした直感ゆえ、また私が祖父のため感じている義憤ゆえ、やっぱりT_yの真意をも王手詰めにし、そうだ、事件の全容解明をする必要がある。ましてやT_yの発話者が、日々司馬警視正を並々ならず贔《ひい》屓《き》にし、後《うし》ろ盾《だて》にもなろうとする祖父であるならなおさらだ)

——よって私は、引き続きオレンジ色の快速電車で立ったまま、祖父文T_yについての論理的対局を開始した。言うまでも無いが、司馬警視正と私の対局ルールにしたがい、必要な証明はT_yの文言のみから導き出す必要がある。だからいったんT_xは忘却し無視する。飽《あ》くまでも、一《いち》のテクストそのものから驚愕《きょうがく》すべき真実を証明すること。それが私達の遊技的矜持《きょうじ》であり遊技的意地である……意地だった。

(第九局。持ち時間一四分。対局開始だ)

まず、対局前整理手続で固定・固着したT_yのテクストを脳内に書き起こす。

既にして対局前整理手続で、分子たる2フレーズをT_4・T_5と置くことも決めている——

【祖父文T_y】
〝二年以上もやるビジネスなのに一週間とは短い〟————T_4
〝ましてや表紙が緑ならなおさらだ〟————T_5

すると、ここで目を引くのもやはり『時間』要素だ。これがT_xとT_yの——まったき偶然の——公約数であることは既に整理している。加えて、『時間』なる用語そのものの本質的な意味も、T_xの検討で概観したところだ。無論それは『時間』の一般論・常識論ゆえ、T_yの検討において再度活用して何の問題も不正もない。

（そう、『時間』の本質的な意味はふたつ。Ⅰタイムスパン、Ⅱクロックタイムだ）

ここで祖父フレーズT_4を見るに、その時間要素は〝二年以上〟〝一週間〟のふたつである。ところが今般は、T_xの検討で私を悩ませた問題は皆無《かいむ》だ。理由は言うまでも無い、〝二年以上〟も〝一週間〟も、Ⅰのタイムスパンの意味で決まりだからだ。〝以上〟を付けてくれているのは有難いし、〝一週間〟が確定的に点でなく幅であるのも有難い。

（ましてT_4は、T_xといまひとつの公約数を持つ……すなわち〝ビジネス〟）

これまた今般は、この解釈にも悩む必要がない。というのも今まさに検討したとおり、〝二年以上〟はタイムスパンだからだ。そして〝ビジネス〟の一般的な意味も先刻《さっき》検討したばかり。再論すれば、①『商談』『商取引』『売買』『商売』、②『仕事』『職業』『業務』、③『商業活動全般』『経済活動全般』、④『接頭語として、仕事の用に供される物品、サーヴィスに付けて用いられる。ビジネスホテル、ビジネス便、ビジネスクラスなど』……

すると健全な社会常識で考えて、T_xでの正解だった④は真っ先に消える。二年以上、継続的にビジネスホテルやビジネスクラスを使うなんてあり得ないから。次に③が消える。③はビジネス全般の総称であるところ、T_4が意図しているのは〝二年以上もやるビジネス〟、すなわち英語仏語なら定冠詞がつく個別具体的な／特定の〝ビジネス〟だからだ。すると〝ビジネス〟の意として残るは①②だが、いずれも特定のタスクを示すという意味ゆえ、この場合これ以上突き詰めて考える必要がない。どっちにしたって似たような意味合いだ。

これらの解りやすさに対し、T_4にいう〝一週間とは短い〟は、茫漠《ぼうばく》としすぎていて未だ霧の中である。強いて文意を酌《く》みとるなら、『二年以上もやるタスクに対して、一週間は短いスパンだ』となろうか。同義置換《どうぎちかん》に過ぎないが、それは『一週間なる短いスパンでは、二年以上もやるタスクにとって足りない』ということでもある。

（この時点で解ったことをいったん整理すれば、祖父が念頭に置いているのは――）

二年以上もやる具体的なタスク・仕事

一週間という短い・足りない期間

（――となる。重ねて同義置換の範囲を超えないが）

ただ私思うに、T_4をどれだけ置換・変形したところで、T_4のみからはこれ以上の有益な情報など導かれない。圧倒的に抽象度がたかく、圧倒的にエッジが利いていない……

（そう、圧倒的にエッジが利いているのはT_5、具体的にはその〝表紙が緑〟だ）

……これほど解釈の手掛かりを感じさせる用語はない。まして実質、T_5の論理的解釈・論理的操作においても用いることができるフックは、実はこの〝表紙が緑〟だけなのだ。〝ましてや〟とか〝なおさらだ〟などではお話にならない。ところが。

（しかしまあ、なんともまあ、論理的怪訝《けげん》を呼ぶ、論理的淫《みだ》らさに充ち満ちた用語……要は論理的に嫌らし過ぎる。〝表紙が緑〟だなどと。〝表紙が緑〟とはいったい何？　やはりbe動詞構文だから、『表紙＝緑』の等式が成立することはするが……嫌らしい……）

いや、困ったときは原点回帰だ。

私は再び電車の中でスマホを用いた。辞書を検索する。無論、『表紙』の意味を検索する。するとそれは要旨《ようし》、

　書籍や帳簿に取り付けられた厚紙・革・布などの外装の部分
　巻物を巻いたとき、表に出る部分に貼る布や紙

とあった。複数サイトを検索してもこれが公約数である。

　とすれば、T_xで手数の掛かった〝ビジネス〟のような問題は無い。社会常識で考えて思い浮かぶあの表紙が〝表紙〟だ。吃驚《びっくり》するような用法、突飛《とっぴ》な用法などない。

（なら祖父は、社会通念上の〝表紙〟が〝緑〟である何らかの冊子を念頭に置いている。表紙の意味と表紙の効用からしてこれには疑問が無い。ましてや）

　当該《とうがい》、表紙が緑色の冊子とは〝二年以上もやるビジネス〟に用いるものである。それはそうだ。祖父文T_5において、『冊子を用いるべき』『冊子を用いて面妖《おか》しくない』『冊子と組み合わせ可能な』単語はたったのひとつだから。

　加うるに、当該《とうがい》『二年以上もやるビジネスにおいて用いられる＋表紙が緑色の冊子』とは、当然に不利なもの、ネガティブなものである。それもそうだ。祖父はT_4で、〝一週間とは短い〟なるネガティブな評価を口にしているから。これについては既に纏《まと》めたが、この場合の一週間という期間は『足りない』期間。不利・不足のある期間。そして祖父はこの文脈から、〝表紙が緑ならなおさらだ〟と述べたのだ。これは当然、比較級である。何を比較しているか。①足りない期間と、②表紙が緑色の冊子を比較し、③冊子の方がより不利・不足があると比較しているのだ。そう、今や『表紙が緑色の冊子』とは不利なもの／ネガティブなものであることは自明である。

　これらをいったん纏《まと》めれば、やはり同義置換《どうぎちかん》に過ぎないが、

一週間という期間はネガティブなもの
表紙が緑色の冊子なるものは更にネガティブなもの

ということになる。

（……あっ、でもなんてこと、〝表紙が緑〟に幻惑されて大事なことを見落としていた。

実は祖父文T_yには、もうひとつ隠された比較級がある!!）

あからさまな比較級は、もう指摘できたように『一週間』と『冊子』との対比評価。

そして隠微《いんび》な比較級は、そう、『冊子』そのものの中にある――

（ましてや表紙が緑ならなおさらだ。ましてや表紙が緑ならなおさらだ。

表紙が緑なら。表紙が緑なら。

――この用語連結《コロケーション》からして、祖父は当然、緑以外の表紙も念頭に置いている!!）

そうだ。

そもそも〝表紙〟なる用語の意味からして、祖父が『冊子』の類《たぐい》を念頭に置いているのは確実――まさか現代で巻物など使わない。他の媒体、例えばディスクだのUSBだのに表紙はない。議論を媒体以外の全てに拡大しても、健全な社会常識で考えて〝表紙〟を付されるのは本、ノートの類《たぐい》、アルバムの類《たぐい》、書類束《たば》……要は『綴《と》じるべき一定の紙媒体』だけだ。だから重ねて、祖父がT_5の内に『冊子』なる用語を忍ばせているのは確実である（まさか隠す故意は無かったろうけど）。

そしてその祖父は、「ましてや表紙が緑ならなおさらだ」と述べているのである。同義置換《どうぎちかん》で、「ましてやその冊子の表紙が緑色ならなおさらだ」。ならこの数式を展開して、「ましてやその冊子の表紙が他の色でなく緑色ならなおさらだ」となる。この操作に誤りは無い。

すると。

（やはりそうだ。隠された比較級。

当該《とうがい》冊子には、①表紙が緑色のものと、②表紙がそれ以外の色のものがある。

そしてこの隠された比較級が意味するのは、①が②に劣後《れつご》すること――具体的には『**表紙が緑色の冊子の方が、表紙が他の色の冊子より不利で弱い**』ことだ）

……若干の進展がみられたが、だからエッジを活用できはしたが、しかしT_5は依然として圧倒的な抽象度を誇っている。何故と言って、そもそもこの世に表紙が緑色の冊子なんて無数に存在するだろらし（検索を掛けても突飛《とっぴ》で有難い特殊な例は見出せなかった）、ましてやそれに優位するという、表紙が他の色の冊子なんて特定できやしない……そもそも『表紙が緑色以外の色の冊子』なんて集合は事実上、『世界に存在する全ての冊子』と集合の濃度が変わらないだろう。検討する私にとっては、もう無限と言ってよい。

（そしてT_5にこれ以外のエッジがないのは先刻《さっき》痛感したとおり。

いや、禁じ手を使えばこの段階で王手詰めにもできるのだが……そう禁断のイカサマ、T_y以外のテクストを用いれば。もしT_xを持ち駒として打てるなら。そのときはたちまちの決め打ちで、投了までの棋譜《きふ》が完成するのだが。

しかしそれは私達の〈論理的対局〉においてフェアではない。ましてそれは私の、〈論理的対局〉において美しくない。私は美しい棋譜で、フェアにしかも圧倒的に司馬警視正を殺したい。ならT_xは絶対に使えない。だとすれば……）

これまでの結論を踏まえ、それらをもう一度T_4にフィードバックして、テクスト相互のダイナミズムを刺激することはできないか？

そう、困ったときは原点回帰だ。

すなわちT_4〝二年以上もやるビジネスなのに一週間とは短い〟だ。

そしてT_4についてはこれまでに要旨《ようし》、

Ⅰ　二年以上もやる具体的なタスク・仕事

Ⅱ　一週間という短い・足りない期間

Ⅲ　一週間が持つネガティブなニュアンス

の三点の特徴を導き出した。これを踏まえ、もう一度脳内に刻みこまれたT_4の全文二一字を読み返す。何度も何度も繰り返して。ここから。ここから私がほぼ直感する結論に至れる、そんな棋譜《きふ》を描くためには……私の勝負手になってくれる駒は……

（……〝短い〟だ!!）

何度も何度も繰り返して読めば、エッジの利いていない駒を自ら研ぎ澄ますこともできる。この一年強、私は司馬警視正との対局で幾度となくその奇跡を体感してきた。まさに、神は細部に宿る《デュウスカッシュダンレデタイュ》——神は一字一句に宿る。この場合、実はたったの二字に宿っている。私は迂闊《うかつ》だった。こんな強い持ち駒が駒台《こまだい》にあったとは。今の今まで、それに神を見出せなかったとは……

（一週間とは短い。一週間とは短い。

なんてこと、現在形だ!!

そしてこの新たな手駒の御陰《おかげ》で、T_4の〝〜もやる〟でさえ手駒として使える!!）

——ここで、祖父文T_4は〝二年以上もやるビジネスなのに一週間とは短い〟だ。

重ねてこれは現在形。過去形ではない。よって過去の出来事を述べている文ではない。

これは決め打ちのようで決め打ちでない。充分な論拠がある。

すなわち、〝二年以上もやる〟が充分な論拠となる。

もし、二年以上にわたるビジネスが過去のものだとしたら、T_4は健全な社会常識で考えて〝二年以上もやったビジネス〟か、少なくとも〝二年以上もやっているビジネス〟でなければならない——この語感、この用語連結《コロケーション》に限って言えば、もし話し手がポカで言い間違いをしていないのなら、絶対に発話者の用いる時制は正しい。この内容の文なら時制は正しい。それは日常会話を想定しても自明だ。例えば「五時間もやった大掃除」「五時間もやっている大掃除」「五時間もやる大掃除」ではまるで意味内容が違ってくる。そして自分の関与する大掃除について時制の誤りを犯す人間はいない——純然たる言い間違いの場合を除いて。

まして文末の〝短い〟がちゃんと現在形なのだから、文の前半だけ祖父が言い間違いをした可能性などゼロ近似である。もっといえば、実は祖父フレーズのT_5さえも現在形だ。それはそうだ。祖父文T_yにおける〝二年以上〟〝ビジネス〟〝一週間〟〝短い〟〝表紙が緑〟はすべて連動・連携しているから。よって〝二年以上〟が現在のことなら、ドミノ倒しで〝ビジネス〟〝一週間〟〝短い〟〝表紙が緑〟も現在のことになる。当然そうなる。この時制のドミノ倒し連動論は、すぐに結論として再整理するけどとても有益だ——

ここで。

日本語の現在形に特徴的なことだが——神は細部に宿る——日本語の現在形は、①当然ながら『現在のこと』を表すが、②しかしほぼ全く一緒の活用で『未来のこと』も表す。これも私達日本人にとっては常識だ。例えば雪になる、寂しくなる、懲《こ》らしめる等々はむしろ未来形であり（何らかの仮定・条件を想定した未来形）、強いて現在形にするのなら雪になっている、寂しくなっている、懲らしめている等々となるものだ。

それならば——

T_yの〝二年以上もやる〟なる現在形は、①現在のことを表しているのか、②未来のことを表しているのか？

もう詳論するまでも無い、これは未来形だ。

執拗《しつよう》に論拠を繰り返せば、背理法《はいりほう》で——これが未来形でないときは「二年以上もやった」「二年以上もやっている」としなければ日本語として意味が変化してしまうからである。

よってひとつの結論、**T_4は未来形で未来の出来事を表している。**

またこの結論から導かれる結論として、**T_y全体が未来形で未来のことを表している。**

さらにこれから導かれる結論として、**T_4の〝ビジネス〟は将来のタスクである。**

……まして当該《とうがい》〝ビジネス〟とは、これから〝二年以上もやる〟ビジネスなのだ。

それをこれから〃二年以上もやる〃のに〃一週間とは短い〃とは？
当然、二年以上も費やす大きな仕事なのに、何らかの準備期間なり締切なりが短い——ということだろう。いや、ここでもう『二年以上も費やす大きな仕事』に蹴《ケ》りを付けてしまった方がよい。社会人にとって『二年以上も費やす大きな仕事』とは——例えば「君にこの二年以上をも費やす大きな仕事を任せる」なる未来形の台詞《セリフ》にして考えてみれば解るが——その語感とタイムスパンの展《ひろ》がりからして、Aこれから特定の大プロジェクトに従事することか、Bこれから特定の大事な職に異動・出向することだろう。いやAB以外の可能性も理論上は在りうるのかも知れないが（私にはちょっと思い浮かばない）、しかし既に証明を終えたT_xのその発話者は、〃検事さんみたいに一箇月もあるなら別論だが、僕らときたら十日もありゃしない〃〃僕なんぞ、御用納《ごようおさ》め発令で御用始《ごようはじ》めに赴任した経験がある〃とまで失言しているのだ。これすなわち『準備期間』＋『異動』。これからフランスへ渡航しようという公務員のこの発言。これを議論の前提にするのは禁じ手だが、公務員の異動の一般論すなわち常識論としてなら、T_yに代入してもいいだろう。それは要は、太陽は東から昇る、雨の降る日は天気が悪い等々と同様の公理だから。

するとここで、T_5の〃表紙が緑〃が活きてくる。『表紙が緑色の冊子』が活きてくる。これまでの結論から当然、未来において、これから用いられるべき冊子が活きてくる。

——特定の大プロジェクト（Aの可能性）に、『冊子』なるものが必要だろうか？　二年以上にわたって『冊子』が必要だろうか？　ましてやその表紙が常に緑色である『冊子』が必要だろうか？　健全な社会常識で考えて、否《いな》だ。特に、表紙が常に緑色である冊子がどうしても必要なタスクなど想定できない。どのような職業であれ、そんな特異で奇抜なガジェットが必要だというのなら、例えば警察官にとって黒い表紙の警察手帳が必要である様《よう》に、その旨が社会にひろく認識されている筈《はず》。すると、『二年以上も費やす大きな仕事』とは特定の大プロジェクトを意味しない。そうなる。

なら、特定の大事な職に異動・出向することはどうか（Bの可能性）。その際、二年以上にわたって『冊子』が必要だろうか？　その表紙が常に緑色である『冊子』が必要だろうか？

——可能性はある。

先と一緒の例で、もしある人間が異動・出向によって警察官になるというのなら……実際にそんな実例があるかどうかは問わない……当該《とうがい》異動・出向期間の全てにわたって、警察手帳なる冊子が必要となる。無論、その表紙が常に黒である警察手帳なる冊子が必要となる。

この設例から解るとおり、**特に一定の身分換《が》え／ジョブチェンジが行われるとき、その身分・資格を証する『冊子』が必要になる**——という理屈は立つ。甚《はなは》だ立つ。無論、そのような際の『冊子』というならマニュアル、引継書、推薦状、成績表、身上書《しんじょうしょ》・履歴書、資格の証書……等々の『冊子』も必要となってくるだろうが、しかしそうして想定できるあらゆる『冊子』は、健全な社会常識で考えて、黒でも緑でもいいが、常に表紙を特定色にしている必要など無い。何故と言って、それらは中身が重要なだけ、表紙の色など何色でもよいからだ。換言《かんげん》すれば、それらにとって表紙の色は無意味、何らの積極的価値を与えられることが無い……

そう、証明書の類を除いて。

そう、**それが証明書の類《たぐい》ならば、表紙の色に積極的な意味が与えられることもある。**表紙の色そのものによって、視覚的に証明すべき内容がアピールされることがある。例えば重ねて警察手帳なる証明書は、中身もさることながら、表紙そのものが視覚的に重要だ。あるいは運転免許証なる証明書にも（冊子ではないが）、色の区分によって視覚的に証明される事柄《ことがら》がある。事情は健康保険証についても同様だ。

ここまでの結論を纏《まと》めれば、未だ同義置換《どうぎちかん》ではあるが

職業人に一定の身分換え／ジョブチェンジが行われるとき、その身分・資格を証するため、

表紙の色に特別な意味のある証明書冊子が必要となることがあるとなろう。そして今現在の検討で問題になっているのは当然、『緑』である。具体的には『表紙の緑色に特別な意味がある証明書冊子』である。

（重ねて、司馬文T_xさえ持ち駒にできたなら、ここまでエレファントで執拗《しつよう》な証明をすることも無かったのだが……何故と言って、T_xは警察署長にとって生じ得ない、警察署長にとって不可能なイベントを意味しているのだから……）

とまれ、事《こと》ここに至れば司馬文T_xなくして投了図は見えた。

事《こと》ここに至って、祖父文T_yの真意を解くため必要な、最終の問いを立てられた。

これすなわち――

（職業人の身分を証するため、①表紙の色が確定的・恒常的に〝緑〟でなければならない証明書冊子とは何か？　②表紙の色に複数のヴァリエイションがあるそんな証明書冊子とは？　③表紙の色複数に効力の優劣がある証明書冊子とは？）

既に自明だ。私は代議士の孫にして現《げん》官房長官の孫だから。

ただそんな私の知識を用いるまでも無い。これまたエレファントに、およそ我が国における『冊子たる証明書』を思い付くまま虱潰《しらみつぶ》しに検討してゆけば足りる。あるいは、それこそスマホで『証明書』『緑』『冊子』『効力』等々のキーワード検索をすれば五分を要せず結果は出る――それはそうだ。ここまで特徴にエッジが利いている証明書である。そして実際、私はまさにこの四語を用いて検索をした。所要時間〇・三八秒。ブラウザが表示した項目の、上から四番目にそれはあった――

パスポートの基礎知識‐大阪府

無論この際、大阪府のサイトでも何でもいい。私は直ちにサイトを開く。便利な時代だ。声に出して感謝したくなるそのサイトにはこうあった（省略箇所及び傍点以外原文ママ）。

【パスポートとは？】
パスポートは、世界で通用する「身分証明書」です
パスポートは、私たち日本国民が海外へ渡航するために、必ず所持、携帯しなければなりません
パスポートは、日本国政府が外国政府に対して、その所持人が日本国民であることを証明し、併せてその人が支障なく安全に旅行できるよう必要な保護と扶助を要請する公文書です

【国（外務省）が取り扱っているパスポート】
・公用旅券
表紙の色が緑色で、国会議員や公務員等が公務で渡航する場合に発給されるパスポートです
・外交旅券
表紙の色が茶色で、皇族や閣僚等が公務で渡航する場合に発給されるパスポートです
・緊急旅券
表紙の色が紺色で、在外公館において特別な理由によりパスポートが至急必要な人に対して発給されるパスポートです

（直感的に、この投了図を描けてはいたが）

……今や〝表紙が緑〟は確定した。よってT_5も確定した。ましてT_4も確定する。

祖父文T_yを構成する両《りょう》分子相互の連動・連携・ダイナミズムにより、T_y全文も一義的に確定し、よってT_yの真意真実も確定する。証明される。

私がこれまでT_yについて導き出した諸《しょ》結論をすべてT_yに代入すれば、祖父文T_y〝二年以上もやるビ

ジネスなのに一週間とは短い。ましてや表紙が緑ならなおさらだ〟は結局、次のとおりとなる――

【T_y改】

〝二年以上も海外勤務をするのに準備期間が一週間とは短い。ましてや外交特権のない、緑のパスポートしか使えない一般の公務員ならなおさら不利だ〟

いよいよT_yの真実が固着したので、そうT_xの文言・真実を流用することなく固着したので、T_xを駒として使ってはならない縛りがなくなった。なら今や、今回の事態を物語る物質T_xと物質T_yの連動・連携・ダイナミズムにより、とうとう今回の事態を確定する、論理的対局の最終定理が証明される。念《ねん》の為《ため》証明済みのT_xの真実を再掲すれば

【T_x改】

〝フランスとの冬時間の時差が七時間なのか八時間なのか今は忘れてしまっているが、まるまる十五時間のフライトは男にとっても長すぎる。ましてやビジネスクラスに格上げしないなら女性にとってはいっそう負担となる〟

なのだから、重ねて両テクストの連動・連携・ダイナミズムにより、司馬警視正と紅露寺《こうろじ》官房長官が別個独立に物語った、今回の事態の全貌が証明される――

【今回の事態T_z】

〝これから二年以上も海外勤務をするのに、準備期間が一週間とは短いし、外交官じゃないから何の特権も与えられず不便だ。時差やサマータイムの計算もできないほど現地事情を忘れてしまっているし。そもそも現地まで十五時間も飛行機に乗るなんて苦痛だ。男の僕でさえそう感じるのに、女性の君にはいっそう苦痛だろう〟

〝渡仏便をビジネスクラスに格上げしてよかった〟or〝渡仏便をビジネスクラスに格上げしておけばよかった〟

（最後の一点については、まさに画竜点睛《がりょうてんせい》を欠くが……

今回の事態に対処するため、必ずしも確定しなければならない要素でもない。

そもそも二年以上もフランス勤務するというのなら、往復の空路には正規運賃を払うに決まっている。こんな滞在期間のときは無論、格安航空券の最長滞在日数を遥《はる》かに超えるから。いやそもそも公務員の海外渡航すなわち役所の予算を確保している公務出張だから。そして正規運賃を払うというのなら、これも検索数秒で解ることだが、物の数万円をプラスすれば座席をビジネスクラスに格上げできる。正規運賃そのものに比して、吃驚《びっくり》するほど安い値段で。

だから司馬警視正が結局、座席をビジネスクラスに格上げしたかどうか、それを論理的に詰めることはできないし詰める必要もない。そう、そんなこと、いい、いい、どうでもいい。

そんなことより。

そんなことより私にとってフェイタルなのは。私にとって……私の未来を変えるのは）

そう、私の未来を変える最終定理は。

……いや、脳裏に描けない。描けてはいるけど言葉にできない。

言葉にするということは畢竟《ひっきょう》、世界を確定することだから。

そして私は。

……私はそんな世界を確定させたくはない。断じて否《いな》だ。いっそこの最終定理は捨ててしまいたい。

これまで幾度も、嬉々《きき》として論理的対局に、だから嬉々として論理遊技に興じてきた私が、選《よ》りにも選って自ら王手詰めにした事実とその美しい棋譜《きふ》を、子供が癇癪《かんしゃく》をおこしてルールもへったくれもなく盤面《ばんめん》を引っ繰り返すように、無茶苦茶にしてしまいたいと思うだなんて。私は甘かった。私は幼かった。これまで私は司馬警視正と幾度となく遊技に興じてきたが、それは、世界の真実を突き詰めることが真善美で正義だと信じて疑わなかったからだ。でも今なら解る。私がそれを真善美で正義だと信じて疑わなかったのは、所詮《しょせん》は他人事《たにんごと》だったからだ。論理遊技によって目指してきた証明すべき驚愕《きょうがく》に値する真実とは、これすべて人様《ひとさま》の都合で事情。まるで私に無関係な都合で事情。そうだ。私が嬉々として勤《いそ》しんできた論理遊技は、詰まる所、私の人生をまさか変えることのない人様《ひとさま》の面白《おもしろ》可笑《おか》しい生《い》き様《よう》の窃視《せっし》。すなわち私は下世話《げせわ》で物見高《ものみだか》い御見物衆《ごけんぶつしゅう》、暇潰《ひまつぶ》しで人様《ひとさま》の人生課題を嗅《か》ぎ回ろうとする、傲慢《ごうまん》で勘違いした観測者だったのだ。今なら解る。私自身の人生課題こそが下世話な見物、下世話な窃視の対象となった今なら。ヒトの真実を下世話な興味で嗅ぎ回ることのその卑しさ、その僭越《せんえつ》が。いつか司馬さんが言っていた。世界には言葉にすべきでない真実もあるのだと。世界には言葉にしちゃいけない真実もあるのだと……君がもう少しだけ人生の苦味を知ったとき、きっとそれを痛感できるだろうと。予言は当たった。それは証明するまでも無い。今《いま》私が痛感していることが全てだ……私は甘かった。私は幼かった。

それを思い知らされたまさに今日、私の人生は大きく変わる。

私の瞳は視界を潤《うる》ませ、表面張力が限界に達していることを訴えている。

私はギュッと瞳を閉じ、目を懸命に瞬《しばた》かせる。私は感傷的な人間じゃない、はずだ。

私は私の人生のため……私と司馬さんの人生のため、今《いま》合理的で論理的な決断をしなくちゃいけない、はずだ。

そう自分に言い聴かせてどうにか態勢を立て直し、スマホで現在時刻を見る。

（……一人将棋の目隠し将棋を開始してから、既に二五分が過ぎた）

すなわちこのオレンジ色の快速電車はじき停まる。私が目指す乗換《のりかえ》駅に。

そして物語上自明だが、最後に私が下りるべき駅は決まっている。決めている。

だから私は今、真剣な当事者として、合理的で論理的な決断をしなければならない。

私の来《こ》し方《かた》と行《ゆ》く末《すえ》を考え、断じて下世話な御見物衆としてでなく、真摯《しんし》な決断をしなければ。

(下りない／下りる／下りて私の終着駅までゆく／下りて私の吉祥寺に帰る)

私の誠実さと廉恥《れんち》と誇りのため、今、残り数十秒でどの道を選択すべきか。

車窓は無慈悲に流れ方を緩《ゆる》める。ＪＲのあの女性の声のアナウンスが入る。

(——この悲劇的な最終定理を手に、私は何処《どこ》へ行くべきなんだろう？)

またも瞳が視界を潤《うる》ませ、表面張力がいよいよ無力化される時だと急訴《きゅうそ》したそのとき。

私は司馬さんがこの秋、私に井《い》の頭《かしら》公園の雨後《うご》の紅葉《もみじ》を見せてくれたとき、独り自分に言い聴かせるよう、小さく小さく囁《ささや》いたとある言葉を思い出した。思い出せた。そう、司馬さんが為《な》すべきことを為《な》した際、思わず独り言《ひとごと》ちたそのフレーズは……

(Il n'y a pas d'âge pour réapprendre à vivre, on ne fait que ça toute sa vie)

〝人生を変える好機はいつも今日。人生は変える為《ため》にある〟

やっぱり言葉は素敵だ。何度でも繰り返し味わえる。何度でも新しく嚙《か》み締められる。何度でも新しい意義を見出せる。私達の決断に応じ、生きている。

だから、あのときの司馬さんの様《よう》に。

私も私の為《な》すべき事を。

(大人として、教え子として、結ばれることすら真剣に考えた女として。

ちゃんと会おう。ちゃんと言葉にしよう。

たとえそれで、世界の残酷な意味が確定しても。

たとえそれが、私も司馬さんも望みはしない終劇であったとしても。

……決めた。私は決断した。それを言葉にできる。世界の確定はもう恐くない。

誰かが言っていたとおり、迷いを解くと、人はもう神なんだ)

そのときオレンジ色の快速電車はゆるゆると停まり。

私は人垣を掻《か》き分ける様《よう》にしてホームに下りた。

（ここから三〇分で、私は終着駅に着く）

もう私は迷わない。私は大丈夫だ。私は大人だ。

そして事実。

（私は仮初《かりそ》めにも紅露寺結子だ。紅露寺結子は人様《ひとさま》にこんな顔を見せはしない）

そうだ。司馬さんがいつも褒《ほ》めてくれた、サファイア顔負けに輝くという私の瞳、とても濃い瑠璃《るり》紺《こん》の瞳を煤《くす》ませてはいけない。これが私達の千秋楽《せんしゅうらく》というのなら。

（紅露寺結子は今、ここで涙を零《こぼ》すおんなじゃない。まさかだわ）

Ⅶ

「司馬さん」

「……結子ちゃん？」

羽田空港第3ターミナル。三階、出発ロビー。

旅する人々の喧騒《けんそう》に充ち満ちた、しかし艶《つや》やかで洒脱《しゃだつ》な首都空港。

霜《しも》のような青と雲のような白、そして紅茶のような琥珀《こはく》色が心地よく浮《うわ》ついている。

これから空たかく飛ぼうとする旅客には、これほどに伸びやかな天井が必要なのか。

全てが過剰なまでの非日常。今の私はこの舞台装置をよろこぶべきか、どうなのか。

――いずれにしろ私は来《き》、いずれにしろ私は最終幕の緞帳《どんちょう》を上げた。これが千秋《せんしゅうらく》楽。

「ええと……結子ちゃん？」

「はい」

「まるで解らないんだが、何故ここに?」

司馬達《とおる》の態度も性格も、その基調音は諧謔《かいぎゃく》である。

四十歳代ながら自身をとっしょり、とっしょりと自嘲して已《や》まない様《よう》に、どこかしら自分にも世界にも期待することを諦めた様《よう》な、いつも寂しく微笑んでいるような諦念《ていねん》が、まるで官僚らしくない。その意味で、このひとも世界から浮《うわ》ついた旅人で異邦人の様《よう》だ。私はその役人らしからぬ諧謔と諦念に、私のこれからの人生を寄り添わせようとしていた。もし時制の厳密さを問われないのなら、実はそれはまだ過去形ではない。情けないことに。

とまれ。

私はこのひとと出会って一年強、このひとがかくも率直に吃驚《びっくり》するのを見たことがない。私の誘拐事件のときでさえ、私自身はこのひとの驚愕を目撃できていないから。

そう、司馬達は今ほとんど絶句していた。

ただそれが動揺でなく忘我《ぼうが》だというのが、事《こと》ここに至ってもこのひとらしかった。

――旅客がこれから不可逆の門をくぐろうとする中央検査場のほとりで、大事な台詞《セリフ》をど忘れした大根役者の如《ごと》くに、ただただ立ち尽くす司馬さんと私。だが自明なことは、私達の千秋楽となるこの舞台、その最後の幕を切って落としたのは私の方で、かつ、今《いま》自分の台詞《セリフ》を紡《つむ》がなければならないのも私の方だということだ。何せ会話の流れを断ちきっているのは私、突然に司馬さんを呼び止めた私だし、ましてや……ましてや司馬さんは独りでない。それはもう証明されているとおりだ。

「突然お邪魔して申し訳ありません」

私は当該《とうがい》同伴者に頭《こうべ》を垂れた。

美しい女性だ。

それが女性であるというのは物語上自明だが、その美しさは特筆に値する。

司馬達にふさわしい、その知的な美しさ。
背丈というなら私と変わらず小柄だが、その小柄な総身《そうみ》からは断じて押し付けがましくない、そう小賢《こざか》しく生きてきた私とはまるで違う端正《たんせい》な知のきらめきを感じる。喩《たと》えるなら世馴《よな》れた大学人《だいがくじん》か。ただ大学人にしては浮世離れした感が無さすぎる。それを言うなら、司馬達の方がよっぽど浮《う》ついている……

「司馬さんの教え子で、紅露寺《こうろじ》結子と申します」

「教え子」彼女は大きなスーツケースから手を離すと、人差し指をそっと唇に当てる。「紅露寺さん。紅露寺結子さん。となれば間違いなく、紅露寺官房長官のお孫さんですね？ そして——ああ成程《なるほど》。シバタツ先輩がフランス語の個人レッスンを引き受けている——というのはまさに、紅露寺さんへのレッスンのことだったんですね」

「はい。この一年強じっくり厳しく叩《たた》きこまれました」

「改めて初めまして紅露寺さん。私はシバタツ先輩の一〇期後輩で、八橋栄子《やつはしえいこ》と申します」

「初めまして八橋さん。御多忙な折《おり》に突然お邪魔立てすること、どうかお許しください」

八橋栄子なる女性の存在にまるで疑問は無い。その女性がどのような属性を有する女性なのかはT_xでもT_yでも詰められなかった余り字《あまじ》だが、直感と憶測だけで結論付けるのを許されるなら、彼女の自己紹介はまるで意外性の無いものだ。何故と言って、今朝方《けさがた》の喫茶『リラ』でのあの電話、そう司馬文T_xを産み落としたあの電話の相手方《あいてかた》は、司馬さんが〝君〟呼ばわりする者——すなわち部下か後輩だから。まして司馬さんは〝現地の後輩〟〝ちょうど信頼できる適任の女性〟とも言っていた。その他諸々《もろもろ》のキーワードを踏まえれば、まして既に最終定理が導けているT_x・T_yを踏まえれば、それが後輩の女性であることは言うに及ばず、ちょうど渡仏しようとする女性であること、これから現地において信頼できるひととなる女性であることは、もはや証明以前の客観的事実だ。

「あの、ひょっとして」とても優しげな八橋さんは、可愛らしく首を傾《かし》げていった。「私なんかの見送りに、わざわざ空港まで来てくださったのですか？」

「はい。

八橋さんとあと無論、司馬警視正に御挨拶《ごあいさつ》するために」

「――僕に？」

「何を今更」

「……そもそも結子ちゃん、君は何故ここにいるんだい。いや動機というなら御挨拶云々《うんぬん》とのことだが、僕が思うに君がここにいる筈《はず》が無いよ。君は喫茶『リラ』から帰宅した筈《はず》だし、いやそれ以上に、僕が羽田にしかもその第3に赴《む》かうことなど知り得なかった筈《はず》だ」

「それは司馬さんの真摯《しんし》な教え子だった私にとって――神は細部に宿るという司馬イズムの使徒である私にとって、いささかならず侮辱で苦痛ですね。

――フライトの時間は？　今まだ若干のお喋りをしても？」

「いやまだ充分に時間はある。

というのも天気予報が大外れしたから。要は離陸を妨げるほど降雪が強まっているから」

「ならしばしお時間をお借りして、司馬さんにとって致命的な失言となった、とあるテクストTxを御紹介しましょう。

すなわち。

〝冬が七時間か八時間かはもう忘れたけど、男でもまるまる十五時間は長すぎる。ましてやビジネスにしないならなおさらだ〟」

私は語り口調も変え、それがテクストであることを強調した。

ましてや私は質問も相槌《あいづち》も許さず、いまひとつのテクストも同じ口調で告げ知らせた。

「〝二年以上もやるビジネスなのに一週間とは短い。ましてや表紙が緑ならなおさらだ〟」

「……ええと、どう考えてもそれは僕の失言じゃないね。当該《とうがい》テクスト、恐らくはテクストT_yと呼ぶべきその文の発話者は？」

「司馬さんにも御縁《ごえん》の深かった、とある政府関係者とだけ。

そして私が提示したいテクストは以上ふたつです」

「成程《なるほど》、政府関係者ねえ……内閣官房と警察庁は御縁《ごえん》が深いとはいえ、小僧小娘の動静にまで通暁《つうぎょう》しているのは、まあ見事ながらも趣味の悪いことだ。

しかし、こんなところで〈論理的対局〉とは。それもまあ、趣味がよいとは言えないが」

数瞬だけ唖然《あぜん》としていた司馬警視正は、しかしすぐ私の意図を察知し、諦念《ていねん》のようなあの微笑みを、峻厳《しゅんげん》な教師あるいは警察官のそれに一転させる。といって、そのドラスティックな顔貌《がんぼう》の変化はまさか三分と継続しはしなかった。このひとは諸事《しょじ》そういうひとだ。事《こと》ここに至ってさえ。私達の舞台が千秋楽を迎え、最後の論理的対局が私の圧倒的な勝利で終わろうとしている今でさえ。もはや逃げ道のない、苛烈《かれつ》なまでの王手詰め・投了《とうりょう》のときを迎えてさえ。

――そしてこのひとは恐ろしく頭の切れるひと。

今あたかも喫茶『リラ』における論理的対局の終盤戦《しゅうばんせん》の如《ごと》くに、その瞳が鋭利に光る。

だから私にはすぐ分かった。

ある意味私の期待どおり、今この三分未満で司馬達も『一人将棋』『目隠し将棋』を開始ししかもそれを終えたことを。そうだ、司馬達はこのわずか三分未満で投了図を描き終えた。テクストT_x・T_yが、私の立場に立ったとき――そう司馬達自身がとっくに熟知しているあらゆる情報を排し私の立場にだけ立ったとき――論理的にどう解釈でき論理的にどう結論付けられるのか。それを司馬達は今《いま》証明し終え、だから今《いま》最終定理を導いた。無論、それが私の証明とまるで一緒の証明であり定理であることに疑いの余地は無い。そもそも私の証明に論理的な誤りは無いし、まして今、私と司馬達と八橋栄子なる女性がここ羽田空港第3ターミナルに集《つど》っている、そのことが何より雄弁な物証である。

「シバタツ先輩。大事なお話でしたら私、席を外していましょうか？」

「確かに僕らにとって極めて大事な論考だが、席を外すには及ばない。

八橋さんとて既に当事者。結子ちゃんが認めてくれるなら、むしろ同席するのが筋」

「それでしたら……」

「そして結子ちゃん。いくら君が代議士令孫として財力というかお小遣いに困らず、まして身分証として旅券をいつも携帯しているとして――だってパリにすら〝今日只今《こんにちただいま》でも飛べます〟〝準備万端です〟なんだし、高校二年生じゃあ免許証を身分証にできないものね――まさかホントのホントに空港までやって来るとは。ましてや、明らかに僕らの交通手段と目的地を読み切ってその所要時間を調べ、僕らに先んじて待ち伏せをするとは。

あのとき僕が狼狽《ろうばい》したとおり、ホントのホントに今日飛行機に飛び乗ってしまいかねないその激情と行動力に膝《ひざ》を屈して、君の挑戦を受け臨時の〈論理的対局〉を開始しよう。といって長旅を控えている後輩もいる。単刀直入に、最終盤の王手詰めだけを論じる。数手詰めの、詰め将棋だね」

「いいでしょう」

「なら結子ちゃん。

最終盤いや終局《しゅうきょく》真際における僕らの慣例にしたがい、御提示のテクストT_x・T_yを、それぞれT_x改・T_y改に置き換えてくれないか。すなわち一読して意味の解るテクストとなるよう、必要な補強と修正を施して疑問の余地の無い文を編み上げてみてくれないか」

「解りました。といって私達の慣例ゆえ、既に脳内で纏《まと》め終えています――


【今回の事態T_z】

〝これから二年以上も海外勤務をするのに、準備期間が一週間とは短いし、外交官じゃないから何の特権も与えられず不便だ。時差やサマータイムの計算もできないほど現地事情を忘れてしまっているし。そもそも現地まで十五時間も飛行機に乗るなんて苦痛だ。男の僕でさえそう感じるのに、女性の君にはいっそう苦痛だろう〟

〝渡仏便をビジネスクラスに格上げしてよかった〟or〝渡仏便をビジネスクラスに格上げしておけばよかった〟

最後の一文だけは不確定ながら、これがT_x・T_yの立証された真意です司馬さん、いえ司馬警視正」

「成程《なるほど》解った。なら君の為《な》すべきことを為すときだ」

「では最終定理。

司馬警視正は長期にわたるフランス勤務・公務のため久々の海外渡航をし、かつ、当該《とうがい》渡航には特定の関係にある女性が同行する。C.Q.F.D.《セーキユーエフデー》」
C.Q.F.D. ——Ce qu'il fallait démontrer.《スクイルファレデモントレ》 証明終わり。
仏語使いとして、今は司馬さん同様、私もすっかり偏愛する言葉だ。ただ。

(私は嘘を吐いている。これは成程《なるほど》最終定理ではあるが、私達ふたりの最終結論じゃない。

何故と言って……)

……〝二年以上〟の渡航・滞在。その出発便にわざわざ特定の女性を帯同する。往路便に連れ立って搭乗する。〝引っ越し挨拶のタオルみたいな〟〝つまらないもの〟〝粗品〟の相談までしている。現地通貨の、まして〝小銭〟の遣《や》り繰《く》りや〝両替〟の心配まで共有している。新幹線《テージエーヴエー》なる交通機関を検討し(この点も司馬警視正に失言があった、司馬警視正が不思議な感じで言葉に詰まった所は全て失言だ)、まして現地での居住環境についても〝住まいのことも諸手続《しよ》もそう、月単位で考えるしかないね〟とナチュラルに情報交換している(同前。例えばやはり言葉に詰まった何区《なにく》ならぬ〝何区《なんく》〟

は致命的だ。どう考えても日本には無いナンバリング区のことを念頭に置いているから）。諸《しょ》手続云々《うんぬん》というのは、例えば同伴する当該《とうがい》女性の在留資格の手続等である。それをつかさどっているのはパリならばパリ警視庁。私はこの一年強でその知識を司馬警視正から得たが——私はフランス留学志望者だ——仮にその知識が無くとも、フランスにおける不法滞在問題は定期的にニュースになるからそれを知る機会は幾らでもある。人権団体がパリ警視庁にデモを掛ける様子の動画とて、別段めずらしくもないものだ。

——これらを要するに。

当該《とうがい》女性は言葉のあらゆる意味で、司馬警視正のパートナーである。

そう、言葉のあらゆる意味で。そう公務でも私事でも。そうこれからの私生活でも。

だから、私が指摘すべき真の最終定理は。

少なくとも、最終定理を真にすべく私が追加で指摘しなければならないことは……

（**最終定理。司馬警視正は恋人あるいは同棲者あるいは将来の伴侶《はんりょ》たる特定の女性とともに日本を離れる。**これでホントにC.Q.F.D.《セーキユーエフデー》）

成程《なるほど》、千秋楽で最終幕だ。いや既に、別離は終わっているらしいからカーテンコールか。

……そのカーテンコールで今、私は。

私は泣けはしたが言えなかった。ほんとうに大事なことは、声にならずに喉《のど》で朽ちる。

だから私は繰り返した。私をまだしも傷付けない方の言葉を繰り返した。

「……聴こえていますか司馬さん。

司馬警視正は長期にわたるフランス勤務・公務のため久々の海外渡航をし、かつ、当該《とうがい》渡航には特定の関係にある女性が同行する。C.Q.F.D.《セーキユーエフデー》」

「うん王手だね。実に独創的かつ激情的な一手だ。思わずひるむ」

「はい王手です。そして王手詰めです。御同意いただけますね？」

勝負あり、だ。

私は、令和の高校生らしい大きなリュックにいつも入れている愛読書を採り出すと、恥ずかしくも思いっきり顔を伏せつつ、それを司馬さんにそっと差し出した。

「これ、お餞別《せんべつ》です。現地で幾らでも手に入るでしょうが、私のお気に入りでした」

「――これは」今日司馬さんは吃驚《びっくり》してばかりだ。こういう顔をもっともっと見たかった。もっともっと見ていたかった。「九マイルは遠すぎる《ア・ヌフ・マイル・デイスイ・ア・ピエ》、ケメルマンの。しかも仏語版とは。そんなものが存在していたとは。実は僕も大使館時代、熱心に捜したことがあるんだが、フランスは探偵小説より警察小説のお国柄だからね。今日の今日まで訳書なんて無いものとばかり思っていた。現地で幾らでも手に入るなんてとんでもない。稀覯本《きこうぼん》の中の稀覯本。うわあ嬉しい、こんなに嬉しかったのは君が誘拐先から無事帰ってきたとき以来だよ!!」

「これが私の最後の一手です。

これまでの対局、ほんとうにたのしかった。ほんとうにありがとうございました。

最後に司馬さんから投了《とうりょう》の言葉を、負けましたの言葉を聴いて私は身を……いえ私は家に帰ります。八橋さん、せっかくの門出に無粋な闖入《ちんにゅう》をして申し訳在りませんでした。はしたない自分を恥じています」

「えっ、結子ちゃん僕と一緒に来ないの？」

「なんじゃとて？

トチ狂って十七歳女子高校生との海外不倫パパ活でも謀《たくら》んだのか？　お祖父ちゃんに言うぞ!!

ニゴロ事件みたいに井の頭池で鯰《ナマズ》になりたいのか!?　それともお庄屋《しょうや》殺しの方がいいか!?」

「……え、ええとですね結子ちゃんいえ紅露寺さん。繰り返せば僕らは今、単刀直入に最終盤の王手詰めだけを論じている所でしたよね。棋譜《きふ》の最後の最後の部分。
では気を取り直して僕も王手を掛けよう——逆王手だ。もう一度テクストを確認するよ。

【テクスト原文】

T_x——〝冬が七時間か八時間かはもう忘れたけど、男でもまるまる十五時間は長すぎる。ましてやビジネスにしないならなおさらだ〟

T_y——〝二年以上もやるビジネスなのに一週間とは短い。ましてや表紙が緑ならなおさらだ〟

【今回の事態T_z】

〝これから二年以上も海外勤務をするのに、準備期間が一週間とは短いし、外交官じゃないから何の特権も与えられず不便だ。時差やサマータイムの計算もできないほど現地事情を忘れてしまっているし。そもそも現地まで十五時間も飛行機に乗るなんて苦痛だ。男の僕でさえそう感じるのに、女性の君にはいっそう苦痛だろう〟

〝渡仏便をビジネスクラスに格上げしてよかった〟or〝渡仏便をビジネスクラスに格上げしておけばよかった〟

さて僕が指摘したいのはただ二点、主語と仮定の問題に尽きる。
T_xの主語は何だい？」
「それは無論、夏時間《サマータイム》に関しては冬、飛行機に乗る主体なら男そしてその対義語たる女」
「ならT_yの主語は？」
「ビジネスについては海外公務に就く司馬警視正、短いの主語は一週間、緑の主語は表紙」
「と、解したんだろうね。それらの解釈がT_zに代入されたから、T_zの方は主語が明確なテクストに仕上がっている。

だが。

君は仏語を学びすぎた様《よう》だ。仏語で主語が無い文というのは命令法以外では極めて稀《まれ》、日本語やイタリア語やラテン語の如《ごと》くに、平叙文《へいじょぶん》において主語の省略が許されることはまずない。だから自然、君の論理的推論・論理的操作も先《ま》ずもって主語を補う個癖《こへき》を有する。時に強引な、時に先入観に左右されたかたちでね。これが僕の一手」

「おっしゃる意味が解りません。私にそのような手癖《てくせ》があるとしてこの場合、各テクストの論理的解釈に誤りは無いはずです。舞台がここ羽田空港第3ターミナルであることがその何よりの物証でしょう？　何を今更だわ」

「ところがどうして。

テクストT_x・T_yをもっと素直に読むべきだよ。

例えばテクストT_xは、成程《なるほど》主語が極めて不明瞭だが、結子ちゃん御指摘のような、飛行機に乗る主体の話はしていないよ。だから補うべき主語は男ではないよ。そう、読解はもっとシンプルでいい――〝十五時間は長すぎる〟なんてディスイズアペン《セ・タン・スティロ》的入門テクストだろう？　その主語は当然十五時間だ。なら男なんて主語じゃない。この男が意味する所は、『たとえそれが男であっても』なる仮定ないし条件であってそれだけだ。男が飛行機に乗るだなんてまさかまさかのでっち上げだよ。これが次の一手。

そして連続で悪いが次の一手。T_yももっとシンプルに読解していいはずだ。すなわちT_yにおける文《ぶん》理上《りじょう》の主語はたったのふたつ、御指摘のうち一週間と表紙のみ。またT_yの方は更に意地悪なことに、二年以上もやる〝ビジネス〟に対応する主語が無い。成程《なるほど》それは『表紙が緑の冊子を携行する公務員』だと推論できるしそれは正しい推論だが、実はそれ以上でもそれ以下でもない。だからT_yの主語として確定するのは結局、一週間と表紙と公務員でそれだけだ。それ以上の情報をT_yから導き出すのは絶対に無理だし、ましてや別個独立の機会に生まれたTxの情報を代入できないのならなおさらだ」

（……な、なんてこと!!

逆王手で王手詰め、私の負けだ。また投了させられた。大山鳴動《たいざんめいどう》して一勝七敗!!

しかも……なんて恥ずかしいかたちで!!　自分で言って自分で盛り上がって。死にたい）

「ただ、その、まあ、なんだ、八橋警視もいる前で、こんなことを言うのは破廉恥《はれんち》だが。

十七歳女子高校生としては、まあぶっちゃけ異常者とも評せるほど明晰《めいせき》な頭脳を持つ結子ちゃんのことだ。これまでの七度の対局の如《ごと》くに、対象となるテクストが赤の他人の、そうまったき第三者の隠された事情・言動を描写したものならば、こんな初歩的な指し筋のミスなどまさか犯すはずも無かったろう。僕ほどそのことを熟知している人間はいない。

だから詰まる所、こんな凡ミスが生まれたその理由は、その、まあ、なんだ、特定の強い感情に起因した、特定の強い動揺・動転に襲われたゆえと考えて誤り無い。

そして僕は、あの井《い》の頭《かしら》公園の紅葉《もみじ》の日からずっとずっと考えていた。僕は四十歳過ぎの、もう人生時計が午後二時を過ぎ午後三時を迎えようとする黄昏《たそが》れたとっしょりだが、しかも薄給で貧乏な甲斐性《かいしょう》の無いとっしょりだが、だから若い人にとっては言葉の厳密な意味において不良物件だが」

「いつもくどい。端的《たんてき》に」

「自分が敢えて君の額にいや君のこころに踏み込んだその責任をいさぎよくとるべき時期がとうとう来たとの覚悟を性根をもって決めるとともにこれまでの自分を」

「ながいくどい、とっしょりはいつもながいくどい!!」

私は仮初《かりそ》めにも紅露寺結子だ。紅露寺結子は人様《ひとさま》にこんな顔を見せはしない。

紅露寺結子は今、ここで涙を零《こぼ》すおんなじゃない。まさかだ。

「解ったよじゃあ最終定理だ、これぞ千秋楽!!

「司馬達という人間はいなくなる、司馬警視正という警察官もいなくなる。C.Q.F.D.」

Ⅷ

東京らしからぬ、大雪の土曜日。

私達を乗せた羽田（東京）発－CDG（パリ）行きNH215便は、定刻の一八時三〇分を大きく遅れること五時間以上、ようやく二三時五五分に日本の地を離陸した。

あと少しだけ雪が強かったなら。あと少しだけ空と空港の混乱が大きかったなら。

旅客に繰り返し繰り返し繰り返しアナウンスされていたとおり、当日中の離陸は厳しかったろう。事実、申し訳なさそうに閉ざされた搭乗ゲートの周りでは、旅客へのブランケットの配布すら開始されていた。既に空港泊《はく》を覚悟して、待合席をベッド代わりに横臥《おうが》する人も。

「はあ、助かった」とっしょりさんがいう。「空港で雑魚寝《ざこね》だなんて恐すぎる。ましてやこんな歳ならなおさらだ……いや二十四歳の頃ね、台風の雷雨でさ、渡仏便の出発が十二時間も止まった貴重な経験をしたんだが、まさかこんな貴重な機会にその悪夢が再現されかけるとは」

「確かに朝から雪でしたが」そう初冬《しょとう》の雪。東京らしからぬ初冬《しょとう》の大雪。「あっという暇《ま》にどんどん強まってきてドキドキしました。ただ私は雨女でも雪女でもない筈《はず》なので、きっと司馬さんの引きが強いんでしょう……あっ思い出したぞ。喫茶『リラ』での対局の数々。結構な確率で雨か雪でしたよね。あれ司馬さんの所為《せい》だったんだ」

「まさか。因果関係どころか相関関係もない」そして僕の記憶が正しければ、と司馬さんが懐かしそうに続ける。「ましてや確率五〇％程度となればなおさらだ。あと司馬さんの所為《せい》はやめてくれ、何を今更だ」

「ただ、一一月三日文化の日に大雨を引くのは非運《ひうん》すぎます。

吉祥寺ではここ半世紀でたった八日しか雨の降らなかった、所謂《いわゆる》晴れの特異日だったのに」

「我が国にもフランスにもちょうどよい言葉があるさ——雨降《アプレ・ラ・プリュイ・ル・ボ・タン》って地固まる」

「あっそれ、私達の〈論理的対局〉の確か第七戦で私がいった言葉です!!」

「——よく憶えているなあ。やっぱり若人《わこうど》は違うなあ。今はいっそう歳を感じるなあ。

そもそも今日の羽田空港でだって、暇《ひま》に飽《あ》かして四連戦したばかりなのに」

「はいそうでしたね。ましてや私の三勝一敗でしたね」

「うう、僕ももっと頻繁《ひんぱん》に頭部MRI検査を受ける歳かも知れん」

「少なくとも二週間分の献立をまるっと記憶している似非《えせ》とっしょりの台詞じゃないです。

あ、そうそう司馬さん、私達の論理的対局といえば——」

「まさかこれからまるまる十五時間、持ち時間制限なしの連続七番勝負とか言うなよ?」

「御希望ならよろこんでお相手しますけど。

いえそうじゃなくてですね、雪の羽田で感極まった第八戦のことなんですけど」

「いや感極まったのは君だけで僕じゃない。ましてやそれ以降の展開は、僕らに激甘な純愛スペクタクルロマンを満喫させてくれなかったんだからなおさらだ」

「この破廉恥漢《はれんちかん》が。勘違いも甚《はなは》だしい」私は心底呆《あき》れた。「あの第八戦の羽田。忘れもしない第3ターミナル三階出発ロビー。空港署のおまわりさん素っ飛んで来ちゃったじゃないですか。何処《どこ》かの感極まったとっしょりさんが突然、衆人環視の公共の場所で、なんとセーラー服姿の女子高校生を羽交い締めに——」

「——いや解った解った!! 若人の若気の至りを何時《いつ》までも調戯《からか》うのはよくないぞ!!」

「どっちなんだこのとっしょり。都合よく年齢パラメーターを手動操作して。

いつもいつも言っていますけど、意図的に茶々を入れて私の短期記憶を混乱させるの、もうやめましょうよ。ええと、何だったかしら……そうあの雪の羽田での第八戦のこと。所謂《いわゆる》、八橋栄子さん事件のこと」

「そんな戒名《カイミョウ》は初聴きだがまあ当然憶えているよ。それが？」

「何を今更ですが、感想戦、いいですか？」

「そんな遠い遠い昔のこと、もうセピアに染まったポラロイド写真の如《ごと》くだが……君の達《たっ》ての願い出を、僕が断れよう筈《はず》もないだろう」

「よい心掛けだ。これからもずっとそうしろ。

——そうしたら当該《とうがい》八橋栄子さん事件について。懸命に思い出すと、幾つかの字余《じあま》りがあります。テクストの証明には必ずしも求められないけれど、真実が解らないので寝覚めの悪い字余りがあります」

「成程《なるほど》、その場で感想戦を繰り広げられる状態じゃなかったからね。で、例えば？」

「順不同で、幾つか列挙してみると——

私に喫茶『リラ』季節限定メニュー二品を大盤振る舞いしたり、それまでの一年強でまさか使ったことのないレベルの褒《ほ》め言葉を幾つもブチ上げたり、まだ教科書に未消化の単元があるのにフランス語レッスンの終了を告げたり……いえそもそも俄《にわか》に実力テストを繰り上げ実施したりしたのは何故ですか？　司馬さんが海外へ異動しないのなら、これらの言動は不可解です」

「蓋《ふた》を開けてみれば下らないことさ。僕の遥《はる》かな記憶が確かならば、僕は君がパリ行きを強請《ねだ》った際、〝全国を渡り鳥する役人の僕が、吉祥寺警察署長を拝命《はいめい》して一年四月かあ〟〝ならそのプランも無下《むげ》に却下できないかな〟と発言したはずだ」

「ええと……はい確かに」

「官僚の異動ははやい。それが海外への異動であろうとなかろうと、ワンポストの任期は一年から二年。僕が吉祥寺警察署長を拝命《はいめい》したのが当該《とうがい》第八戦をさかのぼること一年強。物語上自明のこと。なら僕の離任もそう遠いことではない。まして役人の異動時期など人事情報として秘中の秘だ。予測できない。ならば当時、立つ鳥跡《あと》を濁《にご》さずでそろそろ身辺整理を開始する必要があった。僕の主観としては、僕がまた全国を渡り鳥するのなら、君とのレッスンこそ上手に、大切に締め括らなければならないトップクラスの重大事だから。

　あと官僚として恥ずかしい事をいえば、僕ら警察官僚の異動準備期間＝内示から発令までの期間はジャスト一週間。物語上自明。ただ例えば年末年始だのGWだのが挟まれば、この一週間は事実上延びる。そうした時季なら年次休暇の取得も海外渡航の許可申請も、相対論ではあるが通りやすい。その場合なら君をフランスに連れて行ってやれる、可能性もある。文脈も含め御質問にお答えすれば、まあこんな陳腐《ちんぷ》な物語だ」

「〝次に会うときはもうその制服姿じゃないかも知れない〟なんて、次に会うのが高校卒業後だと思わせる発言をしたのは？　だから長い別離の演出っぽいことをしたのは？」

「いや、次に会うのがもし春休み以降なら、学校の制服が合服《あいふく》にでも変わっているのかなと」

「……とまれ、別離の演出という意味では『幻の海外渡航シナリオ』と全く同様の締め括りをなさることとした。成程《なるほど》。司馬さんってナチュラルかつ無意識にミスリードをバラ撒《ま》くの大好きですよね」

「ナチュラルかつ無意識だからバラ撒く故意は無いし、誤解する方も物事を勘繰《かんぐ》りすぎる」

「休日の土曜日に、御自慢の三《み》つ揃《ぞろ》いをキチンとアイロン掛けしていたのは？」

「これも物語上自明だが、海外渡航をする八橋警視の見送りがあったからだ。

　念《ねん》の為《ため》、関連する蛇足と字余りを処理しておけば、八橋警視の海外勤務先とは〝新幹線《TGV》で二時間の地方〟なのだから、地方ならぬ首都パリを起点に二時間の地方。もし八橋さんが警察官だと証明できていたなら、この地勢感覚からして当該勤務先は『国際刑事警察機構』、所謂《いわゆる》ICPOだと解ったろう。すぐ解らなくとも君なら手数を惜しまず検索した筈《はず》」

「普段遣いしない謎のフライトケースを、後輩の見送りなるタスクに動員した理由は？」

「いや渡仏する後輩の為《ため》だからこそあれだったんだ。

すなわち当該《とうがい》鞄の中身。僕がキチンと説明したとおり〝フランス語の教材が二〇冊は入ろうか〟というあのフライトケースには、まさに二〇冊以上の書籍を入れていた。僕はヒントを惜しまない正直族だからね――より具体的には、僕がそれまでの人生で収集・所蔵していた良質な文法のテキストやおもしろい小説原書の類《たぐい》。とりわけ白水社《はくすいしゃ》の、しかも絶版となった奴は手渡しするより他に無い。

また僕は、例えば漱石やアシモフをフランス語で乱読して自分を鍛えてきた。漱石の彼岸過迄《ひがんすぎまで》の仏語訳だなんて、新宿紀伊國屋本店でもお目に掛かれまい。あと正直に言えば、ベルサイユのばらとか寄生獣とかの漫画《マンガ》も入れておいた。関係ないがこれ、ル・マンガでそのままフランス語の男性名詞ね。

ともかくも、僕は八橋警視のお眼鏡に適《かな》いそうな本を片端から鞄に入れた。これから海外へ出る彼女がどうにか全部持ってゆくか、空港で何冊かピックアップするかは流れに任せたが、未だ確たる住所も決まっていない上、趣味に合わない本ぜんぶを重たい思いで携行させるのも気の毒なんで、どうしても現物を空港まで搬送し彼女に選別してもらう必要があった訳だ」

「あっ、そうすると〝僕の方で粗品を用意させてもらった〟〝ま、引っ越し挨拶のタオルみたいなものだね〟〝つまらないものだから気にしないでいい〟なる発言はこれすべて」

「そうなるね。異動の餞別《せんべつ》が年単位で使い古した本だなんて。つまらない粗品だろう？」

「解ってみれば他愛《たわい》もないですね」

「人生の意味のようだね」

「とっしょりのドヤ顔を無視して続けると――

あのとき喫茶『リラ』で、宿題がある宿題がある云々《うんぬん》とおっしゃっていましたよね。まして電話の相手方《あいてかた》である八橋警視にも、〝宿題は今終える所〟〝まさか忘れちゃいない〟等々と説明していましたよね。これ、字余りの内でもとりわけ意味不明なんですが」

「ああ、〝今日渡さなきゃいけない〟〝今日引き継ぎたい〟宿題ね。

それはもちろん君の仏語テキスト、そうあの〝嬉しいほどボロボロになるまで使い倒してくれている、その原書の教科書〟のことさ」

「――何故か司馬さんが私から借り受けていったあれ、そう、一年強の勉強で私がずっと使い倒してきたあれですか？」

「流石《さすが》にボロボロ過ぎたんでね。版が改まっている可能性も踏まえ、八橋くんに新しい一冊を捜してもらい、もし入手できたらそのまま送ってもらおうと思ったんだ。だから八橋くんには原書のボロボロの現物を確認してもらう必要があった。タイトルだの著者だの出版社だのエディションだのはメールや画像でどうとでもなるが、書籍の現物を例えばfnacで捜してもらうとき、実際のサイズ感や頁の手触り、それにもちろん章立て等が分かった方がいいだろう？　版が改まっていれば、装丁等とて激変している可能性があるからね」

「〝宿題〟については〝存外、コメントが多くなりそうだ〟とも言っておられましたが？」

「仮に現物が入手できないときは、また君にボロボロになるまで使い倒してもらえる様《よう》、レベル・単元・筆致・文量・難易度ができるだけ類似する他の本を入手しなければならない。裏から言えば君の手癖・学習進度・才能にふさわしい本を入手しなければならない。そうした事柄《ことがら》の説明は空港で、君の実際の本をパラパラ見ながら、口頭であれこれ質疑応答しつつ実施するに如《し》くはない――特殊かつ膨大な情報ゆえ、対面での引継ぎが望ましい」

「あとはどちらかと言えば確認ですが、司馬さんが警察官舎の貯金箱に入れていた〝小銭〟というのは――」

「――既に物語上自明で君にも自明だが、ユーロの小銭に加え、フランスフランの小銭だ。ユーロ硬貨なりサンチーム硬貨なり小額フラン硬貨なり……僕は若くして仏国留学をさせてもらったが、そんな若き日はまだユーロ導入前だったよ。やっぱりとっしょりだねえ。所謂《いわゆる》東ドイツ世代だしねえ。ところが僕は御案内のとおり、留学ならぬ在外勤務を命じられたこともある。既に警視正の歳《とし》になっていたそのときはユーロ導入後。流石《さすが》にユーロの硬貨ばかりが貯まった……とまれ、フランスフランが完全にユーロへ置き換わったのは、確かもう三〇年ほど前の冬のこと。既に両替もできやしない。だからブラックボックスたる貯金箱の中の硬貨は、もしそれがフランスフランだったなら〝今現在じゃあもう、両替することすら無理かも知れないな〟と思ったんだ。無論、ユーロ硬貨については八橋警視にプレゼントする予定だったし実際そうした。僕にとっては無用の骨董品《こっとうひん》だったんだが、八橋警視にとっては、特に渡仏直後は、一枚でも多い方が何かと便利だからね。

ああ、ちょうどいい内容に差し掛かった。ここで僕の方からも多少、字余りの確認をしておこう」

「これすなわち？」

「これすなわち、八橋さん事件において君が、僕らより先に羽田入りできた理由。

それは第一に、僕が当該《とうがい》小銭を回収しに署長官舎へゆくタイムラグが利用できると踏んだからだね？」

「まさしくです。署長官舎をめぐる動きにタクシーを用いるとして、司馬さんが指摘していたとおり往復だけで一〇分強。実際には貯金箱をあれこれする手数も掛かる。なら二〇分以上は優位に立てる。羽田までは鉄路で約一時間でしかない。このときの二〇分以上のリードはむしろチートの類《たぐい》でしょう」

「成程《なるほど》ねえ……あのとき列車を使っていれば、僕らの運命も激変していたということか。

僕を出し抜けた理由は他にも？」

「理由の第二として、司馬さんも指摘していた如《ごと》くに、俄《にわか》な雪で渋滞気味の道路事情」

「ええと……何故僕が鉄路でなく、吉祥寺駅からの空港リムジンバスを用いると踏んだ？」

「〝この程度の雪なら、渋滞も心配ないだろうから〟で六五％ほどの確信。

決め手としては〝どのみち終点まで〟〝間違える心配も無い〟で一二〇％の確信」

「……終点というからにはバスと直感できるが、ただ列車の終着駅のことを終点と呼んでも全然常識外れじゃない。終点なる言葉や、間違えないなる言葉だけで『リムジンバス』という結論を導くのは、いささか決め打ちが過ぎるのでは？　それで確信が持てるのはこの場合、『目的地が終点／終着駅たる羽田空港第3ターミナル駅』だってことのみでは？」

「なら理由の第三として、〝僕にはこれから仕事があるが、でもあとちょうど三〇分は、だから一一時五五分までは一緒にいてくれて全然大丈夫だけど〟なる御発言。

今更言うも恥ずかしい東京人の常識ですが、鉄路で羽田にアクセスしようというのなら、その手段はモノレールか京急線かのいずれか。実際私が中央線～山手線～モノレールと乗り継いだ如《ごと》くに。そしてモノレールであれ京急線であれ、どちらも極めてノーマルな、予約等のいらない頻発《ひんぱつ》する列車です。東京都心における移動に予約が必要な列車を用いる者はいませんし、そもそも予約などできません。だから随時、適当な時間に適当な列車を、そう一時間に何本も出ている列車を捕まえるんです。

今更言うも恥ずかしいですけど。これを踏まえると、もし司馬さんが鉄路を使う予定なら、まさか〝ちょうど三〇分〟を区切って待機時間とする必要がない。〝ちょうど三〇分〟なる時間の猶予《ゆうよ》は、前述のタクシー利用時間と吉祥寺発のリムジンバスの時刻表から逆算した猶予でしかない。ましてどれを捕まえてもよい鉄路なら、キリのよい正午まで待てる筈《はず》。わざわざ〝一一時五五分まで〟待つ人は、クロックタイムの時間の縛りがある人です」

「いささか強引の様《よう》だが、そもそも理由の第一、僕が渋滞を心配していたことが全てとも言える。ましてやあのときの仏語レッスンにおいて、僕の挙動《きょどう》が焦燥《しょうそう》や緊張、あるいは狼狽《ろうばい》を感じさせていたとしたらなおさらだ。この場合、身体言語の方が遥《はる》かに雄弁だったろうから」

「さて字余りの感想戦、私からは以上です司馬さん」

「だからそれ、やめようよ……

ただ僕からはあと一点ある。感想戦というより盤外戦《ばんがいせん》かな。というのも、僕からの最後の指摘は、論理から導かれるものでもなければ一般社会における健全な常識でもないから」

「ええと、これすなわち？」

「これすなわち、公務員についての常識論。

まさか外務省の外交官でもないのに、既に三年間のフランス大使館勤務を終えている僕が、また二年だの二年以上だの、同じフランスに長期の在外勤務をすることは無いよ。これはまあ僕らでなければ分からない事情だから君のミスじゃないが、しかし君の執拗《しつよう》な性格を踏まえれば、警察官僚複数氏の経歴を検索してみれば一発で手に入る情報だ——この御時世《ごじせい》、官僚の経歴なんてネットで幾らでも引けるからね」

「ただ『ネットで引く』といえば、最大の謎〝表紙が緑〟から公用旅券に到《たど》り着くのがホント大変だったんで……だから実体験として、いくらネットで思うまま引けるといって、それだけでは何の武器にもならない。その情報が切札だと着想できるかどうかが鍵でコツ。例えばまさにその『官僚の在外勤務のパターン』なんて検索しようとも思いませんでした」

「それも要は言葉の問題に尽きる。どんな言葉を鍵にするかで世界は展《ひろ》がりもすれば狭《せば》まりもするから。書き言葉《エクリチュール》であれ話し言葉《パロール》であれ、そしてリアルであれネットであれ、一字一句・一言一句を研ぎ澄ました者だけが真実を鍛え上げることができるんだ。すなわち」

「神は細部に宿る《デユウスカツシユダンレデタイユ》」

「いい響きだ。いや言葉でなく発音が。君も鍛錬《たんれん》したね。祖父もさぞかし嬉しいだろう」

「懸命に勉強したから……」

そのとき機首方面のギャレーから、キャビンアテンダントさんが私達の席に近付いてきた。私達は中央列ペアシートに座っていて、ましてやふたりを仕切るパーテをすっかり下ろしてしまっているから、正直気恥ずかしい。こんな気恥ずかしさは何年ぶりだろう。

「お客様、お寛《くつろ》ぎのところ失礼致します」

「いや全然」飄々《ひょうひょう》とした司馬さんは、けれど最近、祖父の如《ごと》き大度《たいど》を感じさせる。習うより慣れろというか。門前の小僧習わぬ経を読むというか。司馬さんも大変だ。「何でしょう?」

「こちら、機長からのサーヴィスとなっております。

お席でお注《つ》ぎ致します、どうぞ品の御確認を」

「……なんとまあ」そして素直に吃驚《びっくり》する様《よう》にもなった。少なくとも私の前では。「飛行機の旅でサロンとは。シャンパンの内でも飛び切り貴重な……ましてやヴィンテージ二〇〇二となればなおさらだ。僕の記憶が正しければ、確か日本航空のファーストクラスで供されていた筈《はず》だが。それを今日只《こんにちただ》今《いま》、目《ま》の当たりにできようとは」

「このたびはとても大事な記念と伺《うかが》いましたので。

——あっ、お酒でよかったでしょうか? おふたりにお注ぎしてよろしいですか?」

「いやいや、未成年者に飲酒させては僕、ホンモノの犯罪者になってしまうよ。

確か二飲法《にいんほう》ってあれ、少なくとも科料《トガリヨウ》が付いている」

「おいとっしょりさん。また頭部MRI検査受けますか。いったい何時《いつ》の話をしているの」

「では奥様の方にも」彼女は微笑んだ。「たっぷりと?」

「ハイたっぷりと」

「あとお客様、やはり機長からで記念のホールケーキを御用意しております。どうぞ御希望の時間をお知らせくださいませ」

「わあステキ!! 嬉しい!! 空の上でケーキ!! さっすがビジネス切符がいい!!」

「うわあ一語に神の宿らない厳冬の駄洒落《だじゃれ》……やっぱり未成年者?」

「何を秘書見習い如《ごと》きが一端《いっぱし》の口を。ましてや警視長昇任まで美少女を待たせた以上なおさらだ。十七歳の女子高校生と散々淫行していたパパ活警察官だったってこと証拠画像と一緒にFLASHにバラしてお祖父ちゃんの地盤をメチャメチャに壊すぞ」

「そんな行為も画像もありません。自爆テロかよ。縛りプレイかよ。誰得だよ……」

「とってもお仲がよろしいんですね!!」

「ええ、この子……

じゃなかった妻とは腐《くさ》れ縁《えん》で!! じゃなかった若い時分《じぶん》からよく知っていて!!」

「幼妻《おさなづま》で嬉しいだろう。

若くて美しい妻とパリでクリスマスを過ごせてしあわせだ。証明終わり」

「いや結婚からもう幾星霜《いくせいそう》をへていますし……お歳というならもうアラ」

「音引《おんび》きまで発話したら殺す。二箇月ほども遅れた結婚記念日プレゼントを用意していなくてもセーヌに流す。もう警視正でも警視長でも警察官でもないこと、忘れるなよ」

「うふふ。おふたりのお邪魔をしてもいけませんので、これでいったん失礼致します。御用の際はお気軽にお声掛けくださいませ。客室乗務員一同、紅露寺《こうろじ》様の安全で快適な御旅行を願っております。

——一万㎞の旅なんてめずらしく、ましてや大雪のパリとなればなおさらですから」

キャビンアテンダントさんが離れゆくより先に、私達夫婦は瞳を合わせ、苦笑した。

苦笑した理由は言うまでもない。
ただ、瞳を合わせるしあわせは何度でも言葉にしたい。
(最終定理。
そして司馬達は紅露寺達になった。C.Q.F.D.)

――終幕

※この作品はフィクションであり、実在の団体等とはいっさい関係がありません。

初出
「春の章」　ジャーロ80（2022年1月）号
「夏の章」　ジャーロ81（2022年3月）号
「秋の章」　ジャーロ83（2022年7月）号
「冬の章」　ジャーロ86（2023年1月）号

古野まほろ（ふるの・まほろ）

東京大学法学部卒業。リヨン第三大学法学部修士課程修了。学位授与機構より学士（文学）。警察庁I種警察官として警察署、警察本部、海外、警察庁等で勤務し、警察大学校主任教授にて退官。2007年、『天帝のはしたなき果実』で第35回メフィスト賞を受賞し、デビュー。有栖川有栖・綾辻行人両氏に師事。近著に『終末少女 AXIA girls』『時を壊した彼女 7月7日は7度ある』『叶うならば殺してほしい ハイイロノツバサ』『征服少女 AXIS girls』『侵略少女 EXIL girls』などがある。

ロジカ・ドラマチカ

2023年５月30日　初版１刷発行

著　者　古野《ふるの》まほろ

発行者　三宅貴久

発行所　株式会社 光文社

〒112-8011　東京都文京区音羽1-16-6

電話　編　集　部　03-5395-8254

書籍販売部　03-5395-8116

業　務　部　03-5395-8125

URL　光　文　社　https://www.kobunsha.com/

組　版　萩原印刷

印刷所　萩原印刷

製本所　国宝社

落丁・乱丁本は業務部へご連絡くだされば、お取り替えいたします。

ISBN978-4-334-91526-1